프라하 여행길의 모차르트 /
슈투트가르트의 도깨비

Mozart auf der Reise nach Prag /
Das Stuttgarter Hutzelmännlein

Eduard Mörike

대산세계문학총서
170

프라하 여행길의 모차르트 / 슈투트가르트의 도깨비

Mozart auf der Reise nach Prag / Das Stuttgarter Hutzelmännlein

에두아르트 뫼리케 윤도중 옮김

문학과지성사

대산세계문학총서 170

프라하 여행길의 모차르트 / 슈투트가르트의 도깨비

지은이 에두아르트 뫼리케
옮긴이 윤도중
펴낸이 이광호
주간 이근혜
편집 김은주 박솔뫼
펴낸곳 ㈜문학과지성사
등록번호 제1993-000098호
주소 04034 서울 마포구 잔다리로7길 18(서교동 377-20)
전화 02) 338-7224
팩스 02) 323-4180(편집) 02) 338-7221(영업)
전자우편 moonji@moonji.com
홈페이지 www.moonji.com

제1판 1쇄 2021년 12월 17일

ISBN 978-89-320-3930-5 04850
ISBN 978-89-320-1246-9 (세트)

이 책은 대산문화재단의 외국문학 번역지원사업을 통해 발간되었습니다.
대산문화재단은 大山 愼鏞虎 선생의 뜻에 따라 교보생명의 출연으로 창립되어
우리 문학의 창달과 세계화를 위해 다양한 공익문화사업을 펼치고 있습니다.

차례

일러두기

1. 이 책은 Eduard Mörike의 *Eduard Mörike Sämtliche Werke*(München Carl Hanser Verlag, 1958) 중 일부를 우리말로 옮긴 것이다.
2. 본문의 주는 모두 옮긴이의 것이다.

프라하 여행길의 모차르트

Mozart auf der Reise nach Prag

1787년 가을 모차르트는 아내와 함께 프라하*를 향해 길을 떠났다. 그곳에서「돈 조반니」를 무대에 올리기 위해서였다.

9월 14일 오전 11시경, 여행을 시작한 지 사흘째 되는 날, 이들 부부는 흐뭇한 기분으로 아직 빈에서 30여 시간 떨어진 만하르츠베르크산과 슈렘스 근처의 독일 타야강을 지나서 북서쪽으로 마차를 타고 갔다. 경치가 아름다운 모라비아 산악지대를 곧 완전히 넘어가는 지점이었다.

T 남작 부인은 친구에게 보낸 편지에서 "역마 세 마리가 끄는 그 마차는 주황색에 위풍당당한데, 나이 많은 폴크슈테트 장군 부인의 소유야. 그 부인은 모차르트 집안과 교류하면서 그 집안에 호의를 베풀어준 것을 이전부터 좀 뻐기며 다녀"라고 쓰고 있다. 1780년대 유행을 잘 아는 사람이라면 거론되는 마차에 대한 부정확한 묘사에 몇 가지 특징을 덧붙일 것이다. 그 주황색 마차는 양쪽 문에 화환이 자연색 그대로 그려져 있

* 프라하는 1526년부터 오스트리아에 속했다.

고, 가장자리에는 얇은 황금색 돌림대가 붙어 있다. 그러나 채색은 오늘날 빈의 공장에서 나오는 거울처럼 매끄러운 라크와 같이 광택이 나는 것은 결코 아니다. 마차의 본체도 비록 아래쪽이 지나치게 우아할 정도로 과감하게 안으로 휘었지만 완전히 볼록하지는 않다. 또 지금은 젖혀 있지만 뻣뻣한 가죽 휘장이 달린 꽤 높은 덮개가 있다.

그 밖에 두 승객의 옷차림에 대해서는 다음 같은 것만 언급하겠다. 남편이 입은 신사복은 콘스탄체 부인이 고른 소박한 옷이었다. 새 예복은 아끼느라고 트렁크에 넣어두었다. 좀 빛이 바랜 파란색이고 자수 장식이 있는 조끼에 그가 늘 입는 갈색 재킷을 입었는데 그 재킷에는 불그스름한 금속판 층이 별 모양의 천을 통해 희미하게 비치게끔 커팅된 큼지막한 단추들이 한 줄로 달려 있었다. 검은색 비단 바지, 양말 그리고 구두 위에는 금박의 죔쇠가 있었다. 9월치고는 이례적으로 더워 그는 반 시간 전부터 재킷을 벗고는 셔츠 차림으로 모자를 쓰지 않은 채 즐겁게 얘기하며 앉아 있다. 모차르트 부인은 밝은 초록색과 흰색 줄무늬가 있는 편안한 여행복 차림이다. 숱이 많은 아름답고 옅은 갈색의 곱슬머리가 반쯤 묶인 채 어깨와 목덜미 위로 흘러내린다. 살아생전 한 번도 가루분을 바른 적이 없는 머리털이었다. 그와는 달리 남편의 땋은 풍성한 머리털에는 평소처럼 세심하게는 아니지만 분이 발라져 있다.

널따란 숲 이곳저곳에 박혀 있는 비옥한 밭 사이로 살짝 경사진 언덕을 천천히 올라가서 이제 숲의 가장자리에 당도했다.

모차르트가 말했다. "우리가 오늘만 아니라 어제와 그제 얼마나 많은 숲을 지나왔던가! 그런데도 난 발을 디뎌볼 생각은 미처 하지 못했소. 여보, 우리 한번 내려가서 저기 그늘 아래 참 예쁘게 피어 있는 파란 방울꽃을 꺾어 옵시다. 이보게, 마부, 자네 말들은 잠시 숨을 돌리는 게 좋겠네."

두 사람이 몸을 일으킬 때 자그만 사고가 발생한 사실이 드러났다. 그로 인해 작곡가는 지청구를 듣게 되었다. 그의 부주의로 값비싼 향수병 뚜껑이 열리는 바람에 내용물이 아무도 모르게 옷과 쿠션에 쏟아졌던 것이다. "진즉 눈치챌 수 있었는데. 아까부터 향기가 진동했는데 말이야." 모차르트 부인이 한탄했다. "아이 아까워라! 진품 로제 도로르 한 병을 통째로 쏟아버리다니! 금싸라기처럼 아끼던 건데." "아이고, 이런, 맹꽁이." 남편이 아내를 위로하려고 말했다. "우리가 당신의 귀한 향수 덕을 봤다는 것을 알아야 하오. 처음엔 마차 안이 빵 굽는 화덕 같아서 당신이 아무리 부채질을 해대도 소용이 없었잖소. 그런데 곧 마차 안이 시원해진 듯했소. 그게 내가 셔츠에 흘린 향수 몇 방울 덕분이라고 생각하구려. 우린 새롭게 생기를 얻어 경쾌하게 대화하며 왔잖소. 그렇지 않았더라면 우린 도살장에 끌려가는 양처럼 고개를 푹 떨어뜨리고 왔을 거요. 여정이 끝날 때까지 이렇게 좋은 일만 있을 것이오. 이제 어서 빨리 대도시 빈 시민인 우리 두 사람의 코를 여기 초록 숲 속에 한번 담가봅시다."

그들은 팔짱을 끼고 길가의 도랑을 넘어 곧장 컴컴한 전나무 숲으로 깊숙이 들어갔다. 빽빽한 나무들로 금세 칠흑같이 어두워졌고, 어쩌다가 한 줄기 햇살이 이끼가 융단처럼 뒤덮인 바닥을 비출 뿐이었다. 배우자의 배려가 없었더라면 바깥에서 맹위를 떨치던 더위와 대조적으로 기분을 상쾌하게 하는 서늘함이 이 조심성 없는 남자에게 위험할 뻔했다. 그녀는 애를 먹고 나서야 겨우 남편에게 챙겨 온 여벌 옷을 건네주었다. "아, 참으로 장관이로다!" 그는 높다란 나무줄기를 올려다보면서 큰 소리로 말했다. "마치 교회 안에 들어온 것 같구나. 난생처음 숲속에 들어온 것 같고, 이제야 비로소 나무들이 무리 지어 있다는 게 무슨 말인지 알겠네. 이것들은 저절로 자라서 이렇게 서 있는 거야. 함께 모여서 살아가는 게 그저 즐겁기 때문이지. 당신도 알다시피 젊었을 때 나는 이곳저곳 유럽의 절반을 돌아다녔고, 알프스산맥은 물론, 창조된 것 가운데 가장 거대하고 아름다운 바다를 보았소. 그런데 이 멍청이가 지금 우연히 보헤미아 지방 경계선의 평범한 전나무 숲 속에 들어와서 이런 곳이 존재한다는 사실에 놀라고 황홀경에 빠져 있구려. 요정이니 숲의 신이니 하는 것들과 같은 시적인 창조물이 아니고, 무대장치의 숲도 아니오. 그런 게 아니라 땅에서 자라난 것이고, 물과 햇볕이 키운 것이라오. 여기는 머리에 뾰쪽뾰쪽하고 신기한 뿔이 달린 사슴과 귀엽고 익살스러운 다람쥐, 큰 뇌조와 어치가 사는 곳이오." 그는 몸을 구부려서 버섯 하나를 따 들고는 화사한 붉은빛의 갓 아래 흰빛을 띤 섬세한 주름을 찬미했다. 그러고는 잣나무 솔방울 몇 개를 주머니에 집어넣었다.

부인이 말했다. "남들이 보면 당신이 프라터*에 스무 발짝도

---

* 빈의 거대한 놀이공원.

들어가보지 못한 거로 생각하겠어요. 프라터엔 그런 희귀한 것들도 있거든요."

"프라터라니! 제기랄, 지금 대체 무슨 말을 하는 거요. 의장마차, 군도, 연회복, 부채, 음악 그리고 이 세상 온갖 구경거리가 가득한데, 거기서 누가 다른 걸 보겠소? 또 그곳의 나무들도 그래요. 그것들이 제아무리 넓게 퍼져 있다 해도, 모르긴 몰라도 땅바닥에 떨어진 너도밤나무 열매나 도토리 들이 수없이 널린 코르크마개와 형제간처럼 비슷해 보여요. 두 시간 거리 밖의 나무에서도 술 냄새와 소스 냄새가 난단 말이오."

"아이고, 맹랑하기도 해라!" 그녀가 큰 소리로 말했다. "프라터에서 통닭구이 먹는 걸 누구보다 좋아하는 당신이 어떻게 그런 말을 할 수 있어요!"

두 사람은 다시 마차로 돌아와 앉았다. 길은 잠시 평평한 구간을 지난 뒤 서서히 아래쪽으로 내려가는데, 저 멀리 보이는 산까지 아름다운 풍경이 펼쳐졌다. 그때 한동안 말이 없던 우리의 작곡가가 다시 얘기하기 시작했다. "지구는 정말로 아름다워요. 그리고 가능한 한 오래 그 위에 머물고자 하는 사람을 나쁘다고 할 순 없어요. 다행스럽게도 나는 그 어느 때보다 활기차고 건강해서 당장 온갖 일을 다 해낼 것 같은 기분이오. 하지만 내 새 작품*을 완성해 공연하는 것처럼 하나씩 해내야 하오. 바깥세상과 내가 사는 고장에 내가 아직 모르는 특이하거나 아름다운 것, 자연, 학문과 예술 그리고 유익한 직업

---

* 「돈 조반니」를 말함.

이 얼마나 많은가! 나는 저기 저 숯가마의 숯검댕이 소년만큼이나 넓은 세상에 관해 아는 게 없지만, 마음속에는 이런저런 하고 싶은 일에 관한 생각과 욕구가 넘쳐나오. 다만 당장 해야 할 일 때문에 미뤄뒀을 뿐이오."

아내가 대꾸했다. "최근에 당신이 쓰던, 1785년도 휴대용 달력이 내 손에 들어왔어요. 거기 뒷장에 서너 개 메모를 해놓았더군요. 첫째 것은 '10월 중순에 황실 화폐 주조실에서 대형 사자상 주조'이고, 둘째 것은 '가트너 교수 방문!'인데 밑줄을 두 개나 그었더군요. 그 사람은 누구예요?"

"아, 그래요, 천문관측소의 연세 지긋하고 훌륭한 분이오. 날 가끔 그곳으로 초대해준다오. 오래전부터 언젠가 한번 당신과 함께 달과 그 안의 토끼를 관찰하고 싶었소. 지금 천문관측소에는 아주 큰 망원경이 있어요. 거대한 달 표면에서 손에 잡힐 정도로 밝고 선명하게 산맥과 골짜기, 협곡을 볼 수 있고, 햇빛이 비치지 않는 측면에서는 산들이 만드는 그림자를 볼 수 있대요. 벌써 2년 전부터 그곳에 가보자고 생각만 하고 막상 가보진 못했구려. 안타깝고 수치스럽게도 말이오."

"달이 어디 도망가지는 않아요." 그녀가 말했다. "우리가 못한 많은 일은 앞으로 하면 돼요."

잠시 쉬었다가 그가 말을 이어갔다. "모든 일이 다 그렇지 않소? 제기랄, 나는 사람들이 놓치고 뒤로 미루고 내버려두는 걸 생각해서는 안 되오. 신과 인간에 대한 의무를 얘기하는 게 아니오. 온전한 향유, 매일 우리 발아래 놓인 소박하고 순수한 즐거움에 관해 얘기하는 것이오."

모차르트 부인은 이 대목에서 점점 고조되는 남편의 변덕스러운 감정의 방향을 돌릴 수도 없었고, 돌릴 마음도 없었다. 그가 점점 더 열을 올려 말하자 진심으로 수긍할 수밖에 없었다. "내가 언제 한 시간이라도 우리 아이들과 즐긴 적이 있었던가! 언제나 불완전하고 부차적인 일이지 않았던가! 아들들을 한번 무릎에 앉히고 몇 분간 방 안을 돌아다니고는 그걸로 끝, 다시 내려놓고 말았소. 우리 부부가 함께 부활절이나 성령강림절 때 시골이나 공원, 숲, 초원에서 즐긴 기억이 없구려. 완전히 우리끼리만, 아이들의 놀이나 꽃놀이를 하면서 다시 한번 어린 시절로 돌아간 기억이 없어요. 그러는 사이 인생은 쏜살같이 지나가버리는데. 맙소사! 그걸 찬찬히 생각해보면 식은땀이 난다니까."

이렇게 터져 나온 자책과 함께 부부 사이에 지극히 친밀하고 호의적인 분위기가 형성되어 뜻밖에 아주 진지한 대화로 이어졌다. 여기서 그 대화를 자세히 전달하는 대신 대화의 소재와 배경을 이루는 상황을 전반적으로 이야기해보고자 한다.

이쯤에서 이 정열적이고, 세상의 모든 자극과 감수성이 도달할 수 있는 최고의 것에 대해 믿을 수 없을 정도로 예민한 사람이 짧은 생애 동안 많이 경험하고 향유하고 창조했음에도 불구하고 자신에 대해 변함없는 만족감을 평생 느끼지 못했다는 괴로운 생각이 먼저 떠오른다.

이러한 현상의 원인을 좀더 깊이 추적하고 싶은 사람이라면, 극복하기 어려운 습관으로 굳어버린 그의 약점에서 찾으리라. 우리가 모차르트에게서 경탄해 마지않는 부분과 일종의 필연적인 관련이 있는 약점이다.

그 사람의 욕구는 다양했고, 특히 사교 생활에서 즐거움을 찾으려는 성향이 강했다. 그는 빈에서 가장 존귀한 가문들이 인정하고 찾는 유일무이한 인재였다. 그는 또 축제나 모임, 소풍 초대를 사양하는 법이 거의 없었다. 그러면서 가까운 이들을 초대해서 대접하는 일도 많았다. 오래전부터 이어진 자택에서의 일요일 저녁 음악회, 일주일에 두세 번 몇몇 친구나 지인과 함께하는 풍성하면서도 허물없이 편안한 오찬, 그는 이런 일들을 거르지 않았다. 그는 때때로 예고 없이 길에서 만난 손님을 집으로 데려와 아내를 놀라게 했다. 음악 애호가, 동료 가수, 시인 등 수준이 천차만별인 사람들이었다. 장점이라곤 언제나 들뜬 기분에다 좀 거친 내용의 재담과 농담뿐인 한가한 한량도 재기발랄한 전문가나 탁월한 연주자와 마찬가지로 환영받았다. 그런데 모차르트는 대부분의 휴식을 집 밖에서 찾곤 했다. 이날이나 그날이나 식사 후에는 카페의 당구대에서, 저녁 시간에는 종종 술집에서 그를 볼 수 있었다. 모차르트는 사람들과 어울려 마차나 말을 타고 시골길 달리기를 아주 좋아했고, 완벽한 춤꾼으로서 무도회나 가장무도회를 찾았으며, 1년에 서너 번 민속축제에 참석하는 것을 가장 큰 낙으로 여겼다. 그는 무엇보다도 야외에서 열리는 브리기테 축제*를 좋아했는데, 어릿광대로 분장해 참석하기도 했다.

때로는 요란하고 분방하기도 하며, 때로는 좀 차분한 기분으로 맞는 이런 유흥은 엄청난 기력을 쏟아부은 다음 오랫동안

---

* 빈에서 열리는 가장 큰 민속축제.

긴장했던 정신에 휴식을 주기 위해서였다. 그것은 그 밖에도 천재가 무의식적으로 놀이를 하는 비밀스러운 방식을 통해서 순간적으로 사라져버리는 섬세한 느낌을 포착해 정신에 전달하기도 했다. 이를 통해 천재는 때때로 성과를 거두기도 했다. 그런데 유감스럽게도 그런 시간에는 다른 일, 현명한 처신이랄지 의무, 자기 보존이나 가정생활 같은 것은 고려할 수 없었다. 왜냐하면 그런 행운의 순간은 언제나 남김없이 철저히 즐겨야 했기 때문이다. 모차르트는 유흥을 즐길 때나 창작할 때나 똑같이 절제도 몰랐고 목표도 몰랐다. 그는 항상 밤 시간 일부를 작곡에 바쳤고, 이른 아침에는 자주 오랫동안 침대에 누운 채로 쉬었다. 그러다가 10시부터는 걸어서 또는 데리러 온 마차를 타고 교습하러 돌아다녔다. 그것은 오후의 한두 시간까지 잡아먹기 일쑤였다. 그가 언젠가 한 후원자에게 이렇게 글을 썼다. "저희도 정말로 애를 먹고 있으며, 참고 버텨내는 것이 힘들 때가 많답니다. 인정받는 쳄발로 연주자 겸 음악 선생으로서 여남은 학생을 맡아 가르치면서 현금으로 교습비만 내면 다른 건 보지도 않고 어떤 사람인지도 모를 새 학생을 받아들입니다. 악마의 꼬드김으로 콧수염을 기른 헝가리 출신 공병대 병사가 참말로 쓸데없이 통주저음이나 대위법을 배우겠다고 하면 그것도 환영입니다. 제가 정해진 시각에 나타나지 않기라도 하면, 미용사 코크베렐을 맞이하듯 벌겋게 화난 얼굴로 맞이하는 몹시 건방진 백작의 따님도 있었습니다. 이런 식이라니까요." 그가 이런 일이나 연주회, 연습 등과 같은 일들로 피곤해져서 신선한 공기를 간절히 바랄 때, 기진맥진한 정신에 외

견상으로나마 기운을 주는 것은 새로운 자극뿐일 때가 많았다. 건강은 아무도 모르게 나빠졌고, 오래전부터 재발하곤 하는 우울증은 이런 일 때문에 생겨나지는 않았더라도 촉진된 것은 분명했으며, 그리하여 최종적으로 그의 일거수일투족을 따라다니는 때 이른 죽음을 암시했다. 그는 자기 몫의 모든 즐거움에 들어 있는 쓰디쓴 양념 같은 후회의 감정은 물론 모든 종류와 정도의 걱정거리에 익숙해져 있었다. 그러나 이 고통을 승화하고 정화하여, 마치 저 깊은 우물에 모였다가 수많은 황금 관에서 솟구쳐 나오듯 무궁무진한 선율로 바꾸어 인간의 모든 고통과 행복을 표현해냈다는 사실을 우리는 안다.

모차르트의 삶의 방식은 그의 가정사에도 분명히 나쁜 영향을 끼쳤다. 어리석고 경솔하게 낭비한다는 비난을 피하기 어려웠다. 그것은 그의 마음씨 좋은 성향과도 관계가 깊었다. 어떤 사람이 절박한 사정으로 돈을 빌리거나 보증을 서달라고 찾아오면 대개 담보나 안정성에 대해 오래 캐묻지도 않았다. 그런 일은 실제로 어린아이에게만큼이나 그에게도 어울리지 않았다. 그는 기꺼이 바로 돈을 내주었다. 그것도 언제나 대범하게 웃으면서. 형편에 여유가 있다고 생각할 때는 특히 더 그랬다.

생활비와 그런 지출까지 감당하기에 그의 수입은 턱없이 부족했다. 극장과 연주회, 출판사와 교습생들로부터 나오는 수입과 왕실에서 받는 연금을 합쳐도 충분하지 않았다. 결정적으로 관객의 취향이 모차르트의 음악과 아직 거리가 멀었기 때문이다. 이 지순한 아름다움과 충만함 그리고 깊이는 당시 인기를 누리던 쉽게 이해되는 음악과 비교하면 낯설었다. 빈 사람들은 한때 「벨몬테와 콘스탄체」*의 대중적인 요소 덕분에 이 오페라에 싫증을 느끼지 않고 보고 또 보고 싶어 했다. 그러나 그와는 달리 몇 년 뒤 발표한 「피가로」는 귀엽지만 수준이 떨어지는 「코사 라라」와의 경쟁에서 뜻밖에 참패하고 말았는데, 그것은 확실히 극장 지배인의 음모** 때문만은 아니었다. 그 직후 교양이 있거나, 아니면 편견이 덜한 프라하 시민들이 「피가로」를 아주 열광적으로 받아들이자 모차르트는 감격하고 고마운 나머지 다음 장막 오페라는 특별히 그들을 위해 작곡하기로 마음먹었다. 불리한 운과 적대자들의 영향력에도 불구하고 모차르트가 좀더 신중하고 처세에 밝았더라면 자신의 예술에서 상당한 수입을 올렸을 것이다. 그러나 많은 대중이 그에게 박수갈채를 보내는 자신의 본업에서조차 재미를 보지 못했다. 요컨대 운명과 기질 그리고 자신의 잘못, 이 모두가 함께 작용한 결과였다.

이런 상황에서 주부가 자신의 책무를 안다면 얼마나 어려운 처지였을지 쉽게 이해할 수 있다. 음악가의 딸로 태어나 젊고 활력이 넘치며 예술가의 기질을 가졌지만, 어려서부터 궁핍한 생활에 길들어진 콘스탄체***는 그 재앙의 근원을 찾아내어 잘라내고 작은 것부터 절약하여 커다란 손실을 메우려는 착한 의

---

* 모차르트의 오페라.

** 「피가로의 결혼」의 빈 초연 때 이 작품을 실패로 이끌기 위해 이탈리아 출신 가수들이 의도적으로 서투르게 노래를 불렀다는 이야기가 있다.

*** 모차르트는 1782년 8월 4일 만하임 극장의 필경사 겸 프롬프터였던 프리돌린 베버의 딸과 혼인했는데, 그녀는 음악과 노래에 재능이 있었다.

지가 있었다. 다만 이 마지막 문제에서 그녀에게 부족한 점은 아마도 능숙한 수완과 어렸을 때의 경험이었을 것이다. 그녀는 돈을 관리하고 가계부를 적었다. 모든 청구서와 빚 독촉, 그리고 불쾌한 일은 모두 예외 없이 그녀의 몫이었다. 때때로 물이 턱밑까지 차오르기도 했을 것이다. 이런 쪼들림과 궁핍, 난처한 곤경과 공개적인 불명예의 두려움에 덧붙여서 종종 남편의 우울증이 나타날 때면 더욱 그랬다. 우울증이 찾아오면 남편은 아무것도 하지 않고, 또 어떤 위로도 받아들이지 않았다. 한숨을 쉬거나 한탄하면서 아내 옆이나 한구석에 죽치고 앉아서 끝없이 돌아가는 나사처럼 말없이 죽고 싶다는 슬픈 상념에 하염없이 빠져들곤 했다. 그런데도 그녀는 용기를 잃지 않았고, 그녀의 밝은 눈은 대개, 비록 얼마 동안만 유지될 것일지언정 해결책을 찾아냈다. 그럼에도 근본적으로 나아지지는 않았다. 그녀가 진지한 대화나 농담으로, 간청이나 아양으로 남편의 마음을 사로잡아 오늘 남편이 함께 차를 마시고, 나중에 저녁 식사도 가족과 함께하고, 그런 다음에 더는 외출하지 않겠다고 한들 그게 무슨 소용이 있는가? 울어서 퉁퉁 부은 아내 눈을 본 그가 갑자기 충격을 받고 마음이 움직여서 나쁜 습관을 진정으로 없애고, 아내가 요구하는 것 이상으로 최선을 다하겠다고 약속하기도 했지만, 부질없는 짓이었다. 그는 부지불식간에 예전 모습으로 돌아가곤 했다. 사람들은 그런 일이 모차르트 능력 밖의 일이라고 생각하게 되었다. 그리고 어떻게든 모든 사람에게 알맞고 이익에 부합하는 우리의 개념에 따른, 완전히 다른 질서를 그에게 강요한다면 그의 놀라운 본성 자체를 망가

뜨릴 것이라고 생각했다.

콘스탄체는 항상 상황이 좋아지리라는 희망을 품었다. 그런 변화가 외부로부터, 즉 경제 사정이 근본적으로 나아지는 데서 일어나기를 바랐다. 남편의 명성이 점점 커지고 있으니 형편이 나아지지 않을 수 없었다. 그녀는 직간접적으로 일에서 오는 지속적인 압박이 사라지면 남편이 능력과 시간의 절반을 돈벌이를 위해서 희생하지 않고 전적으로 진정한 천직에 전념할 수 있으리라 생각했다. 그리고 그가 기를 쓰고 유흥을 좇아다니지 않고 훨씬 더 편안한 마음으로 온전한 즐거움을 누려 그의 육체와 정신을 튼튼하게 한다면 그의 전반적인 상황이 한결 가벼워지고 자연스러워지고 안정될 것이라 여겼다. 그녀는 심지어 기회가 되면 이사하는 것도 염두에 두었다. 빈이 남편에게 별 도움이 되지 않는다고 확신했기에 빈에 대한 남편의 무조건적 애착을 결국에는 극복할 수 있으리라고 생각했다.

모차르트 부인은 이번 여행의 계기가 된 새 오페라의 성공이 자기 생각과 바람을 실현하는 데 가장 가깝고도 결정적인 추진력이 되리라 기대했다.

작곡은 절반 이상 진척되었다. 모차르트의 기질과 영향력을 충분히 파악하고 있는 측근들과 판단력 있는 친구들은 그 비범한 작품이 만들어지는 과정을 지켜본 목격자로서 어디서나 이구동성으로 이렇게 말했다. 많은 적대자조차 각오해야 할 테고, 이 「돈 조반니」*가 반년도 지나지 않아서 독일 땅 한쪽 끝

* 오페라 「돈 조반니」는 돈 후안의 전설이 소재이다.

에서 다른 쪽 끝까지 음악계 전체를 뒤흔들고 뒤집어엎어 일거에 정복할 것이라고. 또 다른 호의적인 사람들은 한결 조심스럽고 유보적이었다. 그들은 당시 음악계의 관점에서 볼 때, 보편적이고 신속한 성공은 기대하기 어렵다는 입장이었다. 모차르트 자신은 은밀하게 그들의 충분히 근거 있는 회의론을 같이했다.

감정이 일단 확고해지고, 게다가 지극히 합당한 소원이라는 열정에 사로잡힐 때, 언제나 여자는 나중에 여기저기서 제기되는 우려로 인해 흔들리는 남자와 달리 마음이 잘 흔들리지 않는 법이다. 콘스탄체는 자신의 믿음을 확고하게 견지했고, 바로 지금 마차 안에서도 다시금 각오를 다졌다. 그녀는 특유의 자유분방하고 원기 왕성한 태도로 곱절이나 열성적으로 그렇게 했다. 왜냐하면 어떤 결론으로 나아가지 못하고, 그래서 지극히 불만스럽게 중단되었던 바로 앞의 대화가 진행되는 도중에 이미 모차르트의 기분이 눈에 띄게 가라앉았기 때문이다. 그녀는 즉시 남편에게 예의 그 명랑한 태도로 자세하게 설명했다. 집으로 돌아간 후 프라하의 흥행업자와 악보 판매 대금으로 합의한 100두카텐*을 가장 급한 불을 끄는 데 쓰고, 또 그 밖에 어떻게 사용할 생각인지 시시콜콜 말했다. 그리고 현재 잔고라면 오는 겨울부터 내년 봄까지 충분할 것 같다고도 덧붙였다.

"당신이 말하는 본디니** 씨는 그 오페라로 한몫 챙길 거예

---

* 1599년부터 1857년까지 독일에서 (오스트리아에서는 20세기까지) 주조된 금화.

** 프라하에서 활동하던 이탈리아 오페라단의 단장으로, 100두카텐의 보수로 모차르트에게 「돈 조반니」의 작곡을 의뢰했다.

요. 내 말만 믿으세요. 당신은 항상 그 사람을 정직하다고 칭찬하는데, 그 사람이 당신 생각의 절반만 되어도 추후에 여러 무대에서 차례차례 필사본의 대가로 극장으로부터 받은 금액에서 응분의 몫을 당신에게 떼어줄 거예요. 그렇지 않다면, 그래, 다행이지, 그렇다면 다른 기회가 있어요. 그것도 천 배는 더 확실한 기회가 많아요. 나는 확신해요."

"한번 얘기해보시오."

"얼마 전에 프로이센 국왕이 음악감독을 찾는다는 소문을 들었어요."

"오호!"

"정확히 말해서 음악 총감독 자리예요. 상상이라도 좀 해볼게요. 이런 점은 엄마한테서 물려받은 거지만."

"맘껏 해보시오. 기상천외할수록 좋지."

"아니요, 모든 게 아주 자연스러워요. 먼저 가정해보면. 1년 뒤 이맘때쯤에……"

"해가 서쪽에서 뜬다면……"

"이 장난꾸러기, 제발 조용히. 분명히 말하지만 내년 성 에지디오 축일*쯤에는 빈에서 볼프** 모차르트라는 이름의 황실 작곡가는 눈을 씻고 찾아봐도 찾을 수 없게 된 지 이미 오래되었을 거예요."

"귀신 씻나락 까먹는 소리."

---

* 9월 1일.

** 볼프강의 약칭인데 원래 늑대라는 뜻이다.

"오랜 친구들이 우리에 대해 뭐라고 입방아를 찧을지 벌써 마음의 귀에 다 들려요."

"예를 들면?"

"예를 들자면 어느 날 아침 9시가 지나서 우리의 오래된 팬인 폴크슈테트 부인이 정열적인 종종걸음으로 콜마르크트 거리*를 가로질러 바쁘게 오고 있어요. 그 부인은 3개월간 작센에 사는 형부한테 가 있었어요. 우리가 알고부터 늘 그랬듯이 그녀의 일상 대화가 드디어 다시 시작된 거예요. 그녀가 어젯밤에 돌아왔거든요. 게다가 여행에서 돌아와 지금은 화젯거리가 흘러넘치는 상태거든요. 그걸 가지고 곧장 대령 부인한테 갑니다. 계단을 올라가서 문을 두드리곤 들어오라는 말을 기다릴 새도 없어요. 여보, 그 두 사람이 환호성을 지르고 포옹하는 광경을 한번 상상해보세요. 그 부인이 몇 가지 얘기를 한 다음 숨을 들이쉬고는 말하기 시작합니다. '대령 부인, 부인께 안부 인사를 한 보따리 가져왔어요. 누구의 인사인지 알아맞히실지 궁금하네요. 전 슈텐달에서 곧바로 오지 않고, 왼쪽으로 돌아서 브란덴부르크에 잠시 들렀답니다.' '뭐라고요? 그런 일이…… 베를린에 가셨다고요? 모차르트 선생 집에도 들리셨나요?' '천국에서와 같은 열흘이었지요!' '오, 존귀한 장군 부인, 얘기해주십시오, 자세히 얘기해주세요. 그 착한 사람들은 어떻게 지내고 있던가요? 그곳이 여전히 처음처럼 마음에 든답니까? 저로선 지금도 동화 같고 믿기지 않아요. 부인께서 그 사

* 오스트리아 빈의 미하엘 광장과 그라벤 거리를 잇는 거리.

람한테서 오시는 길이라고 하니까 지금은 더욱더 그래요. 모차르트 선생이 베를린 사람이라니! 그 사람 어떻게 처신하던가요? 대체 어떻게 보이던가요?' '아, 그 사람! 직접 보셔야 하는데. 왕께서 지난여름에 그 사람을 카를스바트 온천에 보내주셨답니다. 그 사람이 진심으로 받드는 요제프 황제께서 언제 그런 생각이나 한 적 있던가요, 흥? 제가 갔을 때, 그 부부가 막 집에 돌아왔더군요. 그 사람은 건강미와 생기가 번쩍이고 얼굴이 통통하고 몸이 불었으며 활력이 넘칩디다. 눈에는 행복과 편안함이 가득했죠.'"

이제 콘스탄체는 맡은 역할에 따라 그 새로운 상황을 밝은 색깔로 그리기 시작했다. 운터 덴 린덴 거리에 있는 모차르트의 집, 정원과 시골 별장에서부터 그의 공적 활동의 화려한 무대, 그리고 그가 왕비에게 피아노 반주를 해주는 궁정의 소규모 모임에 이르기까지 모든 것을 눈앞의 현실처럼 생생하게 묘사했다. 그녀는 대화며 멋진 일화들을 술술 풀어놓았다. 정말로 쇤브룬궁*과 빈의 황궁보다 그쪽 도성, 포츠담과 상수시궁**을 더 잘 아는 듯했다. 그 밖에 그녀는 장난기가 많아서 우리의 주인공에게 일련의 전혀 새로운 가장의 특성을 부여하기도 했다. 그것들은 프로이센 사람이라는 단단한 바탕 위에서 생겨났다. 폴크슈테트 부인은 모차르트의 새로운 특성에서 가장 두드러진 현상이자 극과 극은 통한다는 데에 대한 증거로

* 오스트리아 황제의 별궁.

** 포츠담 근처에 있는 프로이센 왕의 별궁.

진짜 인색함의 기미를 보았는데, 그것이 그 사람을 무한히 사랑스럽게 만들었다는 것이다. "'그래요, 그냥 믿으세요. 그 사람은 고정적으로 3천 탈러를 받는데 무엇 때문일까요? 일주일에 실내악 연주 한 번, 그랜드오페라를 두 번 지휘하는 대가랍니다. 아이고, 대령 부인, 우리의 사랑스럽고 자그마하며 소중한 그 사람을 보았어요. 그 사람이 직접 지도하고 또 그 사람을 존경하는 훌륭한 관현악단과 함께 있는 것을요. 저는 모차르트 부인과 함께 그녀의 지정석에 앉았지요. 아주 지체 높은 분들과 비스듬한 건너편이었어요. 음악회 안내문에 뭐라고 쓰여 있는지, 부인을 위해 하나 챙겨 왔지요. 저와 모차르트 부부의 작은 여행선물입니다 — 여길 보세요, 여길 읽어보세요, 대문짝만한 글씨로 인쇄되어 있어요.' '아이고 맙소사! 이게 뭡니까! 「타라르」라니!' '네, 그래요. 친애하는 부인, 별일을 다 겪어보지 않나요! 2년 전 모차르트가 「돈 조반니」를 쓰고 있을 때 그 저주받고 독살스러우며 흑황색 피부의 살리에리*는 파리에서 자신의 작품으로 대성공을 거두자 곧 자신의 본거지에서도 승리를 거두려고 했죠. 착하고 도요새같이 가벼운 걸 좋아하며 언제나 「코사 라라」에 만족하는 우리 관객에게 그렇게 독수리같이 무거운 장르를 한번 보여주려고 은밀하게 준비했어요. 그리고 그 작자는 이미 하수인들과 함께 「돈 조반니」를 지난번 「피가로」와 같이 털 뽑힌 닭처럼 산 것도 아니고 죽은 것도 아

---

* 1788년부터 빈의 궁정악장으로 활동한 안토니오 살리에리(1750~1825). 그가 작곡한 오페라 「타라르」가 빈에서 대성공을 거두자 모차르트의 「돈 조반니」는 먹히지 않았다.

닌 상태로 무대에 올리기 위해 음모를 꾸미고 있었어요. 그래요, 그때 저는 맹세했어요. 그 비열한 작품이 공연되면 세상을 다 준다 해도 보러 가지 않겠다고요. 그리고 제 다짐을 지켰지요. 모든 사람이 달려갔지요. 대령 부인, 당신도 역시. 그러나 저는 난로 옆에 앉아서 고양이를 무릎에 올려놓고 속을 채운 빵을 먹었어요. 이어서 몇 번 더 그랬답니다. 그런데 지금, 생각해보세요, 모차르트가 베를린 오페라극장에서 「타라르」를, 불구대천지원수의 작품을 지휘하는 겁니다! 만난 지 15분도 안 돼서, 부인은 가서 보셔야 합니다,라고 모차르트가 큰 소리로 말했어요.' '제가 어린 압살롬*의 머리카락 하나라도 건드렸는지 아닌지 빈 사람들에게 얘기해주기 위해서라도 보셔야 합니다. 전 그 사람이 직접 이 자리에 오기를 바랍니다. 그 시기심의 화신은 봐야 합니다. 제가 언제나 저 자신으로 남기 위해서 남의 작품을 망칠 필요가 없다는 걸 말입니다.'"

"멋있다! 훌륭해!" 모차르트가 큰 소리로 외치더니 아내의 귀를 잡고 마구 입 맞추고 껴안고 간질였다. 그래서 애석하게도 절대로, 소박한 정도로도 이루어지지 않을 꿈속의 미래라는 화려한 비눗방울 같은 이 놀이가 결국 유쾌한 장난, 쓸데없는 요란한 소리, 우스개로 끝나고 말았다.

그사이 그들은 계곡으로 내려와서 어떤 마을에 다가가고 있었다. 그들은 그 마을을 이미 언덕 위에서 보았고, 마을 바로

---

* 다윗 왕의 아들로, 치밀하고 권력욕이 강한 사람을 지칭한다. 여기서는 살리에리를 말한다. 『구약』「사무엘하」 13~19장 참조.

뒤로는 현대적으로 지은 작은 성이, 폰 쉰츠베르크 백작이라는 사람의 거처가 평화로운 평원 위에 보였다. 그 마을에서 말에 모이를 주고 점심을 먹고 휴식을 취할 예정이었다. 그들이 여정을 멈춘 식당 겸 여관은 마을 끄트머리 길옆에 외따로 있었다. 그 도로 옆으로 난 포플러 길에서 6백 걸음도 채 떨어지지 않은 곳에 백작의 정원이 있었다.

마차에서 내린 뒤 모차르트는 언제나처럼 음식 주문을 아내에게 맡겼다. 기다리는 동안 그는 포도주 한 잔을 아래층 홀로 가져다 달라고 했고, 부인은 우선 시원한 물을 마시고 한 시간 가량 눈을 붙이기 위해 조용한 방을 부탁했다. 누군가 그녀를 한 층 위로 안내했고, 남편은 아주 명랑하게 노래하고 휘파람을 불면서 뒤따라갔다. 급히 환기한 듯한 깨끗한 흰색으로 칠해진 방에는 고귀한 출처의 오래된 가구들이 있었고, 그 사이에—이것들은 틀림없이 백작의 저택에서 이곳으로 옮겨 왔을 것이다—연하게 색칠한 정갈한 침대가 하나 있었다. 침대는 초록색 래커로 칠한 가는 기둥이 떠받치는 도색한 천장이 있었다. 원래 천장에 달렸을 비단 휘장은 오래전에 평범한 천으로 바뀌었다. 콘스탄체가 편안한 자세로 눕자, 남편은 늦지 않게 깨우겠다고 약속했다. 그가 나간 후 그녀는 문에 빗장을 질렀고, 그는 이제 술청에서 혼자만의 심심풀이를 찾았다. 그러나 거기에는 주인 이외에 아무도 없었고 주인의 얘기가 포도주와 마찬가지로 마음에 들지 않았으므로 그는 음식이 준비될 때까지 성의 정원을 산책하겠다는 뜻을 밝혔다. 점잖은 외부인에게는 출입이 허용되고, 게다가 오늘은 주인 가족이 외출했다는 말을 들었기 때문이다.

그는 밖으로 나와 곧장 열린 격자문까지 짧은 길을 지나 키가 크고 오래된 보리수 길을 따라 천천히 걸었다. 그 끝 왼쪽으로 얼마 떨어지지 않은 거리에 성의 정면이 갑자기 눈앞에 나타났다. 이탈리아식 건축물로 밝은 흰색으로 칠해져 있고, 앞으로 툭 튀어나온 이중 계단이 있었다. 보통 양식의 입상들, 남녀 신상들이 난간과 함께 석판 지붕을 장식했다.

우리의 음악가는 널따랗고 꽃이 아직 풍성하게 피어 있는 두 개의 중앙 화단으로부터 정원의 관목이 있는 곳으로 걸어갔다. 짙은 색깔의 아름다운 소나무들을 만지며 이리저리 구부러진 오솔길로 발걸음을 옮겼다. 그러자 한결 밝아지더니 서서히 분수의 힘찬 물소리가 또렷이 들렸고 곧 분수가 모습을 드러냈다.

타원형의 널따란 분수대 주변으로 커다란 화분에 세심하게 관리되는 오렌지나무가 있고, 월계수와 협죽도가 번갈아가며 심겨 있었다. 부드러운 모랫길이 빙 둘러 있고, 그 길 건너편에 좁다란 격자 난간의 정자가 있었다. 정자는 아주 좋은 휴식처였다. 자그마한 탁자가 기다란 의자 앞에 있었다. 모차르트는 앞쪽 입구 쪽에 앉았다.

느긋하게 분수의 물소리에 귀를 기울인 채 그는 홀로 나무 대열에서 떨어져 바로 자기 옆에 있는, 예쁜 열매들을 주렁주렁 매단 중간 크기의 오렌지나무를 바라보았다. 우리의 친구는 이런 남국의 풍광을 보며 곧바로 어렸을 때의 즐거운 추억 하나를 떠올렸다. 깊은 생각에 잠긴 채 미소를 지으며 그는 가장 가까운 열매를 향해 팔을 내뻗는다. 마치 멋들어지게 둥그렇고 물기 촉촉한 차가운 감촉을 직접 손으로 느껴보려는 듯했다. 다시 눈앞에 나타난 그 유년 시절의 장면과 함께 이미 오래전에 희미해진 음악 관련 추억이 떠올라 그는 한동안 꿈꾸듯 불분명한 그 흔적을 더듬었다. 이제 그의 눈길이 반짝이며 이리저리 움직인다. 그는 어떤 생각에 사로잡혔고, 곧바로 열정적으로 그것을 좇는다. 산만한 정신 상태에서 두번째로 그 오렌지를 붙잡는다. 가지에서 떨어진 오렌지가 그의 손안에 놓인다. 그는 그것을 쳐다보지만 실제로 보는 것은 아니다. 그 향기로운 과일을 코밑에 대고 끊임없이 이리저리 흔들며 어떤 곡조의 시작과 중간을 불분명하게 흥얼거리다가 마지막에는 무의식적으로 저고리 옆 주머니에서 유약을 칠한 작은 함을 꺼내더니 거기서 은빛 손잡이가 달린 작은 칼을 꺼내 들고 공 모양의 노란색 덩어리를 천천히 위에서부터 아래로 잘랐다. 그럴 정도로, 예술가들이 흔히 그러듯 무아의 상태가 되었다. 어쩌면 희미한 갈증이 그를 이끌었을지도 모르지만, 어쨌든 들뜬 감각은 그 달콤한 향기로 만족했다. 그는 몇 분 동안 자른 양쪽의 단면을 응시하다가 천천히 다시 합치고, 아주 느릿느릿 떼었다가 다시 합친다.

그때 근처에서 발걸음 소리를 듣고 화들짝 놀란다. 이윽고 그는 자기가 어디 있는지, 무슨 짓을 했는지, 하는 의식이 불현듯 찾아온다. 그는 오렌지를 감추려다가 즉각 그 동작을 멈춘다. 자존심 때문인지, 아니면 그러기에는 이미 때가 너무 늦어서인지 알 수 없다. 키가 크고 어깨가 떡 벌어진 하인 제복 차림의 정원사가 그 앞에 서 있었다. 정원사는 아마도 그 수상한 마지막 동작을 보았을 테고, 당황했는지 잠시 침묵했다. 모차르트 역시 한동안 말없이 그 자리에 못 박힌 듯 앉아 있다가 벌겋게 상기된 얼굴로 억지웃음을 지으면서, 그러나 어느 정도 당돌하게 파란색 눈을 들어 그를 바라보았다. 제삼자가 보기에는 정말 우스꽝스러웠을 터다. 그런 다음 애써 반발하듯 겉보기로는 멀쩡한 그 오렌지를 힘차게 탁자 가운데에 내려놓았다.

정원사가 낯선 사람의 별 볼 일 없는 옷차림을 살피더니 화를 억누르며 말했다. "죄송합니다만, 누구신지 모르겠는데……"

"빈에서 온 음악감독 모차르트올시다."

"틀림없이 우리 성과 교분이 있으시겠지요?"

"나는 여기서 모르는 사람이고 여행하는 중이오. 백작님 계시오?"

"안 계십니다."

"부인께서는?"

"바쁘셔서 만나 뵙기 어려울 겁니다."

모차르트는 일어나서 가려고 했다.

"죄송합니다만, 어떻게 여기서 그런 짓을 하게 되었나요?"

"뭐라고?" 모차르트가 큰 소리로 말했다. "짓거리를 한다고? 빌어먹을, 내가 저걸 훔쳐 먹으려 했다는 거요?"

"신사 양반, 전 제 눈으로 본 걸 믿습니다. 이 열매들의 개수를 다 세어놓았고, 제가 책임지고 있습니다. 백작님께서는 이 나무를 특정한 잔치에 쓰려고 정해놓으셨답니다. 이 나무를 지금 가져가야 합니다. 제가 이 일을 보고하고, 신사분께서 그 일이 어떻게 일어났는지 말씀해주시기 전에는 보내드릴 수 없습니다."

"아무래도 좋소. 그때까지 여기서 기다리겠소. 날 믿으시오."

정원사는 머뭇거리며 주위를 둘러보았고, 모차르트는 어쩌면 돈 몇 푼 달라고 그러는 것이 아닌가 하는 생각에 주머니에 손을 넣어보았으나 가진 돈이 한 푼도 없었다.

정말로 보조정원사 둘이 다가와 그 나무를 들것에 싣고 가져갔다. 그러는 사이 우리의 음악가는 수첩을 꺼내 흰 종이 한 장을 떼어 연필로 쓰기 시작했다. 정원사는 그 자리에서 꼼짝도 하지 않았다.

존귀하신 백작 부인, 불운한 저는 먼 옛날 선악과를 따 먹고 난 다음의 아담처럼 부인의 천국 안에 있습니다. 불행한 일이 벌어지고 말았는데, 저는 그 책임을 이브에게 전가하지도 못할 형편입니다. 그녀는 지금 여관의 천장 있는 침대에서 우아미의 여신들과 사랑의 아기 신들의 보호 속에 잠자고 있으니까요. 명령만 하십시오. 그러면 제가 직접 부인께 저 자신도 이해할 수 없는 몹쓸 짓에 대해 해명하겠습니다. 솔직히 부끄러움을 느끼면서.

삼가 머리를 조아리며
프라하 여행길의
W. A. 모차르트

그는 그 쪽지를 서투르게 접어서 언짢은 심정으로 기다리는 하인에게 필요한 지시와 함께 건넸다.

그 성가신 자는 곧바로 가지 않았다. 그때 성의 뒤편에서 마당으로 들어오는 마차 소리가 들렸다. 백작이 조카딸 오이게니와 젊고 부유한 남작인 그녀의 약혼자와 함께 이웃 장원에서 돌아오는 중이었다. 약혼자의 모친이 수년 전부터 집에만 머물러야 하는 상황이라 약혼식이 오늘 그 집에서 열렸던 것이다. 이제 오이게니가 마치 백작의 친딸처럼 어려서부터 제2의 고향으로 삼은 여기서도 몇몇 친척과 함께 즐겁게 피로연을 열 예정이었다. 백작 부인은 이런저런 준비를 위해 아들 막스 소위와 함께 좀 일찍 집으로 돌아왔었다. 이제 성안은 복도건 계단이건 온통 분주하게 돌아갔다. 정원사는 애를 먹고 나서야 겨우 백작 부인에게 그 쪽지를 건네주었다. 그런데 그녀는 바로 펴보지도 않고, 정원사의 말도 건성으로 듣더니 분주하게 그 자리를 떠났다. 그는 기다리고 또 기다렸으나 그녀는 돌아오지 않았다. 사환, 시녀, 시종 등 하인들이 하나씩 정원사 옆을 바쁘게 지나갔다. 그는 백작에 관해 물어보았는데 옷을 갈아입고 있다고 했다. 그는 이제 막스를 찾아 그의 방으로 갔다. 그러나 막스는 때마침 오이게니의 약혼자와 얘기하는 중이었고, 정원사가 아직은 발설해서는 안 되는 뭔가를 보고하거나 문의하려 한다는 우려 때문에 정원사의 말을 잘랐다. "나가서 기다리게. 나중에 보세." 마침내 아버지와 아들이 동시에 나와서 그 불길한 소식을 들을 때까지는 한참을 더 기다려야 했다.

"그것 참 고약하구나!" 뚱뚱하고 마음씨 좋으나 성질이 좀 급한 편인 백작이 외쳤다. "도무지 이해할 수 없는 일이다. 빈의 음악가라고 했나? 추측건대 노자나 얻으려고 돌아다니다가 눈에 띄는 걸 집어가는 그런 건달 아니겠나?"

"송구합니다만, 그렇게 보이진 않았습니다. 제 생각엔 머리가 좀 이상한 것 같습니다. 아주 거만하기도 하고요. 자기 이름을 모…… 뭐라고 하대요. 저 아래에서 하답을 기다리고 있습니다. 하인츠에게 길을 지키고 그 사람을 감시하라고 일렀습니다."

"빌어먹을, 일은 이미 벌어졌는데 무슨 소용이란 말이냐? 그 멍청이를 감옥에 처넣는다고 해도 피해는 복구되지 않아. 앞문을 항상 잠가야 한다고 골백번도 더 말하지 않았더냐. 어쨌거나 네가 제때 준비를 마쳤더라면 그 사고는 막을 수 있었어."

그때 백작 부인이 옆방에서 손에 쪽지를 펼쳐 들고 기쁨에 들떠 종종걸음으로 나오더니 크게 소리쳤다. "저 아래에 있는 사람이 누군지 아시겠어요? 이럴 수가, 이 쪽지를 읽어보세요, 빈의 모차르트, 작곡가란 말이에요. 어서 가서 그 사람을 모셔와야겠어요. 벌써 가버리지 않았을까 걱정이네요. 그 사람이 날 어떻게 보겠어요. 여보게, 펠텐, 그 사람을 공손하게 대했나? 대관절 무슨 일이 벌어진 거야?"

"무슨 일이냐고?" 백작이 대꾸했다. 유명인사의 방문에 대한 기대도 백작의 분노를 단박에 억누르지는 못했다. "그 정신 나간 작자가 내가 오이게니 걸로 정한 나무에 새로 열린 오렌지 세 개 중 한 개를 따버렸대요. 흠! 난폭한 작자! 우리가 준비한 여흥은 김이 빠지고, 막스는 시 암송을 할 수 없게 되고 말았소."

“그렇지 않아요.” 다급해진 부인이 말했다. “그 실수는 손쉽게 메울 수 있어요. 제게 맡겨주세요. 이제 두 사람은 가서 그분을 풀어주고, 최대한 친절하고 따뜻하게 맞이하세요. 어떻게든 붙잡아둘 수만 있다면 오늘 그분을 떠나보내지 않겠어요. 만약 정원에서 만나지 못한다면 여관으로 찾아가서 부인과 함께 모셔오세요. 어떤 우연도 오이게니를 위해 이보다 더 큰 선물, 이보다 더 멋진 기쁨을 오늘 우리에게 줄 수는 없어요.”

“그렇고말고요. 저도 처음부터 그렇게 생각했어요.” 막스가 대답했다. 서둘러 계단을 향해 가면서 막스가 말했다. “어서 가시지요, 아버지. 그리고 시 문제라면 걱정하지 않으셔도 됩니다. 시의 여신을 섭섭하게 하진 않을 겁니다. 오히려 이 사건이 특별한 행운을 불러올 겁니다.” “그건 불가능해.” “분명히 그렇지 않습니다.” “그래, 그렇다면 그 말에 책임져야 한다. 그럼 그 괴짜에게 최대한 경의를 표해보자꾸나.”

성안에서 이런 일이 벌어지는 동안 포로나 다름없는 우리의 음악가는 이 일이 어떻게 될지에는 아무런 관심도 없이 긴 시간을 글을 쓰면서 보냈다. 그러다 아무도 나타나지 않자 불안해져서 이리저리 돌아다니기 시작했다. 게다가 여관에서 재촉하는 소식이 왔다. 이미 오래전에 음식이 준비되었으니 바로 돌아오라고 역마차 마부가 재촉한다는 것이었다. 그래서 그는 소지품을 챙겨서 그냥 떠나려고 했다. 그때 두 신사가 정자 앞에 나타났다.

백작은 모차르트에게 전부터 알던 사람이라도 되듯 힘차게 울리는 목소리로 활기차게 인사했다. 백작은 모차르트에게 변

명할 기회도 주지 않고 대뜸 모차르트 부부를 적어도 오늘 점심과 저녁에는 자기 집에 모시고 싶다는 희망을 피력했다. "친애하는 작곡가 선생, 선생은 우리 가족에게 전혀 낯설지 않습니다. 모차르트라는 이름이 여기서보다 더 열광적으로, 또 자주 이야기되는 곳은 아마 어디에도 없을 겁니다. 우리 조카딸은 노래를 부르고 악기를 연주하는데, 피아노를 치며 거의 하루를 보낸답니다. 선생의 작품들을 암기하고 있으며, 지난겨울 선생의 연주회에도 다녀왔지만, 좀더 가까이서 선생을 한번 뵙고 싶어 합니다. 우리 가족이 머지않아 몇 주 일정으로 빈에 갈 예정인데, 친척들이 조카딸을 갈리치 후작 댁으로 초대하기로 약속했어요. 거기서 종종 선생을 만날 수 있다더군요. 그런데 이제 선생은 프라하로 가시고, 그렇게 빨리 돌아오시지는 않겠지요. 또 돌아올 때 선생이 우리 집을 들를지는 아무도 모릅니다. 오늘과 내일 휴식을 취하시지요. 선생의 마차를 즉시 집으로 돌려보내겠습니다. 남은 여정은 나한테 맡겨주세요."

친구들이나 노는 일에 관해서라면 여기서 요구하는 것보다 열 배는 더 선선히 응하는 작곡가인 만큼 오래 생각하지 않았다. 그는 남은 오늘 하루는 기꺼이 머물겠으나 내일은 꼭두새벽에 길을 떠나야 한다고 말했다. 막스 소위는 모차르트 부인을 데려오겠다며, 여관에서 필요한 일을 처리할 수 있게 허락을 구했다. 그가 떠났고 이어서 마차 한 대가 곧바로 뒤따라가기로 했다.

이 젊은이에 대해 잠시 언급하자면, 부모로부터 물려받은 명랑한 기질, 문학에 대한 재능과 애정을 겸비하고, 군인 생활을 진정으로 좋아하지는 않으나 장교로서 지식과 훌륭한 태도로 두각을 나타내는 인물이었다. 그는 프랑스 문학을 잘 알았고, 독일 시가 상류사회에서 대접받지 못하던 시절에 하게도른이나 괴츠 또는 다른 시인들에게서 발견한 훌륭한 모범에 따라 모국어로 저속하지 않은 가벼운 형식의 시를 지어 칭찬과 호감을 얻었다. 이미 들은 것처럼 오늘이 그에게는 재능을 발휘할 특별히 반가운 기회였다.

그는 차려진 식탁 앞에서 여관집 딸과 얘기하고 있는 모차르트 부인을 만났다. 그녀는 이미 수프 한 접시를 먹었다. 그녀는 남편이 저지른 이상하고 우발적인 사건이나 즉흥적인 일탈 행동에 너무나 익숙한 나머지 그 젊은 장교의 출현과 맡은 임무에 대해 그다지 당혹해하지 않았다. 명랑한 척 꾸미지 않고 사려 깊고 능란하게 필요한 일을 빠짐없이 직접 상의하고 처리했다. 짐을 옮겨 싣고 값을 치른 후 역마차를 보냈다. 그녀는 유난을 떨지 않으면서 매무새를 가다듬고는 남편이 얼마나 특별하게 그곳에 들어가게 되었는지 까맣게 모른 채 동반자와 함께 기분 좋게 성을 향해 떠났다.

그사이 모차르트는 그곳에서 이미 편안하게 최상의 대접을 받고 있었다. 그는 잠시 후 약혼자와 함께 있는 생기발랄하고 아주 우아하며 부드럽고 진지한 사람인 오이게니를 만났다. 그녀는 금발이고, 날씬한 몸매에 값비싼 레이스가 달린 반짝반짝 빛나는 진홍색 비단옷을 입었으며, 이마에는 귀한 진주가 박힌 하얀 띠를 둘렀다. 그녀보다 나이가 별로 많지 않은 남작은 부드럽고 개방적인 성격이며 어디로 보나 그녀와 잘 어울렸다.

처음에는 명랑한 집주인이 조금 큰 목소리로 익살과 짤막한 얘기를 끼워 넣으며 대화를 거의 혼자 이끌어가는 듯했다. 다과가 나왔고, 우리의 여행자는 조금도 사양하지 않았다.

누군가가 피아노 뚜껑을 열어놓았는데 「피가로의 결혼」이 펼쳐져 있었다. 오이게니가 남작의 반주에 맞춰 정원 장면의 수잔나 아리아*를 부르려고 했다. 감미로운 정열이 여름 저녁의 향긋한 바람처럼 흠뻑 밀려오는 장면 말이다. 오이게니의 뺨에 엷은 홍조가 나타났다가 이내 창백해졌다. 그러나 낭랑하게 그녀의 입에서 나온 첫 음과 함께 그녀의 가슴을 옥죄던 압박이 모두 떨어져 나갔다. 그녀는 미소를 지으며 안정적으로 고음을 유지했고, 이 순간의 느낌, 어쩌면 그녀의 생애에서 그런 유형으로는 유일했을 감정이 그녀를 고무했다.

모차르트는 분명히 놀란 것 같았다. 오이게니가 노래를 끝냈을 때, 그는 그녀에게 다가가 진심에서 우러나온 한마디를 건넸다. "사랑스러운 아가씨, 무슨 말을 해야 좋을지 모르겠네요. 누구나 햇볕 속에 들어오면 즉시 편안해져서 태양은 남의 칭송이 필요하지 않지요. 지금이 바로 그렇습니다. 이런 노래를 들으면 마음이 욕조 안에 있는 아이와 같은 기분이에요. 아이는 웃고 신기해하며 세상에서 그보다 더 좋은 건 모른답니다. 내 말을 믿으세요. 우리 같은 사람도 그렇게 순수하고 가식이 없으며 따뜻하게, 정말이지 그렇게 온존하게 자기 자신의 노래를 듣게 되는 건 빈에서도 드문 일입니다." 이 말과 함께 그는

* 4막 10장.

그녀의 손을 잡아 정중하게 입을 맞추었다. 모차르트의 친절과 호의는 그가 그녀의 재능에 내린 영광스러운 평가 못지않게 오이게니를 가벼운 현기증이 날 만큼 거역할 수 없는 감동의 도가니로 몰아넣었고, 이윽고 그녀의 두 눈에 눈물이 고였다.

그때 모차르트 부인이 문으로 들어왔다. 곧이어 기다리던 다른 손님들도 왔다. 근처에 사는 백작과 가까운 친척인 남작의 가족인데 프란치스카라는 딸을 데리고 왔다. 그녀는 어렸을 때부터 예비 신부와 단짝이었고 여기가 자기 집이나 다름없었다.

사람들이 서로 인사를 나누고 포옹하고 축하했다. 그리고 빈에서 온 두 손님을 소개했다. 모차르트는 피아노 앞에 앉았다. 그는 오이게니가 지금 연습하는 자작 협주곡 일부를 연주했다.

지금과 같은 소규모 청중을 위한 연주의 효과는 당연히 공공장소에서의 연주와는 다르다. 차이점은 예술가와 직접 접촉하고 가정적인 친숙한 분위기에서 예술가의 정신과 함께한다는 무한한 만족감이다.

그것은 저 찬란한 작품들 가운데 하나였다. 그 작품에서는 순수한 아름다움이 변덕을 부리듯 기꺼이 우아함의 지휘 아래로 들어간다. 그러나 아름다움은 자의적으로 유희하는 듯한 형식 속으로, 수많은 눈부신 불빛 뒤로 숨는 것 같지만, 모든 움직임 속에서 그 본연의 품격을 드러내고 장엄한 열정을 아낌없이 쏟아낸다.

백작 부인은 물론 대부분의 청중이, 어쩌면 오이게니도 예외가 아닐 텐데, 매혹적인 연주가 이어지는 동안 극도의 집중과 장엄할 정도로 고요한 분위기 속에서도 정신이 눈과 귀로 분리된 듯한 느낌이었다. 그 작곡가, 그의 특징 없고 거의 경직된 자세, 착해 보이는 얼굴, 자그마한 양손의 둥그런 움직임을 정신없이 바라보는 가운데 이 마술사에 대한 수천 가지 생각이 중구난방으로 밀려드는 것을 막기가 정녕 쉽지 않았다.

모차르트가 피아노에서 일어서자 백작이 모차르트 부인을 향해 말했다. "유명한 예술가를 상대로 멋들어진 전문가적 칭찬을 해야 할 경우, 모든 사람이 다 할 수 있는 건 아닙니다만, 왕이나 황제들은 얼마나 편합니까! 모든 게 오로지 그런 입에 달려 있습니다. 그들이 무엇인들 못 하겠습니까. 그리고 예컨대 부인의 부군 의자 바로 뒤에서 영롱한 환상곡의 마지막 화음을 듣고 소박하고 탁월한 그의 어깨를 두드리며 '친애하는 모차르트, 그대는 만능재주꾼이오'라고 말하는 게 얼마나 편합니까. 그 말이 떨어지자마자 들불처럼 홀 전체로 퍼져나갑니다. '황제가 그에게 뭐라고 하셨나요?' '만능재주꾼이라고 하셨어요' 그리고 바이올린을 켜거나 노래를 하거나 작곡을 하는 사람 모두 그 말 한마디에 정신을 잃고 맙니다. 간단히 말해 위대한 어법, 친근한 가정적인 황제 어법, 모방할 수 없는 어법입니다. 나는 그것 때문에 오래전부터 왕이나 황제 들을 부러워했습니다만, 주머니를 다 뒤져봐도 다른 사람의 재치 있는 동전 한 닢 찾을 수 없는 지금 그 어느 때보다 더 그렇습니다."

백작의 익살스러운 이 말은 어쨌거나 환심을 샀고, 웃음을 자아냈다.

이제 사람들은 안주인의 안내에 따라 아름답게 장식된 원형 식당으로 갔다. 꽃향기와 식욕을 자극하는 선선한 바람이 불어왔다.

사람들이 예법에 맞게 배치된 자리에 앉았다. 특별손님은 약혼자들 건너편에 앉았다. 그의 한편에는 키가 자그마하고 나이가 지긋한 숙녀, 즉 독신인 프란치스카의 고모가, 다른 편에는 젊고 매력적인 조카딸이 앉았다. 그녀는 곧 재기 발랄한 성격으로 특별히 모차르트의 호감을 얻었다. 모차르트 부인은 집주인과 그녀를 친절하게 여기로 데려온 소위 사이에 앉았다. 나머지 사람들도 줄지어 앉아, 열한 명이 가능한 한 다채롭게 뒤섞여 식탁에 앉았다. 식탁의 아래쪽 끝자리만 비었다. 식탁 중앙에는 엄청나게 크고 사람 형상이 그려진 도자기 장식대 두 개 사이에 과일과 생화가 가득 담긴 넓직한 접시들이 있었다. 홀의 벽에는 꽃 장식이 가득 걸려 있었다. 그 밖에 미리 식탁 위에 준비되어 있거나 차례차례 나오는 음식 모두가 푸짐한 진수성찬을 예고하는 듯했다. 일부는 식탁 위 그릇과 쟁반들 사이에, 일부는 뒤쪽의 보조 식탁에서 검붉은 색부터 누르스름한 백색에 이르기까지 갖가지 귀한 술병이 번쩍였다. 활기를 돋우는 그 거품은 전통적으로 잔치의 후반부를 장식하기 위한 것이다.

대화는 이 시점에 이르기까지 모두가 골고루 참여하는 가운데 여러 이야깃거리를 다양한 각도에서 활발하게 이어갔다. 그런데 백작이 초두에 두세 번 에둘러서 말하더니 이제 점점 더 직접적이고 장난스럽게 정원에서 벌어진 모차르트의 모험을 이야기하여, 일부는 은밀하게 웃고, 다른 일부는 도대체 백작이 무슨 말을 하느냐고 속절없이 궁금해했기 때문에 마침내 우리의 친구가 말을 꺼냈다.

"제가 어떻게 해서 영광스럽게도 이 고귀한 가문과 인연을 맺게 되었는지 그 경위를 고백하고자 합니다. 그 과정에서 전 떳떳하지 못한 역할을 맡았습니다. 자칫하면 지금 이렇게 여기서 즐겁게 식사하는 대신 이 성의 후미진 감방에서 쫄쫄 굶은 채 벽에 쳐진 거미줄이나 쳐다보고 있을 뻔했습니다."

"이제 그 멋진 얘기를 듣겠네요." 모차르트 부인이 큰 소리로 말했다.

모차르트는 먼저 '백마' 식당 겸 여관에 아내를 혼자 두고 나온 일부터 자세히 이야기하고, 정원을 산보한 일, 정자에서의 실수, 정원사와의 실랑이 등 간단히 말해 우리가 이미 대충 아는 모든 일을 아주 솔직하게 털어놓아서 듣는 사람들이 대단히 흥겨워했다. 웃음이 거의 그치지 않았다. 차분한 오이게니조차 참지 못했다. 그녀의 웃음보를 제대로 뒤흔들었다.

모차르트가 얘기를 계속했다. "이득이 있으면 사람은 비웃음도 불사한다는 말이 있습니다. 전 그 일로부터 작은 이득을 볼 텐데, 곧 아시게 될 겁니다. 하지만 무엇보다 먼저 이 나이 든 바보가 자기 자신을 그렇게 망각하는 일이 도대체 어떻게 일어났는지 들어보십시오. 어린 시절의 기억이 함께 작용했습니다.

1770년 봄, 전 열세 살 먹은 아이로 아버님과 함께 이탈리아를 여행했습니다.* 저희는 로마에서 나폴리로 갔습니다. 전 음악학교에서 두 번, 그리고 다른 곳에서 여러 번 연주했습니다. 귀족과 성직자 들이 많은 편의를 제공해주었고, 특히 한 재속

* 1769년 12월 13일 모차르트는 아버지와 함께 이탈리아로 떠났다.

신부가 저희한테 착 달라붙어 동행했습니다. 그 신부는 음악전문가로 행세했고 궁정에서도 통하는 인물이었지요. 저희가 떠나기 전날 그 신부가 다른 몇몇 분과 함께 저희를 왕의 정원, 왕의 빌라로 안내했습니다. 호화로운 해변도로 바로 옆에 있었습니다. 거기서 한 시칠리아 극단이 공연하고 있었지요. 여러 근사한 명칭 이외에도 '해신의 아들들'이라는 이름을 가진 극단이었습니다. 우리는 젊고 매력적인 카롤리나 왕비*와 두 공주를 위시한 수많은 지체 높은 신분의 관중과 함께 천막같이 위가 덮인 낮은 회랑의 그늘 아래 길게 줄지어 있는 의자에 앉았습니다. 회랑의 담 아래쪽에는 파도가 부딪쳐서 철썩거렸습니다. 색색으로 변하는 바다는 해가 뜬 파란 하늘을 근사하게 반사했습니다. 정면에는 베수비오산이 있고 왼편에는 살짝 휘어져서 매력적인 해안이 반짝거렸습니다.

공연의 1부가 끝났습니다. 연극은 물 위에 설치된 일종의 뗏목 같은, 물에 젖지 않은 판자 바닥에서 진행되었는데, 별것 아니었습니다. 그런데 제일 훌륭한 부분인 2부는 뱃사람, 헤엄치는 사람, 잠수부 들의 장면으로 구성되었는데, 세세한 부분까지 언제나 선명하게 제 머릿속에 각인되었습니다.

멋들어지고 아주 날렵한 돛단배 두 척이 서로 마주 보며 다가왔습니다. 두 척 모두 유람을 나온 것처럼 보였습니다. 약간 더 큰 배는 위가 반쯤 덮였고, 노 젓는 자리 외에 가는 돛대와

---

* 오스트리아 황제 프란츠 1세와 마리아 테레지아의 딸로 1768년부터 나폴리의 왕비.

돛을 갖추었고, 화려하게 칠해졌으며, 뱃머리는 황금색이었습니다. 잘생긴 청년 다섯 명이 옷을 거의 입지 않고 팔과 다리 그리고 가슴을 드러낸 채 일부는 노를 젓고, 일부는 같은 숫자의 귀여운 처녀, 애인 들과 즐기고 있었습니다. 그 가운데 상갑판 중앙에 앉아서 화환을 엮는 여자는 몸매와 미모 그리고 치장에서 다른 여자들보다 뛰어났습니다. 처녀들은 그녀의 머리 위로 천을 펼쳐서 햇볕을 가려주고, 바구니에서 꽃을 꺼내주는 등 기꺼이 시중을 들었습니다. 한 플루트 부는 여자가 그녀 발치에 앉아서 다른 여자들이 부르는 노래에 반주를 해주었습니다. 특별히 아름다운 그 여자를 보호하는 남자도 있었습니다. 그러나 그들은 서로 데면데면했고 남자의 행동이 좀 거칠다는 생각이 들었습니다.

그사이 다른 수수한 배가 가까이 다가왔습니다. 거기에는 젊은 남자들밖에 안 보였습니다. 첫번째 배의 청년들이 빨간 옷을 입고 있었다면, 두번째 젊은이들의 옷은 바다 빛 초록색이었습니다. 그들은 그 귀여운 아가씨들을 보자 멈칫하더니 손짓으로 인사를 하고, 서로 알고 지내고 싶다는 뜻을 밝혔습니다. 그러자 가장 대담한 여자가 가슴에서 장미 한 송이를 꺼내어 짓궂게 높이 쳐들었습니다. 마치 그런 선물이면 적당하겠느냐고 묻는 것 같았습니다. 다른 배에서는 그에 대해 분명한 동작으로 답했지요. 빨간 옷을 입은 청년들은 경멸스럽고 침울한 눈길로 지켜보았는데, 여러 여자가 배고픔과 갈증을 덜어주기 위해 그 불쌍한 자들에게 최소한 뭐라도 던져주자고 의견을 모았을 때, 빨간 옷의 청년들은 말리지 못했습니다. 갑판에 오렌지가 가득 담긴 바구니가 있었는데, 아마도 오렌지처럼 만든 노란 공이었겠지요. 이제 해안의 방파제 위에 자리 잡은 악단의 연주에 맞춰 황홀한 볼거리가 시작되었습니다.

한 처녀가 먼저 오렌지 두세 개를 가볍게 던지니 건너편에서도 그걸 가볍게 받아서 곧장 되돌려 보냈습니다. 이렇게 왔다 갔다 했습니다. 그리고 점차 여자들이 더 가담했으므로 여남은 개의 오렌지가 점점 더 빠른 속도로 왔다 갔다 했지요. 가운데 있던 미모의 여자는 의자에 앉아서 탐욕스러운 눈길로 지켜보는 것 말고는 이 싸움에 가담하지 않았습니다. 우리는 양측의 능수능란한 동작을 경탄해 마지않았습니다. 양쪽 배는 대략 30보 거리를 두고 천천히 서로 주위를 돌면서 어떤 때는 옆면 전체를, 또 어떤 때는 앞면 절반을 비스듬하게 상대편 배쪽으로 돌렸습니다. 끊임없이 날아다닌 공은 스물네 개가량이었는데, 혼란스러워서 그보다 훨씬 더 많아 보였습니다. 때때로 말 그대로 집중 포화가 되었고, 종종 높다랗게 곡선을 그리며 솟구쳤다가 떨어지기도 했습니다. 엉뚱한 방향으로 날아가는 건 거의 없었습니다. 마치 인력에 의해 저절로 벌린 손 안으로 빨려 들어가는 듯했습니다.

눈이 그런 볼거리로 즐거운 한편, 달콤한 멜로디가 흘러 귀를 즐겁게 했습니다. 시칠리아의 가곡, 댄스곡, 살타렐로* 무도곡, 이 모두를 화환 방식으로 가볍게 연결한 접속곡 등이었습니다. 어린 공주는 애교 있고 거침이 없는 사람으로 나이는 저

---

* 이탈리아, 에스파냐의 4분의 3박자 또는 8분의 6박자의 경쾌한 춤.

와 비슷했는데 귀엽게 고갯짓으로 박자를 맞추었습니다. 공주의 미소와 긴 속눈썹이 지금도 눈앞에 보는 듯 선합니다.

비록 더는 이번에 일어난 일과 관계가 없습니다만 그 소극의 경과를 간단히 얘기하겠습니다. 그보다 더 멋진 건 생각하기 어렵습니다. 그사이 전투가 점차 끝나가서 간헐적으로 하나씩 날아다니고, 여자들이 황금색 오렌지를 모아서 다시 바구니에 담았습니다. 그때 저편에서 한 젊은이가 장난하듯이 널따란 초록색 그물을 잡아서 잠시 물에 담갔습니다. 그가 그걸 들어 올리자 파란색, 초록색, 황금색으로 번쩍이는 커다란 물고기 한 마리가 들어 있어서 모든 사람이 놀랐습니다. 가까이 있던 사람들이 그 물고기를 들어 올리려고 서둘러 달려왔습니다. 그런데 그 물고기는 마치 실제로 살아 있는 것처럼 그들의 손에서 미끄러져 빠져나가 바닷속으로 들어가버렸습니다. 그건 빨간색 옷을 입은 남자들을 속여서 배 밖으로 유인하려는 계략이었습니다. 그 물고기가 물속으로 들어가지 않고 수면 위에서 노니는 걸 보자마자 빨간색 옷을 입은 청년들은 홀린 듯 아무 생각 없이 모두 바닷속으로 뛰어들었습니다. 초록색 옷의 청년들도 그렇게 했습니다. 그래서 체격 좋고 능숙하게 헤엄치는 열두 명이 달아나는 물고기를 잡으려고 애쓰는 광경을 보게 되었습니다. 물고기는 파도 위에 떠다니다가 얼마 동안 물속에 잠겨 사라졌다가, 한 번은 이쪽에서 또 한 번은 저쪽에서 어떤 사람의 다리 사이로, 다른 사람의 가슴과 턱 사이로 빠져나와 다시 모습을 드러내기도 했습니다. 빨간 옷 청년들이 물고기를 잡으려는 열기에 휩쓸렸을 때, 다른 편은 갑자기 자신들의 유리한 입장을 알아차리곤 전광석화처럼 재빠르게 여자들에게만 맡겨진 남의 배에 올라탔습니다. 여자들은 비명을 질렀지요. 남자들 가운데 가장 기품 있는, 메르쿠리우스 신*처럼 생긴 자가 기쁨이 가득한 얼굴로 가장 아름다운 여인에게 달려가서 껴안고 입을 맞추었습니다. 그녀는 다른 여자들처럼 비명 지를 생각은 조금도 없이 그와 마찬가지로 열렬하게, 잘 아는 그 청년을 두 팔로 끌어안았습니다. 배신당한 무리들이 서둘러 헤엄쳐 왔으나, 배에 탄 사람들이 노와 다른 무기로 그들을 배에 오르지 못하게 했습니다. 그들이 속절없이 지르는 분노의 고함, 여자들이 두려워서 지르는 비명, 그들 중 몇몇이 몸으로 저항하는 소리, 그들이 간청하고 애원하는 소리, 이 모든 소리가 다른 구조 요청 소리, 파도와 음악 소리에 파묻혀버렸습니다. 음악은 갑자기 전혀 다른 분위기로 변했습니다. 이루 말하기 어려울 만큼 멋있었지요. 관중은 열광적으로 환호성을 질렀습니다.

그 순간 지금까지 느슨하게 묶여 있던 돛이 펴지기 시작했습니다. 거기서 은빛 날개가 달리고 활, 화살, 화살통 등을 든 장밋빛 소년**이 튀어나와서 우아한 자세로 돛대 위를 자유롭게 떠돌았습니다. 모두가 이미 분주하게 노를 저었고, 돛도 팽팽하게 부풀었습니다. 그러나 이 두 가지보다 큐피드 신의 존재와 그의 힘차게 밀어붙이는 동작이 더 강력하게 배를 앞으로

---

* 회화와 조각에서 젊고 힘센 남자로 묘사되는 상업과 교통의 로마 신.

** 연애의 신 큐피드.

밀어내는 것 같았습니다. 숨이 턱에 차도록 헤엄쳐서 따라오던 사람들은 곧 희망을 포기하고 기진맥진해서 할 수 없이 버려진 배로 피신하고 말았습니다. 그중 하나는 그 황금빛 물고기를 왼손으로 머리 위에 쳐들고 있었지요. 그사이 초록색 옷의 청년들은 수풀이 무성한 작은 반도에 당도했습니다. 거기에는 뜻밖에도 무장한 사람들이 탄 우람한 배가 매복하고 있었습니다. 그런 위급한 상황에서 그 작은 무리는 평화적으로 협상하자는 표시로 백기를 달았습니다. 다른 쪽에서도 같은 신호를 보내자 고무되어 그들은 그 배가 정박한 곳으로 갔습니다. 그곳에 남겠다는 뜻을 밝힌 한 명을 제외한 모든 여자가 곧 즐겁게 애인들과 함께 원래 자기들의 배에 타는 걸 보았습니다. 이로써 그 희극은 끝났습니다."

휴식시간에 모두 다 방금 들은 얘기를 칭찬하는 와중에 오이게니가 눈을 반짝이며 남작에게 소곤거렸다. "제 생각인데 말이에요, 이 얘기는 교향곡을 처음부터 끝까지 묘사한 것 같고, 나아가 명랑함을 본질로 하는 모차르트 정신 자체에 대한 완벽한 비유로 보여요. 제 말이 옳지 않은가요? 「피가로」의 매력이 고스란히 담겨 있지 않나요?"

약혼자가 막 그녀의 평을 작곡가에게 전해주려는데, 모차르트가 다시 말하기 시작했다.

"제가 이탈리아를 구경한 지 이제 17년이 됩니다. 이탈리아를, 특히 나폴리를 한 번 본 사람치고 평생 그곳을 생각하지 않을 사람이 있겠습니까? 설사 저처럼 어린 시절에 그곳을 가본 사람일지라도 말입니다. 그런데 나폴리만에서의 그 멋들어진 마지막 저녁이 오늘 백작님의 정원에서처럼 생생하게 다시 떠오른 적은 없었습니다. 눈을 감으면 그 천국 같은 곳이 마지막 남은 안개가 스르르 사라지듯 아주 분명하고 선명하고 밝게 제 앞에 펼쳐집니다. 바다와 해안, 산과 도시, 바닷가의 다양한 사람들 그리고 그 놀라운 공놀이! 그 음악을 다시 듣는 줄 알았습니다. 명쾌한 곡조의 로사리오 기도 전체가 제 마음속을 스쳐갔습니다. 남의 곡과 저 자신의 곡, 이런 것 저런 것이, 하나가 끝나면 다른 곡으로 이어졌습니다. 느닷없이 댄스곡이 튀어나옵니다. 저한테는 완전히 새로운 8분의 6박자입니다. 전 생각했습니다, 잠깐만, 이게 뭐야? 몹시 귀여운 것 같은데. 제가 자세히 들여다봅니다. 이럴 수가! 이건 마제토고, 저건 체를리나*가 아닌가!" 모차르트는 아내를 향해 웃었고, 그녀는 그 뜻을 금방 알아차렸다.

그가 말을 이었다. "요점은 간단히 이겁니다. 제 작품의 1막** 에 자그마한 공백이 하나 있는데, 시골 혼례식의 이중창과 합창입니다. 2개월 전 순서에 따라 그걸 쓰려고 했을 때, 첫번째 시도에서 제대로 된 게 즉각 나오지 않았습니다. 단순하고 천진하며 즐거움이 용솟음치는 곡, 여자의 가슴에 꽂힌 하늘거리는 띠가 달린 신선한 꽃다발, 그런 곡이어야 했습니다. 조금이라도 억지로 쥐어짜서는 안 되고, 또 그런 소품들은 종종 저절로 해결되기 때문에 그냥 건너뛰고 보다 큰 작업에 매달리다

* 「돈 조반니」에 등장하는 젊은 농부와 그의 약혼녀.

** 1막 7장.

보니까 그걸 돌아보지 못하고 말았습니다. 그런데 오늘 저희가 이 마을에 들어오기 조금 전 마차 안에서 그 가사가 순간적으로 떠올랐습니다. 그러나 아무것도 더 이어지지 않았습니다. 적어도 제가 아는 한 아무것도요. 그러다가 한 시간 뒤 분수옆 정자에서 어떤 때, 어떤 방법으로도 생각해낼 수 없는 더없이 훌륭한 악상이 떠올랐습니다. 예술세계에서는 때때로 특별한 경험을 합니다만, 그런 비슷한 일이 저한테는 일어난 적이 없었습니다. 그런데 자로 잰 듯 가사에 딱 들어맞는 곡조……, 하지만 앞서가지 않겠습니다. 아직 거기까지 나가진 못했으니까요. 이제 겨우 새가 알을 깨고 머리를 밖으로 내밀었을 뿐입니다. 전 그 자리에서 새를 완전히 꺼내기 시작했습니다. 그때 체를리네의 춤이 생생하게 눈앞에 떠돌았고, 동시에 기이하게도 나폴리만의 활짝 웃는 풍경이 보였습니다. 저는 주고받는 신랑 신부의 노래와 남자와 여자 들의 합창을 들었습니다."

이 대목에서 모차르트는 노래의 첫머리를 아주 흥겹게 불렀다.

사랑스러운 아가씨들, 사랑을 위해 태어났으니
세월을 헛되이 보내지 말라.
아모르는 너희를 도울 준비가 되어 있노라.
트랄라라!
사랑은 즐거워라.

"그러는 사이 제 손이 커다란 재앙을 일으키고 말았습니다.

복수의 여신이 벌써 울타리 옆에서 엿보다가 이제 견장이 달린 파란색 저고리를 입은 끔찍한 남자의 모습으로 나타났습니다. 베수비오 화산의 폭발이 실제로 그 당시 아름다운 저녁때 바닷가에서 관중과 배우들 그리고 호화로운 파르테노페* 전체를 졸지에 검정 화산재로 뒤덮어버렸다 할지라도 하느님께 맹세코 저한테는 그 재앙이 그보다 더 뜻밖이고 또 끔찍하지도 않았을 겁니다. 악마로구나! 절 손쉽게 그토록 열 받게 만든 사람은 없었습니다. 청동으로 만든 것 같은 얼굴, 저 잔인한 로마의 티베리우스 황제와 닮은 얼굴이었습니다. 그 정원사가 떠나간 다음에 그자가 그렇게 생겼다는 생각을 했습니다. 하인이 저러니 주인어른께서는 어떤 반응을 보이실까? 하지만 사실을 고백하자면 전 숙녀분들이 보호해주시리라 상당히 기대했답니다. 근거도 있었지요. 그도 그럴 것이 제 아내인 저기 저 여자는 천성적으로 호기심이 많아서 식당에서 뚱뚱한 여주인에게 백작님의 가족 전부와 관련하여 알아야 할 만한 얘기를 물었습니다. 저도 그 자리에 있어서 들은 바로는……"

이 대목에서 모차르트 부인은 참지 못하고 남편의 말을 가로채더니, 오히려 물어본 사람은 남편이었음을 힘주어 강조했다. 남편과 아내 사이에 재미난 말다툼이 벌어져 많은 웃음거리를 제공했다. 모차르트가 말했다. "사실이 어떻든 간에, 간단히 말하자면 사랑스러운 양녀 얘기를 얼핏 들었습니다. 예비 신부이고 아주 아름다운 데다가 마음씨도 곱고 천사처럼

---

* 나폴리의 옛 이름.

노래도 잘 부른다는 겁니다. 아이고, 하느님! 이런 생각이 떠올랐습니다. 이게 널 궁지에서 구해주겠구나. 당장 자리에 앉아서 할 수 있는 데까지 곡을 만들고, 그 어리석은 짓을 사실대로 설명해라. 그러면 한바탕 웃음판이 벌어질 것이다. 그 생각을 그대로 실행했습니다. 시간은 충분했고 깨끗한 녹색 오선지도 있었습니다. 이게 그 결과물입니다. 즉흥으로 만든 신부의 노래입니다. 이걸 아가씨의 아름다운 손에 드리고자 하니 받아주세요."

모차르트는 아주 깨끗하게 쓴 악보를 식탁 위로 오이게니에게 내밀었다. 그러나 삼촌의 손이 그녀보다 빨랐다. 백작이 재빠르게 가로채서는 큰 소리로 말했다. "아가, 조금만 참아라."

백작의 신호에 따라 홀의 문이 활짝 열리더니, 하인 서너 명이 문제의 오렌지나무를 조심조심 소리도 없이 방 안으로 들고 와서 식탁 아래쪽 의자 위에 올려놓았다. 동시에 두 개의 날씬한 은매화나무가 왼쪽과 오른쪽에 세워졌다. 오렌지나무 줄기에 매달린 쪽지에 그 나무가 약혼녀의 소유물임을 알리는 이름이 적혀 있었다. 앞쪽의 이끼 낀 바닥에 냅킨으로 덮은 도자기 접시가 있었다. 냅킨을 벗기자 갈라진 오렌지가 보였고, 백작은 짓궂은 시선으로 모차르트의 육필 악보를 그 옆에 꽂았다. 그러자 모두 끝없이 환호성을 질렀다.

백작 부인이 말했다. "오이게니는 자기 앞에 있는 게 도무지 무엇인지조차 모를 것 같네요. 정말로 새로운 꽃과 열매로 치장한, 이전에 사랑했던 나무를 못 알아보고 있어요."

오이게니는 어리둥절해서 믿기지 않는다는 듯 나무와 삼촌을 번갈아 바라보았다. 그녀가 말했다. "있을 수 없는 일이에요. 그 나무를 다시 살릴 수 없다는 걸 잘 아니까요."

"그러니까," 백작이 말했다. "네게 비슷한 다른 나무를 찾아 주었다고 생각한다는 말이지? 그것도 나쁘진 않겠지. 하지만 그게 아니다, 잘 보아라. 희극에서는 보통 죽었다고 믿었던 아들이나 형제를 어릴 적에 생긴 배냇점이나 흉터로 알아보지. 나도 그렇게 해야겠구나. 이 혹 그리고 이 교차점 위의 갈라진 틈을 보거라. 넌 그걸 수백 번도 더 봤을 거다. 어떠냐, 그 나무냐, 아니냐?" 오이게니는 더는 의심할 수 없었다. 그녀의 놀라움, 감동, 기쁨은 이루 다 말할 수가 없었다.

그 가족에게는 한 특별한 부인에 대한 100년도 더 된 추억이 이 나무에 어려 있었다. 그 부인은 여기서 간단히 언급할 만한 가치가 있다.

백작의 조부는 외교관으로서의 공로 덕분에 빈의 내각에서 칭송이 자자했고, 두 군주에게 연이어 한결같은 신임을 받았으며, 가정에서도 훌륭한 부인 레나테 레오노레가 있어서 그에 못지않게 행복했다. 여러 번 프랑스에 체류했기 때문에 그녀는 루이 14세의 화려한 궁정과 그 괄목할 만한 시기의 가장 중요한 남녀 인사들과 자주 교류했다. 그녀는 끊임없이 변하는 인생의 향락에 편견 없이 참여하면서도 말이나 행동에서 어떤 방식으로든 천성적인 독일인의 명예심과 엄격한 윤리의식을 버리지 않았다. 명예심과 윤리의식은 아직도 남아 있는 백작 부인의 초상화에서 힘찬 표정을 통해 분명하게 드러난다. 그녀는 바로 이런 사고방식 때문에 앞에서 언급한 사회에서 특이하게도 순진한 야당 역할을 담당했다. 그녀가 남긴 서신을 보면, 신앙 문제든, 문학이나 정치 또는 화제가 무엇이든 상관없이 이 독특한 부인이 얼마나 솔직하고 대담하며 거침없는 말솜씨로 자신의 건전한 원칙과 견해를 지키고, 사회에 조금도 부담되지 않으면서도 취약점을 비판할 줄 알았는지에 대한 여러 흔적을 발견할 수 있다. 최고급 지성 함양의 중심지인 니농*의 집에서 만날 수 있는 모든 사람에 대한 그녀의 크나큰 관심 역시 이런 성향이어서 당대 최고 귀부인 가운데 하나였던 세비네 부인**과의 친교와 조화를 이룰 수 있었다. 그 후작 부인 모녀가 오스트리아 출신의 정직한 친구에게 보낸 애정 어린 서신들이, 시인 샤펠***이 가장자리에 은색 꽃무늬가 있는 종이에 직접 써서 보낸 대담한 농담과 함께 돌아가신 할머니의 흑단 궤짝 속에서 발견되었다.

할머니가 트리아농성****에서 열린 축제의 어느 날, 정원의 테라스에서 꽃이 활짝 핀 오렌지나무 가지를 선물 받은 것도 다름 아닌 그 세비네 부인으로부터였다. 그녀는 즉시 하늘에 운을 맡기고 그것을 화분에 꽂았더니 다행히 뿌리를 내려서 독일

---

* Ninon de Lenclos(1616~1706): 교양 있는 프랑스 여자로 스카롱, 몰리에르, 라 로슈푸코 등이 자주 드나들던 살롱을 운영했다.

** Marie de Rabutin-Chantal Marquise de Sévigné(1626~1696): 똑똑하고 유식한 프랑스 후작 부인으로, 지방에 살던 딸과 주고받은 서신으로 유명해졌다.

*** Chapelle(1626~1686): 몰리에르, 라신 등과 작품 활동을 한 프랑스 시인 겸 평론가.

**** 루이 14세가 베르사유 공원에 세운 성.

로 가져왔다.

그 작은 나무는 그녀가 지켜보는 가운데 족히 25년 동안 서서히 자랐고, 그 뒤에는 후손들이 정성을 다해 돌보았다. 그것은 개체로서 가치가 있었을 뿐만 아니라, 동시에 거의 신격화되었던 당대의 세련된 지성의 살아 있는 상징이라 할 수 있었다. 오늘날 우리는 그 시대에서 진정으로 칭송할 만한 것을 별로 찾을 수 없지만 말이다. 그리고 그 시대는 이미 불길한 미래*를 내포하고 있었다. 세상을 뒤흔드는 그 미래의 시작은 이미 우리의 소박한 얘기의 시점에서 그다지 멀리 떨어져 있지 않았다.

오이게니는 그 존귀한 조상 할머니의 유물에 온갖 정성을 쏟아부었다. 그래서 백작은 그것을 언젠가는 그녀에게 넘겨주어야 한다는 뜻을 자주 내비쳤다. 오이게니가 여기서 보내지 않은 작년 봄에 그 나무가 시들기 시작하고 잎이 노랗게 변하며 가지들이 많이 죽기 시작한 일은 그래서 그녀에게 더욱 괴로웠다. 나무가 죽어가는 특별한 원인을 찾을 수 없고, 또 어떤 방법도 효과가 없어서 정원사는 곧 그 나무를 포기해버렸다. 본래의 수명대로라면 그 나무는 쉽사리 두세 배는 더 오래 살 수 있었을 것이다. 정원사와는 달리 백작은 이웃에 사는 전문가에게 자문을 받고, 농촌 사람들이 흔히 가지고 있는 특별하고 수수께끼 같은 요법에 따라 격리된 공간에서 아주 은밀하게 그 나무를 돌보았다. 언젠가는 새로 소생해서 열매가 풍성하게 달

---

* 프랑스 혁명(1789)을 암시한다.

린 옛 친구로 사랑하는 조카딸을 놀래주려는 백작의 희망은 기대 이상으로 이루어졌다. 백작은 조바심을 달래고, 또 달린 열매 가운데 몇 개가 익을 대로 익어서 그때까지 가지에 붙어 있을지 걱정하면서도 그 즐거움을 오늘의 파티까지 여러 주 뒤로 미루었다. 그런 행복이 마지막 순간에 낯모르는 사람에 의해 훼손된 것을 보았을 때, 백작이 어떤 심정이었을지는 이제 더는 말할 필요도 없다.

소위는 식사 전에 이미 그 엄숙한 전달식을 빛내기 위해 낭송할 자작시를 다시 손보아, 그렇지 않아도 좀 지나치게 엄숙한 감이 있던 끝부분을 고쳐서 가능한 한 그 상황에 맞게 다듬을 시간과 기회가 있었다. 이제 그가 의자에서 일어나 사촌누이 쪽으로 돌아서서 종이를 꺼내 낭송했다. 그 시의 내용을 요약하면 다음과 같다.

아주 오래전 어머니 대지가 서쪽의 섬, 유노 여신의 정원에서 여신의 혼인 선물로 칭송이 자자한 헤스페리데 자매*의 나무 후손 하나를 싹 틔웠고 세 음악의 요정이 보호했다. 예쁜 신부에게 그런 것을 선사하는 관습이 신에 의해 이미 오랜 옛날부터 인간들에게도 퍼졌기 때문에 그 나무는 오래전부터 비슷한 운명을 원하고 바랐다.

오랜 기다림 끝에 마침내 그 나무가 주목할 만한 처녀를 만

* 그리스 신화에서 아틀라스와 헤스페루스의 세 딸로 대지의 여신 가이아가 헤라 여신의 혼례 선물로 바친 황금 사과를 지키는 임무를 담당한다.

나게 된다. 그녀는 그 나무에 호감을 보이고 자주 그 곁에 머무른다. 그런데 뮤즈를 거느린 월계수*, 그 우물가의 오만한 이웃이 시샘하여 예술적 재능이 있는 그 미녀에게서 남자를 사랑할 마음과 감정을 빼앗겠다고 위협한다. 은매화나무**가 달래어보나 소용이 없어, 스스로 모범을 보이면서 참고 견딜 것을 가르친다. 하지만 연인을 만날 수 없자 그 나무는 슬픔이 더욱 깊어지고 허약해져 그만 죽고 만다.

여름이 오자 멀리 떨어져 있던 여자가 다행스럽게도 마음이 바뀌어 돌아온다. 마을, 성, 정원 등 모든 것이 그녀를 기쁘게 맞이한다. 활짝 피어난 장미와 백합이 그녀의 아름다움에 놀라 스스로 부끄러워하고, 관목과 나무 들은 그녀에게 행운을 빌어준다. 아, 그러나 한 나무, 가장 고귀한 그 나무에게 그녀의 귀환은 너무 늦었다. 그녀가 와서 보니 수관은 바싹 말라 있다. 그녀는 생기 없는 줄기와 말라버린 가지 끝을 어루만진다. 나무는 돌보아주던 그녀의 손길을 더는 알아채지 못한다. 그녀가 얼마나 울고불고 비탄을 쏟아냈는지 모른다.

아폴론이 멀리서 딸의 목소리를 듣는다. 신이 와서 가까이 다가가 애통해하는 딸을 보고 연민을 느낀다. 신이 즉시 만병을 낫게 하는 손으로 만지자 나무가 부르르 떨더니 말라버린 수

---

* 그리스 신화에서 월계수는 아홉 뮤즈를 관장하는 아폴론의 나무다.

** 그리스 신화에서 은매화나무는 사랑의 여신 아프로디테(로마 신화의 베누스)의 나무이다. 로마 신화에는 인간을 게으르고 태만하게 만드는 일을 하는 무르테아 여신이 있는데, 나중에 베누스 여신과 동일시되었다. 그래서 여기서 참을성을 암시하게 된 것이다.

액이 껍질 안에서 힘차게 부풀어 오르고 새잎이 나오며 여기저기서 하얀 꽃이 감미로운 향기를 풍기며 풍성하게 피어난다. 그렇다, 천상의 신들이니 무엇인들 못 하겠는가? 동그란 열매가 맺힌다. 아홉 자매*의 숫자에 따라 삼삼은 구, 아홉 개의 열매들이 자라고 또 자라며 처음의 초록색이 점점 황금색으로 변한다. 포이보스**라는 시는 이렇게 끝난다.

포이보스가 열매 숫자를 세고 또 세고
거기에서 즐거움을 느낀다.
그래, 즉각 신의 입안에
침이 고이기 시작하누나.

음악의 신이 웃음 지으며
가장 달콤한 열매를 차지한다.
"마음씨 고운 요정이여, 우리 나눕시다.
아모르에게는 이 조각을!"

시인은 우레와 같은 박수갈채를 받았다. 그리고 사람들은 감정이 풍부한 작품 전체의 인상을 완전히 지워버린 바로크풍의 생뚱맞은 표현도 기꺼이 받아들였다.

프란치스카는 이미 여러 번 집주인이나 모차르트의 일에 대

---

* 문예, 학문을 관장하는 뮤즈 여신.

** 태양의 신 아폴론의 별칭.

해 타고난 명랑한 재치를 발휘했는데, 이제 갑자기 무슨 기억을 떠올렸는지 잽싸게 자리를 떴다가 큼지막한 갈색 영국제 동판화를 들고 돌아왔다. 주목받지 못하고 표구가 된 채 외딴 방에 걸려 있던 것이었다. 그녀가 그림을 식탁 끝에 세워놓으면서 크게 말했다. "태양 아래 새로운 일은 벌어지지 않는다는 말을 늘 들어왔는데 그게 정녕 참말인가 봅니다. 여기 이건 황금기*의 한 장면인데 우리가 그 장면을 오늘 직접 보지 않았습니까? 아폴론이 이 상황에서 자신을 알아볼 것 같은데요."

"훌륭해요!" 막스가 득의양양하게 외쳤다. "그 신이, 그 아름다운 신이 여기 있잖아요. 지금 막 생각에 잠겨 성스러운 샘 위로 몸을 숙이고 있군요. 그런데 그게 전부가 아닙니다. 보세요, 저 뒤쪽 덤불 속에 늙은 사투르누스**도 있어요. 아폴론을 엿보고 있군요. 장담하건대 아폴론은 지금 막 오랫동안 잊었던 아르카디아***의 춤을 생각하고 있어요. 어렸을 때 늙은 케이론****이 치터*****의 반주에 맞춰 가르쳐준 춤이죠."

"그렇고말고요!" 모차르트 뒤에 서 있던 프란치스카가 손뼉을 쳤다. 그리고 그녀는 모차르트를 향해 말을 이었다. "선생님은 열매가 주렁주렁 달려 신 쪽으로 휘어진 가지도 잘 알아보시겠지요?"

---

* 그리스 신화에서 세계가 생성되는 네 시대의 첫번째 시대.

** 숲의 신 디오니소스의 종자인 숲의 정령.

*** 음악이 특히 성했던 그리스 펠로폰네소스 반도의 지방.

**** 반인반마의 괴물 켄타우로스의 하나.

***** 하프 비슷한 고대 그리스의 현악기.

"물론이죠. 그 신에게 봉헌된 올리브나무*입니다."

"천만에요. 가장 아름다운 오렌지입니다. 신은 곧 정신이 산만한 상태에서 하나를 딸 겁니다."

모차르트가 크게 말했다. "그게 아니라 신은 곧 이 장난꾸러기의 입을 수많은 입맞춤으로 막아버릴 겁니다." 이 말과 함께 그는 프란치스카의 팔을 잡고 입술을 내줄 때까지 놓아주지 않겠다고 다짐했다. 그녀는 별다른 저항 없이 입술을 내주었다.

백작 부인이 말했다. "막스, 이 그림 아래 뭐라고 쓰여 있는지 설명해다오."

"호라티우스**의 유명한 송가의 구절입니다. 베를린의 시인 람러***가 최근에 그 시를 독일어로 탁월하게 옮겼습니다. 열정이 넘쳐나지요. 이 한 대목만 봐도 아주 훌륭합니다.

……여기, 어깨에
할 일 없는 활을 얹어보지 않은 자!
델로스섬****의 초록색 고향 숲과
파타라*****의 그늘진 해변에서 살며
황금빛 고수머리를

---

* 그리스 신화에서 올리브나무는 아폴론이 아니라 아테네 여신에게 봉헌되었다.

** Quintus Horatius Flaccus(기원전 65~기원전 8): 풍자시와 서정시로 명성을 얻은 고대 로마의 시인.

*** Karl Wilhelm Ramler(1725~1798): 대표적인 송가頌歌 시인.

**** 에게해의 섬.

***** 소아시아의 항구도시.

카스탈리아*의 물속에 담그누나.

"멋지다! 참으로 멋지구나!" 백작이 말했다. "다만 이곳저곳에 설명이 필요하다. 예를 들어 '할 일 없는 활을 얹어보지 않은 자'는 당연히 항상 부지런한 바이올린 연주자 중 하나겠지. 하지만 내가 하려던 말은, 모차르트 선생, 선생은 애정 어린 두 사람 사이에 불화의 씨를 뿌리는군요."

"설마 그럴 리가요. 어째서입니까?"

"오이게니가 친구를 부러워하는데, 이유도 충분해요."

"아이고, 백작님께서 벌써 제 약점을 찾아내셨군요. 하지만 예비 신랑은 그에 대해 무슨 말을 할까요?"

"한두 번은 모른 척하겠습니다."

"아주 좋아요. 우리 기회를 살리지요. 하지만 겁내진 마세요, 남작님. 여기 이 신께서 저한테 자신의 얼굴과 긴 금발을 빌려주지 않는 한 그럴 위험은 없습니다. 신이 그렇게 해주길 바랍니다. 당장 그 대신 모차르트의 멋진 머리끈으로 묶은 머리털을 가져갔으면 좋겠습니다."

프란치스카가 웃으며 말했다. "그러면 아폴론은 어떻게 하면 앞으로 새롭게 프랑스식으로 장식한 머리를 품위 있게 카스탈리아의 물속에 담글지 방법을 찾아야겠네요."

이와 비슷한 농담이 이어지며 즐거움과 장난기가 점점 더 고조되었다. 남자들은 차츰 술기운을 느끼며 많이 마셨다. 그리

---

* 델포이 근처 페르나소스 남쪽 산허리의 샘.

고 운문으로 말하는 모차르트의 버릇이 살아났다. 소위도 그에게 뒤지지 않았다. 아버지도 물러서지 않으려고 했는데 한두 번은 놀랄 만큼 성공했다. 하지만 그런 것들은 이 이야기에 써넣기에 적합하지 않으며 되풀이할 만한 것도 아니다. 전반적으로 고조된 분위기랄지 말과 눈길에서 드러나는 개인적 표현의 광채나 명랑성 등 그 장소에서 그것을 매력적으로 만드는 요소를 옮겨 적기가 어렵기 때문이다.

여러 건배사 가운데 나이 지긋한 프란치스카의 고모가 작곡가를 위해 앞으로 불후의 작품을 많이 만들기 바란다는 축배의 말을 했다. "좋습니다! 저도 동참하지요." 모차르트가 외치고는 다리가 긴 잔을 힘차게 부딪쳤다. 뒤이어 백작이 자신의 영감에 힘입어 매우 힘차고 안정적인 발성으로 노래를 부르기 시작했다.

명작을 만들도록,
신들이여, 그에게 힘을 주소서.

막스(이어서)

다 폰테*도
저 위대한 시카네더**도 이제 그만.

---

* Lorenzo da Ponte(1749~1838): 「피가로의 결혼」, 「돈 조반니」, 「코지 판 투테」 등의 텍스트를 쓴 이탈리아 극작가.

** Johann Emanuel Schikaneder(1751~1812): 독일 가극 각본 작가.

모차르트

맙소사, 작곡가는 이 시점에서
그것밖에 모르네.

백작

저 이탈리아 최고 건달이
그 작품들을 모두
접하길 나는 간절히 바라노라,
우리의 사탕 신사*여.

막스

좋아요, 그에게 백수를 드리지.

모차르트

만약 단것과 함께 그자를

셋이 함께, 강하게

그전에 악마가 데려가지 않는다면
우리의 사탕 신사를.

우연히 이루어진 삼중창은 백작의 비상한 노래 부르기 욕심

---

* 모차르트는 단것을 즐기는 살리에리를 이렇게 불렀다.

이 발동해 마지막 네 행을 반복함으로써 이른바 유한 카논이라는 돌림노래가 되었다. 독신 고모는 유머 감각 또는 자신감이 넘쳐서 온갖 기교를 부리며 한물간 소프라노를 효과적으로 보탰다. 노래가 끝난 후 모차르트는 틈이 나면 특별히 이 자리의 사람들을 위해 이 장난스러운 노래를 음악 형식에 맞춰 만들겠다고 약속했고, 나중에 빈에서 그 약속을 지켰다.

오이게니는 진즉 조용히 티베리우스 정자에서 온 자신의 보물과 가까워졌다. 이제 사람들은 모차르트가 정자에서 작곡한 이중창을 작곡가와 그녀의 목소리로 들어보자고 요청했다. 그리고 백작은 합창 부분에서 다시 한번 목소리를 뽐낼 수 있어서 좋아했다. 그리하여 모두 자리에서 일어나 커다란 옆방의 피아노로 서둘러 갔다.

그 훌륭한 곡이 모든 사람에게 아주 순수한 환희를 불러일으키긴 했지만 가사가 시작되자 신속히 음악 자체가 문제되지 않는 사교적 즐거움의 절정인 춤으로 이끌었다. 맨 먼저 신호를 보낸 것은 우리의 친구였다. 모차르트가 피아노에서 벌떡 일어나 프란치스카에게 다가가 느린 박자의 왈츠를 추자고 청했다. 막스는 기꺼이 응낙한다는 듯 바이올린을 집어 들었다. 집주인도 뒤질세라 모차르트 부인에게 춤을 청했다. 재빠른 하인들이 순식간에 공간을 넓히려고 옮길 수 있는 가구를 전부 치웠다. 모든 사람이 차례차례 나서야 했다. 독신 고모도 여성에게 친절한 소위가 미뉴에트를 추자고 데려가는 것을 조금도 싫어하지 않았으며 춤을 추면서 완전히 젊음을 되찾는 듯했다. 모차르트는 마지막으로 예비 신부와 춤을 출 때 그녀의 아름다운 입술에 입맞춤할 수 있는 권리를 멋들어지게 행사했다.

저녁이 다가오고 해가 지기 시작했다. 이제야 비로소 야외가 쾌적해졌다. 백작 부인은 숙녀들에게 정원에 나가 좀 쉬자고 제안했다. 그와는 달리 백작은 신사들을 당구실로 초대했다. 잘 알려진 것처럼 모차르트가 이 게임을 아주 좋아하기 때문이었다. 사람들이 두 편으로 갈라졌다. 우리는 여자들을 따라가기로 한다.

여자들은 주 통행로를 몇 번 여유롭게 오르락내리락한 후 키가 큰 포도나무 덩굴시렁으로 절반쯤 둘러싸인 둥그스름한 언덕 위로 올라갔다. 거기서는 활짝 펼쳐진 들판과 마을의 시골길이 보였다. 마지막 가을 햇살이 포도나무 잎을 뚫고 불그스름하게 반짝였다.

"모차르트 부인께서 자신과 남편에 관한 이야기를 해주신다면 여기 이 자리가 더 좋을 것 같은데요."

모차르트 부인은 기꺼이 그럴 마음이 있었고, 모두가 의자를 둥글게 원형으로 늘어세워 놓고 아주 편안하게 앉았다.

"해드리고 싶은 얘기는, 제가 은밀하게 꾀하고 있는 자그마한 장난과 관련이 있으므로 여러분께서는 어쨌거나 들으실 수밖에 없을 겁니다. 저는 예비 신부께 이 기쁜 날을 기념해 특별한 선물을 드리기로 작정했습니다. 사치품도 유행하는 물건도 아니고, 그저 그 내력이 어느 정도 흥미를 끌 만한 것입니다만."

"오이게니, 그게 뭘까?" 프란치스카가 물었다. "적어도 유명한 남자의 잉크병 같은 것이겠죠?"

"완전히 틀리진 않았네요. 오늘 그걸 보시게 될 겁니다. 그 보물은 여행 가방 안에 있습니다. 이제 얘기를 시작할 텐데 허락해주신다면 좀 지난 일로 거슬러 올라가겠습니다.

재작년 겨울, 남편의 건강 상태가 신경과민과 잦은 불쾌감, 열병 같은 기질로 인해 정말로 절 불안하게 했습니다. 사람들과 어울릴 땐 가끔 지나칠 정도로 쾌활하기도 했으나 집에서는 대체로 침울해하고 한숨을 쉬며 탄식을 했지요. 의사는 식이요법, 피르몬트산 광천수, 그리고 도시 밖에서 걷는 걸 권했습니다. 환자는 그 좋은 충고를 대수롭지 않게 여겼습니다. 그 요법은 불편했고 시간을 많이 잡아먹었으며 남편의 일정과 정면으로 배치된다는 겁니다. 그러자 의사가 남편에게 겁을 좀 주었습니다. 남편은 사람 피의 속성, 혈구, 들숨과 플로지스톤* 등 한마디로 말해 지금껏 들어보지 못한 것에 대해 장시간 강의를 들어야 했습니다. 먹고 마시고 소화하는 것이 원래 어떻게 이루어지는지에 관한 얘기도 들었지요. 이런 건 그때까지 남편이 다섯 살배기 아들만큼이나 몰랐던 겁니다. 그 가르침은 실제로 눈에 띄는 효과가 있었습니다. 의사가 돌아간 지 채 반 시간도 안 되어 남편은 심각하지만 밝은 얼굴로 자기 방에서 지팡이를 관찰하고 있는 겁니다. 오래된 물건들이 들어 있는 장을 뒤져 요행히 찾아낸 거였어요. 남편이 그걸 기억하고 있으리라곤 생각하지 못했습니다. 제 선친께서 쓰시던 건데 청금석 손잡이가 달린 근사한 지팡이였어요. 남편이 손에 지팡이를 잡은 걸 본

* 물체가 불에 타도록 만든다는 가공의 물질.

사람은 아직 아무도 없었습니다. 전 웃지 않을 수 없었답니다.

'여보, 보다시피' 남편이 말했습니다. '요법을 철저히 실천할 생각이오. 광천수를 마시고 매일 야외에서 걷겠어요. 그때 이 지팡이를 사용할 거요. 여러 가지 생각이 떠올랐어요. 다른 사람들, 분별 있는 사람들이 지팡이를 빠뜨리지 않는 건 공연한 일이 아니라는 생각이 들었어요. 우리 이웃인 상업고문관은 지인을 방문하러 집을 나설 땐 항상 지팡이를 들어요. 수공업자와 관리, 사무원, 상인과 고객들은 일요일에 가족과 함께 교외로 산책나갈 때면 제대로 된 지팡이를 들어요. 특히나 설교와 미사 15분 전쯤 슈테판 광장 여기저기 성실한 시민들이 삼삼오오 모여 얘기하는 걸 자주 보았어요. 거기서 잘 볼 수 있어요. 부지런함이랄지 질서의식, 침착성이랄지 만족감 등 그들의 조용한 덕목 하나하나가 마치 탄탄한 지주처럼 단단한 지팡이에 기대고 지탱하는 모습 말이에요. 한마디로 말해 구식이고 어쨌거나 좀 상스럽기도 한 그 관습에 축복과 특별한 위안이 깃들어 있는 게 틀림없어요. 당신이 믿거나 말거나 의사의 건강 증명서를 받고 이 좋은 친구와 함께 첫번째로 다리를 건너 렌베크 거리로 산책할 때까지 좀이 쑤셔 기다리지 못할 지경이오. 우리는 이미 조금 아는 사이이니, 우리의 결합이 영원하길 바라오.'

하지만 그 결합은 오래가지 못했습니다. 둘이 함께 세번째로 외출했을 때 새로운 동반자는 돌아오지 못했답니다. 남편은 다른 지팡이를 마련했는데, 그건 좀더 오래 충성을 바쳤지요. 남편은 3주 동안 주치의의 지시를 끈기 있게 지켰는데, 어쨌거나 상당 부분 남편의 지팡이 사랑 덕택이라고 생각했습니다. 좋은 결과도 없지 않았어요. 남편이 그렇게 생기 있고 밝으며 기분이 고른 상태는 거의 본 적이 없었으니까요. 하지만 안타깝게도 남편은 얼마 지나지 않아 다시 옛날로 돌아가고 말아 저는 날이면 날마다 전전긍긍했습니다. 그 당시 이런 일이 벌어졌어요. 힘든 일과에 지친 상태였고 늦은 시간이었는데도 남편은 몇몇 호사가 여행자 때문에 저녁 음악회에 갔습니다. 저한테는 딱 한 시간이라고 철석같이 약속했습니다만 그런 모임은 항상 사람들이 남편의 온순한 성격을 가장 악용하는 기회랍니다. 남편이 일단 피아노 앞에 앉아 열기에 휩싸이기만 하면 그랬지요. 그러면 교회 종소리도 들리지 않는 지상 6마일 높이의 공중을 떠도는 열기구를 탄 사람 같아집니다. 저는 한밤중에 하인을 두 번이나 보내봤으나 소용없었어요. 하인은 주인을 만나지도 못했습니다. 마침내 남편이 새벽 3시에 돌아왔습니다. 전 온종일 토라지기로 작정했답니다."

이 대목에서 모차르트 부인은 몇 가지 정황을 말없이 건너뛰었다. 우리가 알아야 할 것은 그날 저녁 모임에 시뇨라 말러비라는 젊은 여가수도 참석할 가능성이 없지 않았다는 점인데, 콘스탄체 부인은 그 여가수에게 분개할 이유가 충분히 있었다. 이 로마 여인은 모차르트의 주선으로 오페라에 채용되었다. 작곡가의 총애를 얻는 데에는 의심할 나위 없이 그녀의 애교가 한몫 단단히 했다. 심지어 그녀가 수개월 동안 그를 유혹해서 사랑의 불꽃 속에 가두었다고 말하는 이도 있었다. 이것이 사실이건, 아니면 과장된 소문이건 간에 분명한 것은 그녀가 나중에 건방지고 배은망덕한 태도를 보여 자신을 도와준 모차르트를 조롱하기까지 했다는 점이다. 그녀는 언젠가 좀더 덕을 볼 수 있는 한 숭배자한테 느닷없이 모차르트를 '운 피콜로 그리포 라소(면도한 새끼 돼지 코)'라고 불렀는데 전적으로 그녀다운 방식이었다. 키르케*에게나 어울리는 그 발상은 어쨌거나 일말의 진실을 담고 있는 만큼** 인정할 수밖에 없어 더욱 뼈아픈 것이었다.

그 여가수는 웬일인지 그 모임에 나타나지 않았는데, 그 모임에서 집으로 돌아가는 길에 한 친구가 술김에 경솔하게도 작곡가에게 그 모욕적인 말을 들려주는 실수를 저질렀다. 그는 몹시 기분이 나빴는데 자신에게 은혜를 입은 사람의 차디찬 마음씨가 명백하게 드러난 첫번째 증거였기 때문이다. 너무 화가 난 나머지 아내가 침대에서 냉랭하게 맞이하는 것조차 그는 즉각 알아차리지 못했다. 그는 단숨에 아내에게 모욕당한 얘기를 털어놓았다. 이런 솔직함으로 미루어 그가 별로 죄의식을 느끼지 않았다는 것을 알 수 있다. 그는 거의 아내의 동정심을 자극할 뻔했다. 그러나 그녀는 애써 감정을 자제했다. 그렇게 어물쩍 넘어가서는 안 될 것 같았기 때문이다. 모차르트가 푹 자고 정오쯤 일어나 보니 아내가 두 아들과 함께 집에 없었고, 그 혼자만을 위한 식탁이 정갈하게 차려져 있었다.

아내와의 관계가 매끄럽고 원만하지 못한 것보다 모차르트

---

* 그리스 신화에 나오는 마녀로 오디세이아의 부하들을 돼지로 변신시켰다.

** 모차르트의 피아노곡 표지에 실린 작은 옆얼굴 그림을 염두에 두고 있다.

를 더 불행하게 하는 것은 별로 없었다. 이제야 비로소 그는 아내한테 수일 전부터 그 밖에 또 무슨 걱정거리가 있었는지 알게 되었다. 실제로 가장 고약한 걱정거리 가운데 하나였지만, 그녀는 습관대로 가능한 한 그에게 털어놓는 걸 미뤘다. 돈은 진즉 바닥났고 곧 돈이 들어오리라는 전망도 없었다. 가정에 닥친 이런 어려움을 까맣게 몰랐던 그는 그 당황스럽고 속수무책인 상황에 못지않게 가슴이 답답했다. 그는 음식을 먹고 싶지도 않고 집에 머물러 있을 수도 없었다. 그저 질식할 것 같은 집에서 벗어나기 위해 그는 급히 옷을 입고 쪽지에 이탈리아어로 몇 줄 적어 남겼다. '당신은 내게 단단히 복수했어요. 나는 당해도 싸지요. 그렇지만 내가 집에 돌아올 때까지는 화를 풀고, 부탁인데, 다정하게 미소를 보내주오. 나는 카르투시오 교단과 트라피스트 수도회*의 수도사가 되고 싶은 기분이구려. 분명히 말하지만 나는 갈데없는 바보 멍청이라오!' 그는 즉시 모자를 집어 들었으나 지팡이는 들지 않았다. 지팡이의 유행은 지나갔기 때문이다.

여기까지 우리가 콘스탄체 부인의 얘기를 대신한 만큼 조금 더 계속해도 무방하리라.

그 소중한 남자는 시장 근처의 집에서 군수품 창고 쪽 오른편으로 돌아 생각에 잠긴 채 여유롭게 이른바 호프라는 광장을 건너 쇼텐키르헤**를 지나 쇼텐성을 향해 어슬렁어슬렁 걸어갔

---

* 이 두 가톨릭 교단은 침묵과 고독을 계율로 한다.

** 스코틀랜드 성당이라는 뜻.

다. 따뜻하고 약간 구름 낀 여름날 오후였다. 그는 그곳에서 왼쪽 옆길을 따라 뮐커 요새로 올라갔다. 그렇게 그는 그 시각에 시내로 들어오는 여러 지인과 마주치는 일을 피했다. 여기서 그는 말없이 대포 옆을 지키는 보초의 방해를 받지 않고 잠시 경사 지대의 초록 평원과 칼렌베르크산과 남쪽으로 슈타이어 알프스로 이어지는 교외의 빼어난 풍경을 바라보았다. 야외 자연의 고즈넉한 아름다움은 그의 마음 상태와 상반되었다. 그는 한숨을 쉬고 걸음을 옮겨 성루 앞 광장을 건넌 다음 정처 없이 알저 마을을 걸었다.

메링거 거리 끝에 구주희* 레인이 있는 술집이 있었다. 밧줄 장인인 그 주인은 훌륭한 제품뿐만 아니라 순수한 술맛으로 이웃 사람들과 지나가는 농촌 사람들에게 잘 알려졌다. 공을 굴리는 소리가 들렸지만 손님은 기껏해야 여남은 명 정도라 한가한 편이었다. 까다롭지 않고 소박한 사람들 속에서 얼마만이라도 자신을 잊기 위해 음악가는 거의 충동적으로 그곳에 들어섰다. 그는 빈의 우물 감독관과 다른 두 소시민이 앉아 있는, 나무 그늘이 조금 드리운 탁자에 앉아서 포도주를 시키고 그들의 일상적인 대화에 적극적으로 끼어들었으며 중간중간 일어나 이리저리 돌아다니거나 구주희 놀이를 구경했다.

건물 옆쪽, 구주희 레인에서 멀지 않은 곳에 밧줄 장인의 가게가 열려 있었다. 좁지만 공장제품으로 가득 찬 공간이었다.

* 아홉 개 핀을 세워두고 공을 굴려 쓰러뜨리는 게임으로 현대 볼링의 전신이다.

수공업 제품 외에도 온갖 주방, 술집, 농사용 목제 기구며 생선 기름, 마차 기름, 씨앗, 약초와 회향 등도 팔려고 세워두거나 벽에 걸려 있었다. 술집 종업원으로서 손님들의 시중을 드는 한편 가게 일도 맡아보는 아가씨가 막 어린 아들 손을 잡고 들어온 농부를 상대하고 있었다. 농부는 과일용 저울, 솔, 채찍을 사려고 했다. 그는 여러 물건 가운데 하나를 골라서 검사해보고 한쪽 옆에 따로 놓아두고 나서 두번째 세번째 것을 집었다가 결정하지 못한 채 다시 첫번째 것으로 돌아갔다. 끝날 것 같지 않았다. 아가씨는 손님 시중을 드느라 여러 번 자리를 떴다가 다시 돌아오곤 했는데, 농부가 편안하고 쉽게 선택할 수 있도록 지칠 줄 모르고 도와주었다. 그러면서도 말은 많이 하지 않았다.

모차르트는 구주희 레인 옆의 의자에 앉아서 즐겁게 그 모든 것을 보고 들었다. 아가씨의 훌륭하고 분별 있는 행동, 사람의 마음을 끌어당기는 차분하고 진지한 표정이 마음에 쏙 들긴 했지만 그 순간에는 농부가 더 그의 관심을 끌었다. 물건을 사고 완전히 만족해하며 떠나간 농부는 그에게 많은 생각을 하게 했다. 그는 완전히 농부의 입장이 되어, 사소한 일을 얼마나 신중하게 다루었으며, 불과 몇 푼 차이밖에 안 되는데도 얼마나 조심스럽고 꼼꼼하게 가격을 이리 재고 저리 쟀는지를 느껴보았다. 그리고 그 사람이 집으로 돌아가서 아내에게 자신의 거래를 자랑하고, 아이들이 모두 자루가 열릴 때까지 그 안에 자기를 위해 무엇이 들어 있는지 촉각을 곤두세우는 모습을 상상해보았다. 아마도 아내는 남편에게 간단한 먹거리와 직접 짠 신선한 과일즙 한 잔을 가져다주려고 서두를 것이다. 농부는 아내의 음식을 먹으려고 먹고 싶은 것을 내내 참아오지 않았는가!

그 사람처럼 그렇게 행복하고 다른 사람의 시선을 신경 쓰지 않으며 오로지 자연만 바라보고 그 축복을 바라는 자가 또 있겠는가! 비록 그 축복을 얻기 위해 갖은 고생을 겪어야 할 망정!

하지만 나는 내 예술로 인해 이와는 다른 일상을 살아야 하고, 그것을 결국 이 세상의 그 어떤 것과도 바꾸지 않을 텐데, 그렇다면 어찌하여 나는 그런 순진하고 소박한 사람과 정반대되는 처지에서 살아야 하는가? 아름다운 지방 마을에 자그마한 집과 조그만 농토만 있다면 실로 새롭게 생기를 얻어 살아가리라! 아침나절은 내내 부지런히 악보와 씨름하고, 나머지 시간은 전부 가족과 함께 보낼 것이다. 나무를 심고 밭을 둘러보고 가을에는 아들놈들과 사과와 배를 딴다. 가끔 공연하러 도시에 가고, 그 밖에는 때때로 친구가 하나나 여럿이 집에 찾아온다. 얼마나 큰 행복인가! 그렇지, 앞으로 무슨 일이 벌어질지 누가 알겠는가!

모차르트는 가게 앞으로 가서 아가씨와 다정하게 얘기하고 그녀의 물건을 자세히 구경하기 시작했다. 그 물건들 대부분이 시골 생활의 정취를 풍기는 가운데 여러 나무제품의 깨끗함, 밝음, 매끄러움, 그리고 냄새가 그의 마음을 끌어당겼다. 아내의 마음에 드는 쓸 만한 몇몇 선물을 골라보자는 생각이 불현듯 떠올랐다. 그의 시선은 우선 밭갈이 연장에 쏠렸다. 콘스탄체가 몇 해 전 그의 성화에 못 이겨 케른트너 성문 앞의 작은 밭을 빌려서 채소를 좀 심었던 것이다. 일단 커다란 새 갈퀴와 그보다 좀 작은 것, 그리고 삽이 가장 적당해 보였다. 그런 다음 다른 것을 더 고르는데 몹시 구미가 당기게 웃고 있는 듯한 버터통이 눈에 띄었지만 잠시 생각한 뒤 경제적 관점에서 안타깝게도 포기하고 말았다. 그것과 달리 제법 높이가 있고 뚜껑이 있으며, 아름답게 조각된 자루가 달린 그릇이 여러모로 쓸모가 있어 보였다. 밝은색과 어두운색의 좁다란 두 가지 나무 막대로 짜 맞춘 것인데 아래가 위보다 넓으며 안에는 꼼꼼하게 역청을 칠했다. 조리용 수저, 홍두깨, 도마, 여러 크기의 접시, 그리고 아주 간단한 구조의 벽걸이 소금통 등을 골랐는데 부엌 살림에는 안성맞춤이었다.

마지막으로 그는 손잡이가 가죽과 둥근 놋쇠 못으로 장식된 실팍한 지팡이를 구경했다. 이상한 손님이 이것에도 마음이 동하는 듯하자 여점원이 웃으면서 점잖은 분이 사용할 만한 것이 못 된다고 말했다. “그래, 네 말이 맞다.” 그가 말을 받았다. “푸줏간 사람들이 여행할 때 가지고 다니는 것이로군. 저리 치워라, 사지 않겠다. 그렇지만 여기서 골라낸 나머지 전부는 오늘이나 내일 집으로 가져다다오.” 그러면서 그는 이름과 주소를 말해주었다. 그러고 나서 남은 잔을 비우려고 탁자로 돌아왔다. 거기에는 이제 세 사람 가운데 한 사람, 함석 장인만 남아 있었다.

“오늘 점원 아가씨가 일진이 좋군요.” 함석 장인이 말했다. “친척 사이인 주인이 그녀에게 가게의 매상에서 금화 한 닢당

은화 한 닢을 준답니다."

그 말에 모차르트는 물건을 산 일이 곱절이나 더 기뻤다. 그런데 아가씨에 대한 관심이 곧바로 더욱 커졌다. 그 이유는 다음과 같다. 그녀가 다시 가까이 오자 함석 장인이 그녀에게 말했다. "요즘 어때, 크레스첸츠? 열쇠공은 뭐 하나? 곧 자기 가게를 마련하겠나?"

"어림도 없어요!" 그녀가 계속 걸어가면서 대답했다. "그 사람이 다룰 철은 아직 저 뒤 산속에 묻혀 있을 텐데요."

"참 착한 아이랍니다." 함석 장인이 말했다. "그녀는 오랫동안 의붓아버지 밑에서 집안 살림을 맡고, 병든 아버지를 돌봤지요. 그런데 의붓아버지가 죽고 나서 그가 그녀의 재산을 다 까먹은 사실이 밝혀졌어요. 그때부터 친척 밑에서 일하는데 혼자서 가게와 술집뿐만 아니라 아이들도 돌보고 있어요. 착실한 기능공을 사귀는데 하루빨리 혼인하고 싶어도 걸림돌이 있답니다."

"무슨 걸림돌인가요? 남자도 가진 게 없나요?"

"둘 다 돈을 좀 모으긴 했으나 전혀 충분치 않아요. 이제 곧 집 절반이 가게와 함께 경매에 부쳐집니다. 그들이 그걸 사는데 부족한 돈을 밧줄 장인 친척이 대주는 건 일도 아니랍니다. 그렇지만 그는 당연히 처녀를 떠나보내고 싶지 않은 거예요. 그는 관청과 조합에 가까운 친구들이 많다 보니 기능공은 애로가 많을 수밖에요."

"제기랄!" 모차르트가 화를 내는 바람에 함석 장인은 화들짝 놀라 주변에 듣는 사람이 없는지 주위를 둘러보았다. "그런데 그 일로 입바른 소릴 하고, 그 친척한테 종주먹을 들이댈 사람이 아무도 없다는 건가요? 나쁜 놈들! 혼쭐을 내줘야 합니다!"

함석 장인은 숯불 위에 앉은 듯 안절부절못했다. 그는 입 밖에 낸 말을 서투르게 수습하려고, 아니 거의 완전히 철회하려고 했다. 그러나 모차르트는 그의 말을 듣지 않았다. "그렇게 말하다니 부끄러운 줄 아시오. 당신네 형편없는 작자들은 뭔가 편을 들려고 하는 즉시 항상 그런단 말이야." 이 말과 함께 그는 작별 인사도 없이 그 겁쟁이한테 등을 돌렸다. 그는 지나가면서 새로 온 손님들 때문에 눈코 뜰 새 없이 바쁜 여점원에게 살짝 말했다. "내일 일찌감치 다시 오마. 애인에게 안부를 전해다오. 너희들 일이 잘되길 바란다." 그녀는 깜짝 놀라 멈칫했으나 고마움을 전할 시간도 경황도 없었다.

이 일로 피가 좀 끓어올랐기 때문에 그는 평소보다 빠른 걸음으로 왔던 길을 따라 성루 앞 초원까지 갔고, 그다음부터는 천천히 크게 반원을 그리며 성벽을 따라 걸었다. 온통 그 불쌍한 한 쌍의 연인 일에 정신이 팔려 어떤 방식으로든 이 사안에 뭔가 도움이 될 만한 일을 할 수 있는 지인과 후원자를 쭉 머릿속에 떠올려보았다. 그러나 어떤 행보를 결정하기 전에 그 아가씨로부터 좀더 자세한 설명을 들을 필요가 있어서 일단 차분히 기다리기로 작정했다. 이제부터는 그의 마음과 정신이 발보다 앞서서 집에 있는 아내에게로 향했다.

그는 내심 틀림없이 문간에서 정답고 기꺼운 환대, 입맞춤과 포옹이 있으리라 기대했고, 케른트너 성문으로 들어가는 그의 발걸음이 그리움으로 두 배나 빨라졌다. 거기서 얼마 못 가

집배원이 그를 불러 세우더니 작지만 묵직한 소포를 건네준다. 그는 소포에 쓰인 단정하고 꼼꼼한 필체를 즉각 알아본다. 그는 수령증을 써주기 위해 집배원와 함께 가장 가까운 가게로 들어간다. 그런 다음 다시 길로 나와서 집에 당도할 때까지 기다리지 못하고 봉인을 뜯었다. 그는 걷는 둥 마는 둥 하면서 편지를 읽기 시작했다.

모차르트 부인이 숙녀들에게 이야기를 이어갔다. "전 탁자에 앉아서 바느질을 하다가 남편이 계단을 올라와 하인에게 저에 관해 묻는 소리를 들었습니다. 남편의 발소리와 목소리는 제가 예상하고 또 제 마음을 편하게 하는 정도보다 더 힘차고 쾌활했습니다. 남편은 먼저 자기 방으로 갔다가 곧장 건너왔어요. '안녕'이라고 남편이 인사했지만 저는 쳐다보지도 않은 채 작은 목소리로 응답했습니다. 말없이 방 안을 두세 번 오락가락한 뒤 남편은 억지 하품을 하면서 여태까지 한 번도 만진 적 없던 문 뒤의 파리채를 잡고는 '이 파리들은 또 어디서 들어온 거야'라고 중얼거리며 이리저리 휘두르기 시작했습니다. 그것도 할 수 있는 한 힘껏 말입니다. 그 소리는 남편이 언제나 제일 싫어해서 남편이 있을 때는 제가 절대로 내서는 안 되는 험한 말투였답니다. 전 속으로 생각했지요. 흥, 자기 자신은 남자라고 아무렇게나 말해도 되는 모양이지. 그건 그렇고 제 눈에는 파리가 그리 많지 않았어요. 남편의 이상한 행동이 정말로 몹시 불쾌했습니다. '한 방에 여섯 마리!' 남편이 외쳤습니다. '당신 보겠소?' 저는 대꾸하지 않았습니다. 그러자 남편이 반짇고리 위에 뭔가를 올려놓아 저는 바느질에서 눈을 돌리지 않아도 볼 수밖에 없었습니다. 그건 한 무더기의 금에 못지않은, 두 손가락으로 가득 잡을 만큼의 금화였습니다. 남편은 제 등 뒤에서 장난질을 계속하고 가끔 파리채를 휘두르면서 혼잣말로 중얼거렸습니다. '고약하고 쓸모없으며 뻔뻔스러운 벌레! 대체 뭐 하러 이 세상에 존재하는 거야. 찰싹, 때려죽이라고 있는 게 분명해. 찰싹, 감히 말하지만 내가 파리 잡는 재주가 있네. 자연사는 우리에게 이 벌레의 놀라운 번식을 알려주지. 탁, 탁, 우리 집에선 언제나 즉각 즉각 없애버리지. 아이고, 빌어먹을! 제기랄! 여기 또 스무 개 있군. 당신 갖고 싶어?' 남편이 다가와서 아까와 같은 행동을 했습니다. 제가 그때까지는 애써 참았지만 더는 참을 수 없어서 웃음보를 터뜨리고 말았지요. 남편이 제 목을 껴안았고, 저희 두 사람은 서로 뒤질세라 깔깔댔답니다.

남편이 꾸러미에서 나머지 돈을 쏟아내는 동안 전 '그런데 어디서 난 돈이에요?'라고 물었습니다. '에스테르하지 후작*님이 하이든을 통해 보낸 것이오. 편지를 읽어보구려.' 전 편지를 읽었지요.

'아이젠슈타트 모년 모월. 경애하는 친구, 제가 모시는 존귀한 주인이신 후작 각하께서 귀공에게 동봉하는 금화 60냥을 전달하는 일을 참으로 기쁘게도 저한테 맡기셨습니다. 우리는 최근에 공의 4중주곡**을 다시 무대에 올렸습니다. 각하께서 몹

* 오스트리아 원수로 학문과 예술의 후원자(1714~1790).

** 하이든과 모차르트는 스물네 살이나 차이가 나지만, 서로 아끼고 존경했다.

시 감동하고 만족하셨는데 3개월 전에 처음 들으셨을 때와는 감흥이 완전히 달랐습니다. 후작께서 제게 이렇게 말씀하셨습니다(말씀 그대로 옮깁니다). 모차르트가 선생에게 이 작품을 헌정했을 때 오직 선생에게만 영예를 돌리려고 했을 것이오. 그러나 내가 거기에서 나에 대한 치하도 함께 읽어낸다고 해서 그 사람에게 전혀 누가 되지 않을 것이오. 내가 그의 천재성을 선생만큼이나 크게, 그가 영원히 더 이상 바랄 수 없을 정도로 크게 생각한다는 것을 그에게 말해주시오. 저는 아멘!을 덧붙이겠습니다. 만족하시지요?

추신: 부인께 귀띔해주세요. 답례를 지체하지 않도록 신경 쓰시기 바랍니다. 직접 서신을 올리는 것이 최선이겠지요. 이런 좋은 기회는 꽉 잡아야 합니다.'

'천사 같은 편지! 오, 천국의 영혼!'이라고 남편이 여러 번 환호성을 질렀습니다. 남편을 가장 기쁘게 한 게 편지인지, 후작의 칭찬인지, 아니면 돈인지 쉽게 말할 수 없습니다. 솔직히 고백하건대 저로선 그 당시 아주 반가운 건 돈이었습니다. 저희 부부는 축하하며 정말 즐거운 저녁 시간을 보냈습니다.

교외에서 있었던 일에 대해서 저는 그날도, 그 다음다음 날에도 아무것도 듣지 못했습니다. 다음 주가 다 지나갔는데도 크레스첸츠란 여자는 나타나지 않았습니다. 그리고 남편은 업무의 소용돌이 속에서 그 일을 곧 잊어버렸습니다. 그러다가 어느 토요일 저희 집에서 모임이 있었습니다. 베젤트 대위, 하

모차르트는 전체 여섯 곡으로 된 「하이든 4중주」를 하이든에게 헌정했다.

르데크 백작과 다른 사람들이 연주했지요. 휴식시간에 제가 불려 나갔습니다. 뜻하지 않은 물건이 왔던 겁니다. 제가 들어가서 물어봅니다. '당신이 알저 마을에서 여러 가지 목제품을 주문했어요?' '아이참, 그렇지! 어떤 아가씨가 왔겠지? 들어오라고 하구려.' 아가씨가 물건으로 가득 찬 바구니를 팔에 걸고 갈퀴와 삽을 들고 공손히 방 안에 들어와서 너무 늦게 온 걸 사과했습니다. 길 이름을 잃어버렸는데 오늘에야 겨우 알아냈다는 겁니다. 남편이 여자한테서 차례차례 물건을 넘겨받고 흡족해서 즉시 저한테 넘겨주었습니다. 전 진정 고마웠고 하나하나 빠짐없이 마음에 들어 찬사를 아끼지 않았습니다만 밭갈이 연장은 뭐 하러 샀는지 의아했습니다. '그야 당연히 빈 천변의 당신 밭떼기를 위한 거지.' '맙소사, 시냇물이 넘쳐서 항상 큰 피해를 보았고, 소출이 전혀 없어서 진즉 돌려주었어요. 당신한테 얘기했더니 반대하지 않았잖아요.' '뭐라고? 그러면 우리가 봄에 먹었던 아스파라거스는?' '항상 장에서 사 온 거지요.' '저런, 그걸 몰랐네.' 남편이 말했습니다. '내가 그걸 맛있다고 칭찬했던 건 순전히 당신을 위로하기 위해서였소. 밭일하는 당신이 하도 안쓰러워서 말이오. 사실 그 아스파라거스는 깃대처럼 가늘고 질겨빠졌었어.'

손님들은 이 우스갯소리에 매우 즐거워했습니다. 전 즉시 제게 필요 없는 걸 몇 개 기념으로 손님들에게 주었습니다. 남편이 아가씨에게 혼인에 대한 일을 꼬치꼬치 캐물었고, 그녀와 애인을 위해 하려는 일이 소리 소문도 없이, 충분한 배려 속에 누구에게도 누가 되지 않도록 이루어질 것이므로 이 자리에서는 거리낄 것 없이 마음 놓고 얘기하라고 용기를 북돋워주었습니다. 그러자 그녀는 아주 공손하고 조심스러우며 삼가는 자세로 대답해 그 자리에 있는 모든 사람의 마음을 완전히 얻었습니다. 결국 최선의 지원을 약속하고 그녀를 돌려보냈습니다.

'저 사람들은 도와주어야겠군요'라고 대위가 말했습니다. '이 사안에서 동업조합의 야료는 별것 아닙니다. 그걸 곧 해결할 수 있는 사람을 알고 있습니다. 문제가 되는 건 집과 살림살이 장만에 드는 돈을 도와주는 겁니다. 트라트너홀에서 친구들을 위한 음악회를 개최하면 어떨까요? 입장료는 자율로 내게 하고요.' 그 아이디어는 열렬한 호응을 얻었지요. 신사들 가운데 한 분이 소금통을 집어 들고 말했습니다. '누군가가 인사말로 이 일에 관한 연설을 해야 할 겁니다. 모차르트 선생이 물건을 구입한 걸 이야기하고 인간적인 의도를 설명하는 겁니다. 그리고 이 멋들어진 통을 헌금 상자로 탁자 위에 올려놓고, 그 뒤 오른쪽과 왼쪽에 장식으로 이 갈퀴 두 개를 엇갈려 세워두자고요.'

그런 일은 벌어지지 않았으나 음악회는 이루어졌지요. 음악회는 상당한 수익을 올렸고, 여러 기부가 뒤따라서 행운을 잡은 그 연인들은 필요한 것보다 더 많이 갖게 되었습니다. 그리고 다른 걸림돌들도 신속히 제거되었고요. 저희가 묵기로 한 절친한 친구인 프라하의 두세크 부부*가 그 이야길 들었습니다. 붙임성 있고 마음씨 고운 부인이 호기심이 동해서 그 물건

* Franz Dusek(1736~1799): 작곡가 겸 피아니스트.

을 좀 갖고 싶어 했지요. 그래서 제가 그 부인에게 가장 알맞을 만한 걸 따로 떼어놓았다가 이번 기회에 가져간답니다. 그런데 그사이 저희가 뜻밖에도 새로 사랑스러운 음악 애호가를 만났고, 그분도 머지않아 가정을 꾸리게 되었는데 우리 남편이 고른 소박한 살림살이를 분명히 마다하지 않을 테니 전 가져가는 선물을 반으로 나누겠습니다. 신부께서 멋지게 구멍 뚫린 초콜릿 거품기와 여러 번 언급된 바 있고, 장인이 온갖 정성을 기울여 운치 있게 튤립을 새겨 넣은 소금통 가운데 고르시지요. 전 무조건 이걸 권해드리고 싶어요. 제가 알기론 귀한 소금은 야무진 살림과 넉넉한 손님 접대의 상징이랍니다. 저희가 신부께 진정으로 바라는 바는 그겁니다."

모차르트 부인의 이야기는 여기까지이다. 숙녀들이 그 모든 얘기를 얼마나 고맙고 즐겁게 받아들였을지는 충분히 짐작할 수 있다. 바로 뒤이어 남자들이 있는 위층에서 그 물건들이 사람들 앞에 드러나고, 위엄 있는 단순성의 본보기인 소금통이 정식으로 건네졌을 때 환호성이 다시 터져 나왔다. 숙부는 이제 질녀에게 넘겨주어 대대손손 그 후손의 소유가 될 은제 장식장에 그것을 보관할 자리를, 피렌체 명인의 저 유명한 작품*이 암부라스 컬렉션**에서 차지한 것 못지않은 자리를 약속했다.

거의 8시가 다 되었고 사람들은 차를 마셨다. 사람들이 우리

* 금 세공사 겸 조각가 벤베누토 첼리니(1500~1571)가 제작한 소금통.

** 티롤 백작의 주거지였던 암부라스 성에 있다.

음악가에게 세심히 포장했으나 다행히 여행 가방 맨 아래에 넣어두지는 않은 '지옥 불'* 장면을 자세히 소개하겠다고 한 점심때의 약속을 강력하게 상기시켰다. 그는 망설이지 않고 응했다. 극 줄거리에 관한 설명은 오래 걸리지 않았다. 악보는 펼쳐졌으며 피아노에는 이미 불이 환하게 밝혀졌다.

길을 걷다가 종종 어느 집 창문에서 우리 귀에 들려오는 한 토막의 화음, 오직 그곳에서 나올 수밖에 없으며 마치 전기처럼 우리에게 충격을 주고 마법처럼 사로잡는 화음이 불러일으키는 저 독특한 감정 같은 것이, 극장에서 관현악단이 조율하는 동안 장막을 마주하고 앉아 있을 때의 저 달콤한 설렘 같은 감정이 최소한 이 대목에서 독자들에게 찾아오기를 우리는 간절히 바란다. 아니면 이런 것은 어떤가? 『맥베스』건 『오이디푸스』건, 아니면 그 어느 것이건 모든 숭고한 비극의 문턱을 넘어 안으로 들어갈 때 영원한 아름다움에 전율하게 된다면, 바로 여기서보다 그것을 더 강렬하게 또는 동일한 정도로 경험할 수 있는 데가 어디 있겠는가? 인간은 익숙한 자아에서 벗어나기를 바라는 동시에 두려워하기도 한다. 인간은 무한한 어떤 것이 자기 몸을 만지고 가슴을 조이게 하는 한편 확장시키고 정신을 강력하게 낚아채는 것을 느낀다. 완성된 예술에 대한 경외감이 더해진다. 신적인 경이로움을 향유하고, 그것을 가까이서 친근한 것으로 자기 안에 받아들여도 되고 받아들일 수 있다는 생각에 일종의 감동, 아니 긍지, 어쩌면 우리가 느낄 수

* 「돈 조반니」에서 주인공이 유령에게 벌을 받고 지옥으로 떨어지는 장면.

있는 가장 행복하고 순수한 자부심까지 갖게 된다.

우리에게는 어려서부터 아주 친숙한 작품이지만 그 자리에 모인 사람들은 처음으로 접한다는 점에서 우리와는 완전히 다른 입장이었다. 작곡가가 직접 연주해준다는 부러워할 만한 행운을 제외한다면 결코 우리보다 유리한 입장은 아니었다. 왜냐하면 순수하고 완전한 이해는 원래 아무에게도 가능하지 않기 때문이었다. 설령 곡 전체를 줄이지 않고 연주할 수 있었다고 할지라도 한 가지 이상의 관점에서 불가능했을 것이기 때문이다.

추측건대 작곡가는 완성된 18개 장* 가운데 반절도 연주하지 않았을 것이다. (우리 서술의 토대가 된 기록에는 마지막 장의 6중창곡만 명시적으로 언급되어 있다.) 그는 대부분 자유롭게 발췌해서 피아노로 연주하면서 즉흥적으로 알맞은 대목에서 노래도 불렀던 것 같다. 모차르트 부인도 언급되었는데 아리아 두 곡을 불렀다고 한다. 그녀의 목소리가 매우 강렬하면서도 사랑스러웠다고 하므로 돈나 안나의 첫 아리아(「당신은 배반자를 알아요」)와 체를리나의 두 아리아 가운데 하나였을 것으로 추정된다.

엄밀하게 말해서 정신과 식견 그리고 취향을 고려하면 대가가 바랐던 유일한 청중은 오이게니와 약혼자였고, 오이게니가 약혼자보다 훨씬 더 그랬다. 그 두 사람은 방의 깊숙한 안쪽에

---

* 이 숫자는 엘비라의 레치타티보라 불리는 아리아가 레포렐로의 「알겠습니다」와 함께 원래의 오페라에 포함되지 않았기에 나온 계산이다(원주).

앉아 있었다. 아가씨는 입상처럼 꼼짝하지 않고 푹 빠져들었는데, 다른 사람들이 관심을 조심스럽게 표현하거나 자신도 모르게 짧은 탄성으로 감동을 드러내는 동안에 약혼자의 말에 그저 건성으로 대꾸할 뿐이었다.

모차르트가 더할 나위 없이 아름다운 6중창곡으로 연주를 마치자 대화가 서서히 시작되었다. 그는 특히 남작의 말을 하나하나 관심과 흡족한 마음으로 받아들이는 듯싶었다. 오페라의 대단원과 11월 초로 예정된 공연에 관한 이야기가 오갔다. 누군가 대단원의 특정 부분이 커다란 과제가 될 것 같다는 의견을 피력하자 대가는 조심스럽게 미소를 지었다. 콘스탄체가 백작 부인에게 말했다. "저이는 무엇인가 머릿속으로 구상하고 있는데 비밀에 부친답니다, 저한테도요." 이 말은 모차르트도 들었다.

그가 말을 받았다. "여보, 지금 말이 좀 지나쳐요. 내가 새롭게 시작하고 싶은 마음이 든다면 어찌하려고? 실제로 벌써 좀이 쑤시는구려."

"레포렐로!"* 백작이 신이 난 듯 벌떡 일어나 외치면서 한 하인에게 손짓했다. "포도주! 실러리** 와인으로 세 병 가져오게."

"안 됩니다. 와인은 이제 됐어요. 우리 귀공자님***은 아직 잔

---

* 돈 조반니의 하인.

** 유명한 샴페인 포도주의 하나.

*** 콘스탄체가 남편을 가리키는 말.

에 남아 있어요!"

"그걸 쭉 들이켜세요. 그리고 모두 건배!"

"아이고머니나, 이럴 수가!" 콘스탄체가 시계를 바라보며 탄식했다. "11시가 다 됐군요. 내일 새벽에 떠나야 하는데, 어떡해요?"

"안 됩니다, 부인, 절대로 안 돼요."

모차르트가 말하기 시작했다. "때때로 어떤 일이 묘하게 일어나기도 합니다. 이제 듣게 될 작품이 밤중의 바로 이 시간에, 그것도 여행 떠나기 바로 전날 밤, 세상에 태어났다는 말을 들으면 제 아내는 뭐라고 할까요?"

"그런 일이 있을 수 있어요? 언젭니까? 분명히 당신이 아이젠슈타트로 가려고 했던 3주 전이죠?"

"바로 맞혔소. 그리고 그 일은 이렇게 되었던 것이오. 10시 넘어서 리히터의 집에서 식사하고 집으로 돌아왔어요. 당신은 이미 깊이 잠들어 있었지요. 난 계획에 따라 아침에 제때 일어나 마차를 타기 위해 일찍 자려고 했어요. 그사이 파이트가 늘 그랬듯 책상 위의 불을 밝혔지요. 난 기계적으로 잠옷을 갈아입었는데 마지막으로 작업한 걸 다시 한번 후딱 들여다보자는 생각이 들었소. 그런데 아이고, 이런 낭패가 있나! 여자들이 부적절한 순간에 부지런을 떠는 건 골칫거리니! 당신이 책상을 정리하고 악보를 짐 속에 싸놓아 버렸던 것이오. 그런데 그걸 가져 가야 했던 건 맞아요. 후작님께서 그 작품의 리허설을 요구했으니까. 난 계속 찾으며 투덜대고 욕도 했으나 아무 소용없었지요. 그러다가 봉함된 봉투가 눈에 들어옵니다. 주소 위의 징그러운 갈고리로 보아 재속신부*한테서 온 것이 틀림없어요. 한 달이 되기 전에는 받아볼 가망이 없다고 생각한 수정 대본의 나머지 부분을 보내온 겁니다. 참을 수 없어서 즉시 자리에 앉아 읽고는, 그 괴짜가 내가 원하는 바를 정확히 짚어낸 걸 보고 놀라며 기뻐합니다. 모든 게 한결 더 간결해지고 압축되고 동시에 풍부해졌어요. 교회 묘지 장면뿐만 아니라 주인공의 파멸까지 대단원이 모든 면에서 아주 좋아졌소. (난 생각합니다, 뛰어난 시인이여, 그대가 나한테 사례를 받지 않고 두 번 다시 애쓰게 하지는 않겠소,라고요.) 작곡하면서 앞으로 나올 장면을, 설사 제아무리 매력적인 거라 할지라도 미리 앞당겨 작업하는 건 평소 내 습관이 아니오. 이건 값비싼 대가를 치를 수 있는 못된 버릇이긴 해요. 하지만 예외도 있어요. 간단히 예를 들자면 말을 탄 기사수도회 관구장의 입상 옆에서의 장면, 살해 당한 자의 무덤에서 느닷없이 터져 나와 머리카락을 곤두서게 하면서 이 밤도깨비 같은 인간의 너털웃음을 그치게 하는 위협 장면은 날 사로잡아 이미 완성했지요. 나는 화음 하나를 짚어보고 바른 문을 두드렸다는 걸 알았어요. 그 뒤에는 피날레까지 무시무시한 공포들이 이어져요. 그리하여 맨 먼저 아다지오가 나왔어요. 라단조, 4소절, 이어서 5소절의 두번째 악장. 강력한 관악기들이 노래에 맞춰 반주하면 극장에서 굉장한 효과를 낼 겁니다. 여기서 할 수 있는 데까지 한번 해볼 테니 들

* 극작가 로렌초 다 폰테를 말한다. 62쪽 주* 참조. 다 폰테는 수도회가 아니라 교구에 소속된 재속신부이기도 했다.

어들 보시지요."

그는 다짜고짜 자기 옆에 있는 두 샹들리에의 촛불을 다 껐다. "동트기 전에 네 웃음은 끝나리라"*란 저 무시무시한 송가가 쥐죽은 듯한 실내의 정적을 뚫고 울려 퍼졌다. 은색 트롬본 가락이 얼음처럼 차갑게, 골수와 영혼을 파고들듯 마치 저 머나먼 별에서 떨어지듯 파란 하늘을 뚫고 내려온다.

"여기 누구 있나? 대답하라"라고 돈 조반니가 묻는 소리가 들린다. 그때 다시 음악이 이전처럼 단조롭게 시작되고 뻔뻔스러운 젊은이에게 죽은 자들을 가만두라고 명한다.

이 쾅쾅거리는 소리의 울림이 허공에서 완전히 잦아들고 난 후 모차르트가 말을 이었다. "이제 당연히 더 이상 중단할 수 없습니다. 얼음이 일단 귀퉁이 한 곳에서 깨지기만 하면 이내 호수 전체가 쩡 울리고 가장 멀리 떨어진 구석에까지 울려 퍼집니다. 전 정신없이 저 뒤쪽 돈 조반니의 저녁 식사 장면까지 쭉 써 내려왔습니다. 돈나 엘비라가 막 떠나갔고, 부름에 따라 유령이 나타나는 장면 말입니다. 들어보시지요."

이제 아주 길고 끔찍한 대화가 시작되었다. 이제 가장 냉철한 사람일지라도 인간이 상상할 수 있는 한계까지, 아니 그 너머까지 끌려간다. 거기에서 우리는 초자연적인 것을 보고 들으며 자기 가슴속 한 극단에서 다른 극단으로 속절없이 내동댕이쳐지는 것을 느낀다.

이미 인간의 언어와 멀어진 상태에서 죽은 자의 영혼이 마지

---

* 2막 11장의 기사수도회 관구장의 대사.

못해 다시 한번 말하기로 작정한다. 무시무시한 초두의 인사말 뒤에 곧바로, 한 발을 이미 저승에 들여놓은 자가 제공된 이승의 음식을 거부할 때, 그의 목소리가 얼마나 독특하고 소름 끼치게 공기로 엮은 사다리의 디딤판 위를 불규칙하게 오르내리는가! 그는 신속히 참회하라고 재촉한다. 유령에게는 시간이 얼마 없고 길은 멀고도 멀다! 이제 돈 조반니가 엄청난 의지로 영원한 질서를 거부하고 악마 같은 힘을 짜내 중단 없이 반항하고 저항하며 몸부림치다가 결국 쓰러지고 만다. 그러나 그의 몸짓 하나하나에는 장엄이 온전히 나타난다. 이것을 볼 때 누구의 마음인들 즐거움과 동시에 두려움으로 떨지 않겠는가. 이것은 제어할 수 없는 자연의 힘이 위력을 발휘하는 엄청난 광경이나 화려한 선박의 화재를 보고 놀라는 것과 비슷한 감정이다. 우리는 의지와는 달리, 말하자면 이 맹목적인 힘에 가담하여 내심 이를 갈면서도 급속한 자기 파괴의 과정에서 그 고통을 함께한다.

작곡가가 마무리했다. 한동안 아무도 침묵을 먼저 깰 엄두를 내지 않았다.

마침내 백작 부인이 여전히 마음을 졸이면서 말하기 시작했다. "그날 밤 펜을 내려놓으면서 어떤 기분이었는지 알려주세요, 부탁해요."

마치 고요한 꿈에서 깨어난 듯 그가 밝게 그녀를 쳐다보고 잠시 생각하더니 반은 그녀를, 반은 자기 아내를 향해 말했다. "음, 마지막에 가서 제 머리가 좀 어찔했습니다. 열기에 휩싸여 창문을 열어놓고 유령들의 합창까지 이 필사적인 싸움 장면을 단숨에 다 쓰고 나서 잠시 쉰 다음 의자에서 일어났습니다. 얘기 좀 나누며 흥분을 가라앉히려고 당신 방으로 가려고 했어요. 그런데 뜬금없는 생각이 방 한가운데서 내 발걸음을 멈춰 세웠습니다.” (이 대목에서 그는 잠시 방바닥을 내려다보았고, 그의 어조는 이후 알아챌 만한 움직임을 거의 보이지 않았다.) “전 이렇게 중얼거렸습니다. 만약 네가 이 밤에 죽어 악보를 이 지점에서 그만두어야 한다면 무덤 속에서 안식할 수 있겠나? 제 눈은 손에 들고 있는 촛불 심지와 녹아내린 촛농 덩어리에 매달렸습니다. 이런 상상을 하자 고통이 한순간 제 몸을 훑고 지나가더군요. 그러고 나서 계속 생각했습니다. 조만간 다른 사람이, 어쩌면 이탈리아인이 이 오페라를 완성하는 일을 맡아 서곡부터 17번 장면까지 한 부분만 제외하고 모든 게 깨끗하게 완성되어, 이를테면 하나같이 튼실하고 잘 익은 열매들이 무성한 수풀 속에 떨어져 있어 그저 줍기만 하면 된다는 걸 발견할 겁니다. 마지막 악장의 중간 앞에서 조금 섬뜩해질 테지만 곧 뜻밖에 그곳의 육중한 바윗덩어리 같은 장애물이 이미 치워진 걸 알게 될 겁니다. 그래서 그는 기분이 좋아져 슬그머니 웃음을 짓겠지요. 어쩌면 제 명성을 훔쳐 갈 유혹에 빠질지도 모릅니다. 하지만 그러다간 큰코다치고 말 겁니다. 어쨌거나 제 특징을 알아 제 작품이라고 정직하게 보증해줄 좋은 친구들이 많으니까요. 그런 다음 전 그 자리를 떠났고, 위를 바라보며 신께 감사했으며, 사랑하는 여인이여, 그동안 두 손을 부드럽게 당신 이마 위에 펴들어 곤히 잠들게 해 단 한 번도 날 부르지 않게 해준 당신의 수호신에게도 감사를 드렸다오. 내가 마침내 침실에 들어갔더니 당신이 몇 시냐고 물었고, 나는 거침없이 두세 시간 속여 말했지요. 실제로는 4시가 다 되었거든요. 이제 당신은 어째서 나를 6시에 깨우지 못해 마부를 돌려보내고 다음 날 다시 오라고 할 수밖에 없었는지 알았을 것이오."

"물론이지요." 콘스탄체가 응수했다. "똑똑한 남자라고 다른 사람은 아무것도 알아채지 못할 만큼 어리석다고 생각하지는 마세요. 정말이지, 당신이 내 생각보다 작업을 훨씬 더 진척시켰다는 걸 숨길 필요 없었어요."

"그 때문만은 아니었소."

"다 알아요. 당신은 그 보물을 당분간 발설하고 싶지 않았던 거예요."

마음씨 좋은 집주인이 말했다. "모차르트 선생이 절대로 일어나지 못한다 해도, 우리가 내일 빈에서 온 마부를 속상하게 할 필요가 없다는 게 나로선 기쁘기만 합니다. '여보게, 다시 말을 마차에서 풀게'라는 지시는 언제나 마음을 몹시 아프게 하거든요."

더 오래 머무르라는 이 간접적인 청에 다른 사람들도 진정 어린 말로 합세했다. 그러나 여행자는 타당한 근거를 들며 곤란하다고 하여 설왕설래가 이어졌다. 그러다 너무 일찍 출발하지는 않고 느긋하게 함께 아침 식사를 하자는 쪽으로 합의가 이루어졌다.

사람들이 일어서서 한참 동안 삼삼오오 떼를 지어 얘기를 나누며 빙빙 돌았다. 모차르트는 누군가를 찾았는데 오이게니인 것 같았다. 그러나 그녀가 마침 자리에 없어서 그는 순진하게도 오이게니에게 하려던 질문을 대뜸 가까이에 있는 프란치스카에게 했다. “전체적으로 「돈 조반니」를 어떻게 생각하십니까? 어떤 좋은 예상을 해줄 수 있겠습니까?”

그녀가 웃으면서 말을 받았다. “사촌의 이름으로 할 수 있는 데까지 대답하겠습니다. 제 좁은 소견으로는 만약 「돈 조반니」가 온 세상을 미친 듯 열광시키지 않는다면 하느님께서 음악 상자를 닫아버리고, 무기한으로 말입니다, 인류에게 알릴 겁니다……” “그리고 인류에게” 숙부가 말을 고쳐주려는 듯 끼어들었다. “몹쓸 음악을 주어 사람들의 감정을 마비시켜서 바알*을 경배하게 할 겁니다.”

“하느님 맙소사!” 모차르트가 웃으며 말했다. “제가 없어지고 난 후 육칠십 년 동안 여러 엉터리 예언자들이 나타날 겁니다.”

오이게니가 남작 그리고 막스와 함께 가까이 다가왔다. 뜻밖에 대화가 새롭게 시작되고 또다시 진지하고 의미심장해져서, 작곡가는 기쁘게도 사람들이 흩어지기 전에 희망을 북돋워주는 여러 멋지고 의미 있는 말을 들었다.

자정이 훨씬 지나서야 비로소 사람들이 흩어졌다. 그때까지 휴식이 필요하다고 느낀 사람은 아무도 없었다.

다음 날(날씨는 어제보다 조금도 뒤지지 않았다) 10시에 빈에서 온 두 손님의 짐을 실은 멋들어진 여행용 마차가 성의 마

---

* 토지의 비옥함과 생물의 번식을 주재하는 고대 동방 여러 나라의 최고 신.

당에 있는 것이 보였다. 말이 끌려 나오기 조금 전에 백작이 모차르트와 함께 마차 앞에 서서 마차가 마음에 드느냐고 물었다.

"마음에 쏙 듭니다. 마차가 아주 편해 보입니다."

"그럼, 나에 대한 추억으로 그걸 받아주면 기쁘겠소."

"뭐라고요? 진정이십니까?"

"진정이 아니면 뭐겠어요?"

"아이고, 이럴 수가. 여보, 여보!" 아내가 다른 사람들과 함께 내다보고 있는 창문을 향해 그가 외쳤다. "이 마차가 우리 거래요. 당신은 앞으로 우리 마차를 타고 다니게 되었어요!"

그는 만족스러운 웃음을 짓는 백작을 얼싸안은 다음 새로 생긴 소유물 주위를 돌면서 찬찬히 둘러본 후 문을 열고 안으로 들어가서 외쳤다. "나는 리터 글룩*만큼 고귀하고 부유해진 것 같아! 빈 사람들이 보고 얼마나 눈을 동그랗게 뜨겠는가!" 백작 부인이 말했다. "프라하에서 돌아오는 길에 선생의 마차를 다시 보게 되길 바랍니다. 사방에 화환을 매달고서요."

이 즐거운 마지막 장면 얼마 뒤에 작별하는 부부를 태운, 칭송이 자자한 마차가 실제로 움직이기 시작하더니 이어서 빠르게 국도를 향해 달려갔다. 백작은 비팅가우에 가서 역마로 바꾸라고 했다.

착하고 탁월한 사람들이 찾아오면 그들의 존재를 통해 잠시 집안에 활기를 불어넣고 그들의 신선한 정신의 숨결로 우리의

---

* 작곡가(1714~1787).

본성을 새롭게 고양시키며 손님을 환대하는 축복을 한껏 느끼게 해준다. 하지만 언제나 이별은 우울한 기분을 남기게 마련이다. 우리가 다시 자신에게만 의지해야 할 때, 적어도 그날 남은 시간 동안에는 그런 기분을 느낀다.

하지만 성에 남은 사람들에게는 적어도 마지막으로 한 말은 들어맞지 않았다. 프란치스카의 부모는 나이 많은 고모와 함께 곧 떠나갔으나 막스는 물론이고 친구와 예비신랑도 남았다. 여기서 주로 언급할 대상은 오이게니인데, 그 귀중한 경험이 다른 모든 사람보다 깊숙이 그녀의 마음을 사로잡았기 때문이다. 그녀에게는 부족할 것도 없고, 빼앗길 것도 없거니와 침울하지도 않았다. 지금에서야 비로소 정식으로 확인받은, 진정으로 사랑하는 남자 안에서 느끼는 그녀의 지고한 행복은 다른 모든 것을 삼켜버릴 듯했다. 그녀의 마음을 움직일 가장 고귀하고 아름다운 것이 있다 해도 필연적으로 저 환희 가득한 충만감과 하나로 융합될 수밖에 없었다. 그녀가 어제와 오늘을 그저 현재로 살 수 있었다면, 이제는 순전히 그 추억을 음미하는 것만으로 살아갈 수 있었을 것이다. 그러나 저녁때 모차르트 부인의 얘기를 들으면서 이미 그녀는 사랑스러운 이미지로 즐거움을 준 모차르트에 대한 가벼운 두려움이 은밀히 스며드는 것을 느꼈었다. 이 예감은 그 후 모차르트가 연주하는 동안 줄곧 형언할 수 없는 모든 매력 이면에서, 그 음악의 불가사의한 공포를 관통해 그녀의 의식 밑바닥에서 계속 꿈틀거렸다. 그리고 끝으로 모차르트 스스로 자신에 대해 가끔 같은 방향으로 얘기했던 것이 그녀를 놀라게 하고 충격을 주었다. 이 사람이 빠르게 그리고 막을 수 없이 자기 자신의 불꽃으로 생명을 불태운다는 것, 그가 발산하는 지나친 불꽃을 실제로 감당하지 못할 것이기 때문에 그가 지구상의 일시적인 현상에 불과할 수밖에 없다는 것이 그녀에게는 확실, 아주 확실해졌다.

어제 그녀가 잠자리에 들고 나서 이 생각이 그녀의 가슴속을 오르내렸다. 다른 한편 「돈 조반니」의 여운이 뒤엉킨 채 오랫동안 마음속에 울려 퍼졌다. 한편 여러 가지 다른 상념과 함께 그녀는 날이 밝아서야 비로소 피곤함에 지쳐 잠이 들었다.

세 여자는 이제 일거리를 들고 정원에 앉았고, 남자들이 그들의 말 상대를 해주었다. 맨 먼저 화제에 오른 것은 당연히 모차르트뿐이었으므로 오이게니도 걱정을 숨기지 않았다. 남작은 그녀가 무슨 생각을 하는지 충분히 이해했지만 조금이라도 그 걱정을 함께하려는 사람은 아무도 없었다. 좋은 시간을 즐기는 사람들은 인간적으로 순수하고 고마워하는 기분으로써 자기와는 직접 관련이 없는 불길한 생각을 전력을 다해 거부하기 마련이다. 특히 숙부가 가장 설득력 있고 긍정적인 반론을 제기했다. 오이게니가 그 모든 것을 얼마나 반갑게 듣지 않았겠는가! 그래서 그녀는 실제로 오래지 않아 너무 비관적으로만 본 것 같다고 생각하게 되었다.

얼마 뒤 초록색 문직물 창문 커튼을 통해 희미한 햇빛만 들어오는, 막 청소와 정리를 끝낸 위층의 큰 방을 지나가면서 그녀는 우수에 젖어 피아노 앞에 멈춰 섰다. 불과 몇 시간 전에 누가 그 앞에 앉았던가를 생각하면 마냥 꿈만 같았다. 그녀는 오랫동안 생각에 잠긴 채 그가 마지막으로 손댔던 건반을 바라보았다. 그러고 나서 조용히 뚜껑을 닫아 잠그고 열쇠를 뽑았다.

다른 사람의 손이 곧 다시 열지 못하게 하려는 질투심 때문이었다. 그 자리를 떠나가면서 그녀는 노래책 몇 권을 제자리에 갖다 놓았다. 그때 좀 낡은 종이 한 장이 떨어졌다. 이전에 프란치스카가, 그리고 그 자신도 여러 번 불렀던 보헤미아 민요*의 필사본이었다. 그녀는 그것을 집어 들었다. 놀란 기색이 없지 않았다. 그녀와 같은 심정에서는 지극히 자연스러운 우연이 예언이 되기 쉽다. 그녀가 그것을 어떻게 이해하려 했건 간에, 그 단순한 가사를 다시 읽어보니 뜨거운 눈물이 흘러내렸다.

작은 전나무가 어딘가
숲속에서 푸르러지네.
장미나무 숲이 어딘가
정원에서 자라네.
이미 어떤 정원에서 골라놓은 것들이다.
오, 영혼이여, 생각하라,
그것이 그대의 무덤 위에서
뿌리 내리고 자란다는 것을.

흑마 두 마리가

---

* 이것은 뫼리케가 지은 시이다.

초원에서 풀을 뜯고 있네.
힘차게 뛰며
도시의 집으로 돌아오네.
말들은 한 걸음 한 걸음 떼어놓으리라,
그대의 시신을 등에 지고.
어쩌면, 어쩌면
발굽에서
번쩍이는
편자가 닳아 없어지기 전에!

슈투트가르트의 도깨비

Das Stuttgarter Hutzelmännlein

나는 이 도시와 온 나라에
잘 알려진 도깨비
확실히 700년 전에 나는
구두장이였어.
건과일 빵을 고안해냈고
기이한 장난도 많이 만들어냈다네.

500여 년 전, 용감무쌍한 전쟁 영웅이자 평판 좋은 영주인 폰 뷔르템베르크 에버하르트 백작이 독일 제국의 우두머리인 합스부르크 왕가의 루돌프와 그의 후계자들, 그리고 자유도시들과 장기간에 걸쳐 처참한 전쟁을 치른 끝에 슈바벤 나라에 다시금 안정과 평화를 가져다주었다. 그 시기에 슈투트가르트의 한 구두 장인匠人 밑에 제페라는 이름의 기능공이 있었다. 그 장인이 마음에 들지 않자 제페는 일을 그만두겠다고 통보했다. 그러고는 고향에서 멀리 떠나본 적도 없는 데다 이제 부모도 형제자매도 없는지라, 그는 세상을 실컷 돌아다녀보기로 마음먹었다.

떠나기 전 마지막 날 밤, 그는 홀로 기능공들의 방에 앉아 있었다(다른 동료들은 아직 술집에 있거나 누군가를 방문하고 있었다). 그 사람 앞에는 꾸려진 배낭이 있고, 배낭 옆에 지팡이가 있었다. 그 잘생긴 젊은이는 머리를 푹 떨어뜨리고 있었는데 자신도 그 이유를 잘 몰랐다. 탁자 위에서 등잔의 커다란 심지가 타고 있었다. 젊은이는 머리를 들고 심지를 돋우기 위해 집게를 잡으려다가 빈 그릇 위에 생판 모르는 아주 조그만 사람이 앉아 있는 것을 보았다. 그 난쟁이는 몸이 통통하고 키가 작아 제페의 허리에도 미치지 못할 정도였다. 난쟁이는 허리에 더러운 천을 두르고 발에는 실내화를 신었으며 머리털은 칠흑같이 새까맸으나 밝은 파란색 눈은 다정해 보였다.

"안녕, 제페. 날 모르겠느냐? 난 성과 없이 땀 흘리는 자이자 위로해주는 자인 도깨비이다. 난 안다. 네가 착실한 사람이고, 언제나 변함없이 다른 사람들의 구두를 만들면서도 정작 자기 자신은 좋은 걸 신고 다니지 않는다는 걸 말이다. 이제 네가 내일 길을 떠나기로 했으니 노자 대신 주려고 내가 직접 만든 걸 좀 가져왔다. 복福신 두 켤레다. 여길 보아라. 하나는 네가 신어라, 내일 당장. 그 구두는 어느 발에나 딱 맞고, 네가 살아 있는 한 해지지 않을 것이다. 다른 하나는 가져가서 길을 가다가 길옆에 놓아두어라. 명심해라. 아무도 보지 않고 신경 쓰지 않는 곳에 두어야 한다. 어쩌면 세월이 흐른 뒤 언젠가 행운이 직접 네 앞에 모습을 드러낼지 모른다. 그 밖에 여기 먹을 것도 받아라. 건과일 빵 덩어리다. 손가락 두께만큼 남겨두기만 하면 배낭이나 상자 안에서 다시 네가 베어 먹은 만큼 커진다. 절대로 전부 다 먹어서는 안 된다. 그러면 끝장이다. 하늘의 가호가 있길 바란다. 그리고 모든 걸 내가 말한 대로 해라. 한 가지 더. 혹시 고지대나 울름, 블라우보이렌 쪽으로 가다가 우연히 납덩어리를 발견하거든 내게 가져다다오." 제페는 그러겠다고 약속하고 이 모든 것에 대해 응분의 고마움을 표했다. 그러자 도깨비는 순식간에 사라져버렸다.

이제 기능공은 큰 소리로 쾌재를 부르며 빵을 먹어보기도 하고 두 켤레의 구두를 바라보기도 했다. 구두는 그가 제 손으로 만든 것과 상당히 비슷해 보였다. 단지 바느질 땀이 섬세하고 기이하며 부드러운 빨간색 가죽으로 예쁘게 안을 댄 것만 달랐다. 그는 그것을 신고 여남은 번 방 안을 돌아다녀보았다. 당연히 그 짧은 시간에 특별한 행운이 찾아오지는 않았다. 그 후 그는 잠자리에 누워 동이 틀 때까지 잤다. 그때 누군가가 문을 두드리는 듯한 소리가 들려왔다. 두 번, 세 번, 제법 뚜렷하게. 그래서 그는 느닷없이 잠에서 깨어났다. 다른 사람들도 그 소리를 듣긴 했으나 곧바로 다시 잠에 빠져들었다. 제페는, 이건 내 구두 네 짝이 낸 소리야,라고 생각하며 귀를 쫑긋했다. 그러나 더는 움직임이 없었다.

제페가 이제 완전히 옷을 갖춰 입고 만족해서는 두 발을 내려다보면서 말했다. "우리 악마로부터 멀찌감치 달아나자꾸나. 이제 내 처지를 어떤 백작하고도 바꾸지 않겠다." 좋고 좋았다. 다만 그는 작은 실수를 하나 저질렀다. 자기 구두의 한 짝을 다른 구두의 한 짝과 바꿔 신은 것이다. 아이고, 누가 그에게 그 말을 해주었다면 얼마나 좋았겠는가!

그렇게 그는 장인 집 식구들을 깨우지 않으려고 살금살금 층계를 내려왔다. 어제 이미 작별 인사를 했고, 또 아침 식사로 수프 대신 걸어가면서 곧바로 빵을 뭉텅 잘라 먹을 것이기 때문이다. 그는 지금까지 이런 빵을 한 번도 입에 대본 적이 없었으나 할머니한테서 종종 듣긴 했었다. 할머니가 어렸을 때 한번은 이웃 아주머니 집에서 진짜 건과일 빵 한 조각을 얻어

먹었는데, 둘이 먹다가 하나가 죽어도 모를 만큼 맛있었다는 것이다.

이제 제페가 위쪽 성문을 나서서 화살 두세 개 나갈 거리쯤 가니 다리가 나타났다. 그는 거기서 잠깐 땅바닥에 앉지 않을 수 없었다. 아침 햇살 속에서 다시 한번 고향의 탑들, 백작의 성, 집과 성벽을 보기 위해서였다. 그런 다음 다시 발걸음을 재촉하기 전에 여기 다리 한쪽 옆에 구두를 놓아두면 되겠다는 생각이 들었다. 그는 그렇게 하고 앞으로 걸어갔다. 한 시간쯤 경사진 포도밭을 지나 초록색 숲 속으로 들어간다. 우연히 한 떡갈나무 위에서 '땡땡이 일요일'이라는 이름의 새가 지저귀는 소리를 듣는다. 이 새는 재미난 새로, 항상 일주일에 하루는 일을 내팽개친다는 데서 그 이름을 얻었다. 그날이면 그저 지저분한 노래나 불러대면서 다른 새들이 둥지를 가다듬거나 알을 품거나 새끼들에게 먹이를 주거나 하는 것을 느긋하게 바라보기만 한다. 그 새의 새끼들은 대개 죽는다. 그래서 희귀하다. 제페는 생각한다. 저런 새를 하나 잡아야지. 그걸 방랑 중에 지체 높은 양반에게 팔아야지. 특별한 새 한 마리는 종종 송아지 두 마리 값은 나가지. 헤프지자우어 마을 사람들은 교회헌당식 축제 마당을 뻐꾸기 한 마리 값이라는 헐값에 팔아버렸어. 금화 한 닢만 받아도 좋을 거야. 그런데 어떻게 저기로 올라간다지? 그는 평생 나무에 올라가지 못했다. 그런데 이번에는 그것이 된다. 마치 여섯 사람이 그의 몸뚱이를 밀어 올리는 것 같다. 그가 나무 위에 다 오르니 둥지에 파란 머리의 날개 달린 새끼 일곱 마리가 보인다. 그가 그것을 향해 한 손을 뻗는다. 우지끈! 썩은 나뭇가지가 부러진다. 그리고 구두장이는 땅바닥에 뻗어 있다. 목과 다리가 부러지지 않은 것이 기적이었다. 그가 일어나 머리를 문지르며 말했다. "그 도깨비를 어떻게 생각해야 할지 모르겠네. 이건 용기를 북돋워주는 시작은 아니잖아!"

그는 자기 자신을 위로하려고 배낭에서 건과일 빵을 꺼냈다. 정말로 벌써 거의 원래 크기의 둥그런 형태로 커져 있었다. 걸어가면서 그 빵 덩어리를 하도 오랫동안 먹어 메스꺼움을 느꼈고, 물린 나머지 영원히 다시는 그 빵을 먹지 못하겠다는 생각이 들었다. 아무래도 좋다. 야금야금 먹어야 물리지 않는다는 말이 있지 않은가.

그의 마음은 이미 아우크스부르크나 레겐스부르크로 향해 있었다. 이 두 도시가 다른 도시들보다 칭송되는 것을 들었기 때문이다. 그러나 그가 맨 먼저 가려는 곳은 울름이었다.

그는 곧 벰플링거 언덕에서 신비로운 파란 벽처럼 뻗어 있는 슈바벤알프스산을 바라보며 몹시 기뻐했다. 그가 늘 생각해왔던 아름다운 파란 유리 산*의 모습과 다르지 않았다. 그가 어렸을 때 들은 바로는 그 유리 산 뒤편에 시바 여왕의 달팽이 정원이 있다고 했다. 그러나 그 위로도 여러 마을이 있다는 것을 그는 잘 알았다. 뵈링겐, 차이닝겐, 펠트슈테텐, 주핑겐 등 그가 차례차례 지나가야 하는 마을이었다.

길을 가는 도중에 한 염색공이 제페에게 달라붙었다. 몹시

---

* 동화에 나오는 투명하고 매끄러운 신비로운 산.

시건방지고 냉소적이며 재치가 있는 머슴애로 장미처럼 붉은 뺨과 번쩍이는 눈에다 고수머리였으며, 잠시도 쉴 새 없이 재잘거리거나 휘파람을 불었다. 제페는 그에게 크게 신경 쓰지 않았다. 지금 막 머릿속에 어떤 생각이 떠올랐고, 그것을 혼자 조용히 곱씹어보고 싶었기 때문이다. 길가에 포도 압착기가 있고, 그 앞에 뒤집어놓은 통이 있었다. 제페는 그 위에 걸터앉았다. 동행자는 계속 제 갈 길을 가라는 뜻이었다. 그러나 그자는 옆으로 가 제페 뒤쪽 풀 위에 드러눕더니 금세 곯아떨어졌다. 더위에 지친 탓이었다. 이윽고 사방이 조용해졌다. 귀뚜라미 한 마리만이 먼지투성이 밭둑에서 끊임없이 노래를 읊었다.

제페가 혼자서 그러나 충분히 큰 소리로 중얼거리기 시작했다. "이제 내가 뭘 해야 하는지 알겠다. 칼갈이 장인이 되어야겠다. 어디서든 언제나 바퀴를, 하다못해 물레라도 밟아 돌리지 못하니 좀이 쑤시네." (이것은 사실이고, 그렇지 않을 수 없었다. 왜냐하면 그의 구두 한 짝에는 여자를 위한 축복과 마술이 걸려 있었기 때문이다.) "사내라면," 제페가 말을 이었다. "칼갈이 기술을 곧 익힐 수 있어야 해. 작업장을 수레에 싣고 신나게 세상을 돌아다니며, 매일매일 다른 도시를 구경하고, 장터 한 구석 그늘에 자리를 잡아 불티가 튈 정도로 숫돌을 돌리는 거야. 사람들이 뭐라고 입방아를 찧어대건 이제 그게 내 천직이고 기술이라는 걸 온몸으로 느낀다. 내 생각이 옳은 게, 돌아가신 할아버지께서 언젠가 '제페는 숫돌 자리에서 태어났다'고 말씀하시지 않았던가."

제페가 이렇게 중얼거리는데 염색공이 몸을 반쯤 일으키더니 속으로 생각했다. '저놈 맛이 갔군. 저놈 옆에서는 내 목숨이 절대로 안전하지 못해.' 그는 천천히 일어나서 살금살금 빠져나가 밭을 멀찍이 돈 다음 직선도로를 따라 똥줄이 타는 듯 메칭겐 마을을 향해 줄달음을 쳤다. 마침내 걸음을 떼어놓기 시작한 구두장이도 멀리서 그자가 달아나는 것을 보았으나 아무런 의심도 하지 않은 채 자신의 결심에 매우 만족해하며 같은 곳을 향해 걸어갔다. 그러나 그가 위쪽을 올려다보자 그곳의 모든 사람이 창문으로 머리를 내밀어 그를 바라보고 있었다. 골목길에서는 스무 명 남짓한 아이들이 소리를 지르며 뒤따라와 이런 노래를 불러댔다.

칼갈이야, 쓱싹, 쓱싹, 쓱싹,
네 숫돌을 달그락 돌려라.
슈투트가르트는 커다란 도시
겐스바흐강이 가로지른다.

제페는 화가 머리끝까지 치밀어서 조무래기 무리를 향해 마디 있는 지팡이를 여러 번 휘둘렀다. 그러나 그들은 더욱더 기승을 부려 고함을 질러댔다. 하는 수 없이 그는 빨리 그 벌집에서 빠져나가려고 했다. 마지막 오두막집에 당도하기 전까지도 바람결에 아이들의 목소리가 들려왔다.

"칼갈이야, 쓱싹, 쓱싹, 쓱싹!"

그는 정말로 자기에게 그런 장난을 친 염색공이 옆에 있기를 바랐고, 대가를 확실히 치를 만큼 그자를 혼내주고 싶었다. 하지만 그자는 일자리가 있는 그곳에 있거나 아니면 제페에게 말한 대로 뷔싱겐 마을 집에 있었다.

놀림을 받았으나 제페는 너무 오래 속상해하지도 않았고, 또 그로 인해 결심을 굽히지도 않았다. 그는 계속 걸었고 몇 번 왼쪽으로 가야 할 것을 오른쪽으로, 마찬가지로 오른쪽으로 가야 할 것을 왼쪽으로 간 것을 빼면 그날 별다른 일은 일어나지 않았다. 물론 모든 여행작가의 말처럼 비용을 덜 들이며 제때 목적지에 도달하는 방식은 아니었다.

그럭저럭 우라하 마을까지 와서 제페는 숙소에 들었다. 다음 날 아침에는 산 위로 향하는 가파른 비탈길을 올랐다. 그는 몹시 헉헉대지 않을 수 없었다. 한쪽 구두가 발을 짓눌러—그는 어제 이미 이 사실을 알았다—티눈이 생겼기 때문이다. 그것이 애를 먹였다. 그는 다행스럽게도 비탈길이 끝나는 곳에서 궤짝을 조금 실은 소달구지를 타고 주핑겐에서 온 한 농부를 따라잡았다. 농부가 권하지 않아도 제페는 올라타 함께 갈 수 있었다.

둘이 나란히 앉아서 한참 동안 드넓은 평지를 달리다가 농부가 입을 열었다. "실례지만 주제넘게 물어보지 않을 수 없군. 자네, 틀림없이 바퀴 돌리는 사람이지?" "어째서요?" "에, 자네가 계속 발을 움직여 내 달구지의 네 바퀴를 돌린다는 생각이 들거든." 농부가 기능공의 발을 바라보며 말했다.

제페는 좀 부끄럽긴 했으나 속으로는 몹시 기뻐하면서 이렇게 생각했다. 저 농부가 내게 목표를 밝혀주었구나. 내가 갈 길은 숫돌이지 다른 것은 절대로 아니다.

그때부터 구두장이는 장갑을 뒤집듯 완전히 딴사람이 되어 말수가 많아지고 명랑해졌으며 빵을 꺼내 한 조각만 남기고 농부에게 주면서 말했다. "아저씨, 제가 바퀴 돌리는 사람이란 걸 알아봐주시니 참 기쁘네요." "아무렴," 농부가 말했다. "내가 보는 눈이 좀 있지." 그가 빵을 한 입 깨물고는 눈을 동그랗게 떴다. 그렇게 맛있었던 것이다. 남은 빵은 처자식을 위해 집에 가져가려고 챙겼다. 그런 다음 농부는 말수가 많아져서 기능공에게 별의별 이야기를 다 했다. 알프스에서의 대마와 아마 농사며, 겨울철에 초가집에서 특히 초가지붕을 특별한 기술로 만들 경우 지내기가 얼마나 안락한지 등에 관한 얘기였다. 그는 또 제페에게 작은 도시 블라우보이렌과, 거대한 바위 사이 계곡 안에 있는 수도원에 대해서도 많은 얘기를 해주었다. 제페도 그곳을 지나갈 테니 모든 외지인이 그러듯이 블라우토프*를 구경해 보라고 했다.

그런데 친애하는 독자여, 두 사람이 이야기를 주고받는 동안, 그대에게 몇 가지를 특별히 알려주어야겠다. 그것은 비록 제페의 시대보다 훨씬 이전에 일어난 일이긴 하지만 이 얘기에 속한다. 이제부터 들어보아라.

---

* 석회가 많아 파란색을 띠어 블라우토프Blautopf(파란 사발이라는 뜻)란 이름을 얻은 독일의 아름다운 호수.

아름다운 요정 라우의 이야기

블라우토프는 수도원 바로 뒤의 가파른 암벽에 붙어 있는데, 신기한 샘에서 솟어난 물로 이루어진 커다란 둥근 호수이다. 그 호수는 동쪽으로 불라우라는 실개천을 거쳐 도나우강으로 흘러 들어간다. 이 호수의 안쪽은 깊은 깔때기같이 생겼고, 물빛은 어찌나 새파랗고 아름다운지 말로는 다 표현할 수 없다. 하지만 그릇으로 물을 떠보면 그냥 맑기만 하다.

옛날, 이 호수의 깊숙한 바닥에 머리카락이 치렁치렁한 요정이 살았다. 요정의 몸은 구석구석 아름다운 평범한 여자와 같았다. 손가락과 발가락 사이에 물갈퀴가 있다는 것만 빼면 말이다. 물갈퀴는 꽃잎처럼 하얗고 양귀비 잎보다 보드라웠다. 오늘날까지 그 마을에는 오래된 건물이 하나 남아 있는데, 예전에는 수녀원이었다가 그 후에는 커다란 여인숙 겸 식당으로 개조되었고, 그래서 '수녀식당'이라고 불렸다. 60년 전만 해도 그곳에는 요정의 그림이 걸려 있었다. 연기에 그을리고 세월이 흘러 낡았지만 색깔을 통해 똑똑히 알아볼 수 있었다. 여인은 두 손을 가슴에 포개고 있는데, 얼굴은 희고, 새카만 머리털을 지녔으며 커다란 두 눈은 파란색이었다. 사람들은 그녀를 호수의 나쁜 라우라 부르기도 하고, 혹은 아름다운 라우라고 부르기도 했다. 그녀는 사람들에게 어떤 때는 못되게 굴었다가, 또 어떤 때는 착하게 행동하기도 했다. 가끔 그녀의 심기가 불편해져 호수를 범람시키면 마을과 수도원이 위험에 처하곤 했다.

그러면 사람들은 엄숙하게 열을 지어 그녀를 달래려고 금 그릇과 은그릇, 잔, 접시, 작은 칼* 등을 선물로 바치곤 했다. 그러나 수도사들이 이에 대해 비기독교적 관습이자 우상 숭배라고 열을 올려 반대했기 때문에 결국 라우에게 선물을 바치는 일은 완전히 사라졌다. 그래서 요정은 수도원에 아주 적대적이었지만, 에메란 신부가 저편 수도원에서 오르간을 연주하고 근처에 아무도 없으면, 그녀는 종종 밝은 대낮에 몸을 반쯤 내밀고서 귀를 기울여 듣곤 했다. 그럴 경우 그녀는 때때로 널따란 꽃잎의 관을 머리에 쓰고 꽃목걸이를 목에 걸기도 했다.

언젠가 어느 건방진 목동이 수풀 속에서 그녀를 엿보다가 외쳤다. "하이, 청개구리야, 날씨가 좋겠느냐?"** 요정은 독사보다 더 독기를 품고 번개보다 빠르게 물에서 뛰쳐나와 녀석의 머리카락을 움켜잡더니 물속의 방 하나로 끌고 갔다. 그녀는 그곳에서 정신을 잃은 소년을 처참하게 고통 속에서 죽여 몸뚱이를 썩게 할 생각이었다. 그런데 소년은 곧 정신을 차리더니 문을 찾아내서 계단과 통로를 오르고, 수많은 방을 지나 어떤 멋진 홀에 들어갔다. 그곳은 아늑했고 한겨울이었는데도 따뜻했다. 라우와 시녀들이 이미 잠든 가운데 한 구석에는 황금빛 새의 발 모양을 한 높다란 받침대에 매달린 현등이 타며 침실을 밝혔다. 사방 벽에는 값진 가구들이 널려 있었다. 그리고 벽과

---

* 수도원에서 친근함의 표시로 칼을 선사하는 오래된 관습이 있었는데, 아직도 완전히 없어지지 않았다.

** 옛날에 청개구리는 날씨를 예측한다고 믿었다.

바닥은 온통 갖가지 색으로 그림을 짜 넣은 양탄자로 장식되어 있었다. 소년은 재빨리 받침대에서 등불을 내리고 서둘러 가져갈 만한 게 더 있는지 둘러본 후 장롱에서 뭔가를 꺼냈다. 그것은 자루 안에 들어 있었는데 엄청 무거웠다. 그래서 금덩이라고 생각했다. 그런 다음 달음질쳐서 작은 철문 앞에 도달했다. 그 문은 두께가 족히 주먹 두 개는 될 듯했다. 그는 빗장을 벗기고 돌계단을 올라갔다. 계단의 간격이 들쑥날쑥한 층계참을 지나 왼쪽으로 구부러졌다가 다시 오른쪽으로 구부러졌는데 출구까지 분명히 4백 계단은 되었다. 마침내 그는 어지러운 협곡과 마주했다. 거기서는 등불을 내려놓을 수밖에 없었고, 생명의 위험을 무릅쓰고 칠흑 같은 어둠 속에서 한 시간이나 더 이리저리 기어 올라가야 했다. 그러다가 갑자기 그의 머리가 땅 위로 불쑥 나왔다. 때는 한밤중이었고, 주위는 빽빽한 숲이었다. 그가 한참 헤맨 끝에 마침내 먼동이 트면서 사람들이 다니는 길에 들어섰다. 바위 위에 올라 아래쪽 마을을 내려다볼 수 있었다. 그제야 밝은 데서 자루에 든 것이 무엇인지 확인하고 싶어졌다. 그것은 다른 게 아니라 납덩이였다. 묵직한 원뿔 모양인데 길이는 한 뼘 정도이고, 위쪽 끝에 고리가 달렸으며, 오래된 탓인지 하얀색이었다. 그는 화가 나서 그 허섭스레기를 계곡 아래로 던져버렸다. 소년은 그 도둑질에 대해 아무한테도 발설하지 않았다. 그 일이 부끄러웠기 때문이다. 그렇지만 그자에 의해서 최초로 요정의 거처가 사람들에게 알려지게 되었다.

이제 알아야 할 것은 그 아름다운 요정이 이곳 출신이 아니라는 사실이다. 라우는 모계로는 반인半人의 혈통인 왕의 딸로서 흑해 근처 도나우강의 나이 많은 정령과 혼인한 사이였으나 남편이 그녀를 추방했다. 그 이유는 그녀가 계속 아이를 사산했기 때문이다. 그런데 그것은 그녀가 별다른 이유 없이 항상 슬퍼한 탓이었다. 시어머니는 그녀가 다섯 번 마음껏 웃기 전까지는 살아 있는 아이를 낳을 수 없으리라고 예언했다. 다섯번째 웃을 때에는 그녀도 나이 많은 정령도 알지 못하는 어떤 일이 일어날 것이라고 했다. 하지만 주변 사람들이 아무리 애를 써도 그 일은 이루어지지 않았다. 결국 늙은 왕은 그녀를 더는 자신의 궁정에 두고 싶지 않아, 자신의 누이가 살고 있는 도나우강 상류에서 멀지 않은 이곳으로 보냈다. 시어머니는 시중도 들게 하고 그녀가 심심하지 않도록 약간의 시녀와 하녀를 딸려 보냈다. 지금껏 오리발을 가진 자들 가운데 가장 명랑하고 똑똑한 처녀들이었다(요정들 중 평민 출신은 온전한 오리발이었다). 그들은 순전히 심심한 나머지 하루에 여섯 번씩이나 라우의 옷을 갈아입혔다(물 밖에서 그녀는 맨발이었지만 옷은 값진 것을 입고 다녔기 때문이다). 그리고 옛날얘기와 동화를 들려주고, 라우 앞에서 음악을 연주하고 춤을 추고 장난을 쳤다. 앞에서 말한 목동이 들어갔던 홀은 왕비의 침실인데, 블라우토프로 통하는 계단이 있었다. 그녀는 수많은 낮과 여름밤에 더위를 식히려고 그곳에 누워 있었다. 또 새, 토끼, 원숭이와 같은 재미난 동물들, 그리고 무엇보다도 익살스러운 난쟁이를 하나 데리고 있었다. 이전에 왕비의 삼촌이 그 난쟁이의 도움으로 그녀와 똑같은 슬픔에서 벗어난 적이 있었다. 저녁마다 왕비는 난쟁이와 장기나 체스, 카드놀이를 했다. 난쟁이는 서투른 수를 둘 때마다 기기묘묘한 표정을 지었는데, 한 번도 같은 얼굴을 하지 않았다. 아니, 갈수록 표정이 괴상해졌는데, 시녀들이나 친애하는 독자여, 그대가 그 자리에 있었다면, 그대는 고사하고 지혜로운 솔로몬 왕조차 웃음을 참지 못했을 정도였다. 그러나 아름다운 요정한테만은 전혀 통하지 않았다. 그녀는 고작 두세 번 입을 비죽거렸을 뿐이다.

해마다 겨울이 시작될 무렵이면 사신들이 찾아와 망치로 홀문을 두드렸다. 그러면 시녀들이 물었다.

"가슴 철렁하게 문을 두드리는 사람이 누구요?"

그러면 사신들이 대답했다.

"왕께서 보내셨소.
우리에게 사실대로 말하시오,
그대들이 그동안 어떤 좋은 일을 했는지."

그러면 시녀들이 대답했다.

"작년에 우리는 노래를 불렀고
작년에 우리는 춤을 추었어요.
하지만 간발의 차이로 이루지 못했어요.
친애하는 사신들, 1년 뒤에 다시 오세요."

사신들은 그 말을 듣고 집으로 돌아갔다. 그런데 왕비는 항상 사신들이 오기 전후에 한층 더 슬퍼지곤 했다.

수녀식당에는 뚱뚱한 여주인, 베타 자이졸핀 부인이 있었다. 명랑하고 고지식한 여자로 기독교인이고 붙임성이 있으며 마음씨가 고왔다. 부인은 특히 방랑 중인 가난한 기능공들을 다정한 밥집 어머니처럼 대했다. 식당은 주로 장남인 슈테판이 운영했는데, 그는 이미 결혼한 몸이었다. 다른 아들 크사버는 수도원의 요리사였고, 두 딸은 아직 어머니와 함께 살았다. 부인은 블라우토프 가까운 곳에 작은 채마밭을 가지고 있었다. 봄이 되어 날씨가 풀린 첫날에 그 밭에 가서 양배추와 양상추 씨를 뿌리고 콩과 양파 모종을 심으려고 밭이랑을 고를 때, 부인은 우연히 울타리 너머로 다시 한번 그 아름다운 파란 호수를 바라보면서 흐뭇한 기분이 들었다. 그런데 그 옆에 오랫동안 쌓인 구역질 나는 쓰레기 더미를 보고 이내 불쾌해졌다. 쓰레기 더미는 그곳의 경관을 망치고 있었다. 그래서 그녀는 할 일을 끝내고 채마밭 문을 닫고 나서 다시 한번 괭이를 들고 부지런히 억센 잡초를 캐내고는 씨앗 바구니에서 호박씨를 몇 개 꺼내 언덕 여기저기에 심었다. (그때 마침 저 위쪽 수도원 창문 곁에 서 있던 수도원장이 그녀에게 인사를 보냈다. 마치 적을 위협하듯 손가락을 흔들어대는 인사였다. 수도원장은 그녀를 청결한 여자로 좋게 보았다. 그녀의 나이는 마흔을 넘지 않았을 것이다. 하지만 그녀에게 수도원장은 그저 뚱보일 따름이었다.) 이제 그

버려진 땅은 여름 내내 푸를 것이니 기쁜 일이고, 가을에는 커다랗고 누런 호박들이 호수에 이르기까지 언덕에 주렁주렁 매달릴 터였다.

언젠가 식당 여주인의 딸 유타가 지하실에 내려간 적이 있었다. 그곳에는 오랜 옛날부터 돌로 된 테두리가 있고 뚜껑이 없는 우물이 있었다. 유타는 불빛을 받으며 그 우물 안에서 가슴까지 물속에 잠긴 채 떠 있는 아름다운 라우를 보고 깜짝 놀랐다. 덜컥 겁이 난 유타는 부리나케 달아나 어머니에게 이 사실을 알렸다. 어머니는 두려워하지 않고 혼자서 지하실로 내려갔다. 아들이 어머니를 보호하려고 뒤따라오는 것도 허락하지 않았다. 왜냐하면 요정이 벌거벗고 있었기 때문이다.

그 기이한 손님은 이렇게 인사했다.

"나는 요정이고, 거칠고 구불구불한
돌투성이 길을 지나
바닥을 기고 헤엄쳐서
아주머니를 찾아 수녀식당에 왔어요.
아주머니는 나를 위해 허리를 구부려
열매와 넝쿨로
내 호수를 치장해주었지요.
내가 당연히 감사를 드려야지요."

요정은 손에 호수의 물처럼 파란 돌로 된 팽이를 들고 있었는데, 그것을 여주인에게 주면서 말했다. "아수머니, 내 기념품으로 이 장난감을 받으세요. 유익하게 쓸 수 있을 거예요. 아주머니가 채마밭에서 이웃집 아낙에게 다가오는 교회당 헌당식 축일이 벌써부터 걱정된다고 하는 말을 얼마 전에 들었어요. 그날에는 언제나 그랬듯이 시민과 농부 들이 싸움을 하고 살인까지 저지를 위험이 있다고 말입니다. 그러니 아주머니, 술 취한 손님들이 또다시 춤을 추거나 술을 마시다가 싸우기 시작하면, 술청 문 앞에서 이 팽이를 손에 들고 고리를 돌리세요. 그러면 강력하고 멋진 소리가 온 집 안에 울려 퍼져서 모든 사람이 즉각 주먹 쥔 손을 내리고 기분이 좋아질 겁니다. 누구나 갑자기 술이 깨고 정신을 차리기 때문이지요. 그렇게 되면 앞치마를 풀러 팽이 위에 던지세요. 그러면 팽이가 곧바로 거기에 싸여서 조용히 멈출 겁니다."

요정이 이렇게 말했다. 베타 부인은 만족해서 금줄 팽이채와 흑단으로 된 받침대와 함께 그 보물을 받고, 딸 유타를 오라고 불러서 (유타는 계단 옆 채소통 뒤에 서 있었다) 선물을 보여주었다. 부인은 요정에게 고맙다고 말하고, 심심할 때면 언제든 다시 오라고 친절하게 초대했다. 그러자 요정은 물속으로 가라앉으며 사라졌다.

머지않아 식당이 그 팽이로 어떤 보물을 얻었는지 밝혀졌다. 팽이가 권능과 높은 효력으로써 언제나 고약한 싸움을 순식간에 잠재웠을 뿐만 아니라 곧 놀라울 정도로 많은 손님을 불러들였기 때문이다. 그 지방에 오는 사람은 지체가 높고 낮건 간에 그 팽이를 구경하러 왔다. 특히나 헬펜슈타인 백작, 뷔르템베르크 백작 그리고 몇몇 고위 성직자도 곧 찾아왔다. 롬바르

디아 출신의 한 유명한 공작은 바이에른 공작을 방문했다가 프랑스로 가는 도중에 여주인이 그것을 넘겨준다면 거금을 내놓겠다고도 했다. 분명히 다른 어떤 나라에서도 그런 것을 보고 들을 수 없었다. 팽이가 돌기 시작하면 처음에는 낭랑한 소리가 나다가 고음이든 저음이든 점점 더 강해지고 장엄해져 수많은 피리가 내는 듯한 소리가 났다. 시간이 갈수록 고조되어 모든 층을 거쳐 지붕 아래와 지하실에까지 퍼져서 벽이며 복도, 기둥과 난간이 모두 그 소리로 채워지고 울릴 정도였다. 그러다가 그 위로 헝겊을 던져 팽이가 힘없이 넘어지더라도 음악은 즉시 그치는 것이 아니라 터져 나온, 강한 울림과 진동과 윙윙거리는 소리가 15분가량 더 울렸다.

우리 슈바벤 지방에서는 나무로 만든 그런 사발 같은 것을 일반적으로 팽이라고 부른다. 베타 부인의 팽이는 주된 용도에 따라 일반적으로 '농부들의 진정자'라고 불렸다. 그것은 커다란 자수정*으로 만들어졌는데 음주를 방지한다는 뜻이다. 왜냐하면 머릿속에서 지독한 술 냄새를 몰아내고, 그보다 더 애당초에 취기가 착한 술꾼을 건드리지 못하게 막아주기 때문이다. 그래서 고관대작이나 성직자들이 자수정을 흔히 손가락에 끼곤 했다.

요정은 매달 한 번씩 언제나 전혀 예기치 않은 때 찾아왔다. 그래서 여주인은 집 안 위쪽에 종을 달고, 그것과 연결된 철사가 우물결의 벽을 타고 내려오게 했다. 요정이 왔다는 것을 즉

* 옛날에는 악취를 방지한다고 믿었다.

시 알아차리기 위해서였다. 요정은 점점 더 어머니와 두 딸 그리고 며느리 등 착실한 여자들과 정이 들었다.

언젠가 여름날 오후에 마침 손님도 없고, 아들은 하인과 하녀 들을 데리고 꼴을 베러 갔으며, 베타 부인은 큰딸과 지하실에서 포도주를 거르고 있었다. 라우가 우물 안에서 심심풀이 삼아 그들이 하는 일을 구경했다. 여자들이 요정과 이야기를 조금 나누었다. 그때 여주인이 말을 꺼냈다. "우리 집과 마당을 한번 구경하고 싶으세요? 유타가 옷을 좀 빌려줄 수 있을 겁니다. 체격이 비슷하니까요."

"좋아요." 요정이 대답했다, "오래전부터 사람이 사는 집을 구경하고 싶었어요. 그 안에서 무슨 일을 하는지, 실을 잣고 베를 짜는 걸 보고 싶어요. 아주머니의 딸들이 어떻게 혼례를 치르고 요람 속 아기들을 흔드는지, 그런 것들을 보고 싶었답니다."

딸이 신바람이 나서 급히 뛰어 올라가 깨끗한 아마포를 가져오고 요정이 우물에서 나오는 것을 거들어주었다. 요정은 입가에 웃음을 머금은 채 별로 힘들이지 않고 우물에서 나왔다. 딸이 재빨리 요정의 몸에 천을 둘러주고 그녀의 손을 잡고 지하실 맨 뒤쪽 구석에 있는 좁다란 계단을 따라 위로 데려갔다. 거기서 위쪽의 문을 들어 올리면 바로 딸들의 방으로 이어졌다. 거기서 요정은 몸을 맡겨 물기를 닦게 하고 유타가 발을 문질러 닦아주는 동안 의자에 앉아 있었다. 유타의 손이 발바닥에 닿자 그녀는 흠칫 물러나면서 킥킥거렸다. "이게 웃는 게 아닐까?"라고 그녀가 곧바로 자문하듯 물었다. "웃은 게 아니면 뭐겠어요?" 딸이 소리치고 환호했다. "우리에게 축복의 날이에요! 첫번째 성공이에요!" 여주인은 부엌에서 웃음소리와 환호성을 듣고 대체 무슨 일인지 궁금해 방 안으로 들어왔다. 그러나 그 이유를 들었을 때 '이런 불쌍한 사람! 그걸 웃음이라고 하긴 어려운데' 하고 생각했다. 그러나 내색하지는 않았다. 유타가 요정에게 입히려고 옷장에서 자기가 가진 옷 중 제일 좋은 것을 꺼냈다. 어머니가 말했다. "저것 보게, 저 애가 요정님을 성장한 숙녀로 만들려고 하네요." 라우가 "안 돼, 네 동화에 나오는 부엌데기*로 만들어줘"라고 기쁨에 들떠서 말하고는 볼품없는 둥근 주름치마와 상의를 입었다. 신발과 양말은 신지 않았으며 머리도 풀어헤쳐 발목까지 치렁치렁 흘러내렸다. 그런 모습으로 라우는 아래서부터 맨 위까지 부엌이며 방, 온 집 안을 돌아다녔다. 그녀는 아주 평범한 가재도구와 그 용도에 놀라워하고, 정갈하게 치워진 긴 탁자와 그 위로 뚜껑을 매달고 하나같이 뒤집어서 길게 줄지어 놓인 주석 주전자와 잔, 거기다가 구리 설거지통과 솔, 비단 끈과 은 철사로 장식되고 유리 상자에 넣어 술청 한가운데 지붕에 걸려 있는 직조공조합의 문장도 구경했다. 그녀는 우연히 거울에 비친 자신의 모습을 보자, 당황하고 어안이 벙벙하여 한참이나 그 앞에서 있었다. 며느리가 그녀를 자기 방으로 데려가 서푼짜리 작은 새 거울을 선물했다. 그러자 그녀는 신기한 것을 얻었다며 좋아했다. 그녀의 온갖 보물 가운데에 그런 물건은 없었기 때

* 신데렐라로 알려진 동화 속 인물

문이다.

요정이 작별 인사를 하기 전에 젊은 아낙과 남편의 침대 그리고 아이들의 잠자리가 있는 알코브의 커튼 뒤를 들여다보았다. 거기에는 잠에서 막 깨어난, 뺨이 발갛고 셔츠 차림이며 손에 사과를 쥔 어린 손자가 울름의 훌륭한 도공이 만든 초록색 유리가 끼워진 둥글고 작은 의자 위에 앉아 있었다. 그 의자가 마음에 쏙 든 라우는 그것을 '아주 앙증맞은 의자'라고 불렀다. 갑자기 요정이 코를 찡그렸다. 세 여자가 돌아서서 웃자 그녀도 뭔가를 알아차리고 환하게 웃기 시작했다. 정직한 여주인이 배를 움켜잡으면서 말했다. "이번엔 정말 제대로 웃었네요. 하느님께서 요정님께도 우리 한스처럼 건강한 사내아이를 점지해주시기를 바랍니다."

이런 일이 벌어진 날 밤 아름다운 라우는 오랜 세월 맛보지 못했던 평온한 마음과 편안한 기분으로 블라우토프 바닥에 누워 바로 잠들었다. 그런데 곧 이상한 꿈을 꾸었다.

그녀가 생각하기에 정오가 지난 시간 같았다. 무더운 계절이라 사람들은 들에서 풀을 베고, 수도사들은 시원한 방에서 쉬느라 수도원 전체와 주변이 한층 더 고즈넉해지는 그런 시간이었다. 오래지 않아 수도원장이 밖으로 산책하러 나와서 식당 여주인이 혹시 밭에 나와 있는지 살펴보았다. 그런데 여주인은 머리카락이 길고 뚱뚱한 요정이 되어 호수 속에 앉아 있었다. 수도원장은 곧 그곳에서 그녀를 찾아내 인사를 하고 입을 맞추었다. 그 소리가 하도 커서 수도원 탑에 부딪쳐 메아리쳤고, 탑에서 식당으로, 식당에서 교회로, 교회에서 마구간으로, 마구간에서 어부의 집으로, 어부의 집에서 세탁소로, 세탁소 안에서 물통과 대야로 전달되었다. 수도원장은 그 소리에 놀랐다. 그가 여주인을 향해 몸을 숙이자 모자가 블라우토프로 떨어졌다. 그녀가 그것을 재빨리 집어 주었고, 그는 뒤뚱뒤뚱 그곳을 떠났다.

그때 우리 하느님께서 무슨 일이 일어났는지 보려고 수도원에서 나오셨다. 하느님은 기다란 흰 수염을 하고 붉은색 상의를 입고 있었다. 하느님께서 우연찮게 자기 앞으로 달려오는 수도원장에게 여쭈셨다.

"수도원장, 어째서 모자가 그렇게 젖었나?"

수도원장이 대답했다.

"숲에서 멧돼지를 만나
도망쳐오는 길입니다.
저는 힘껏 달려서 땀을 흠뻑 흘렸고,
그래서 모자가 이렇게 젖은 모양입니다."

그러자 하느님께서 그 거짓말에 화가 나서 그에게 손가락을 치켜세워 흔들면서 수도원을 향해 앞서가셨다. 수도원장은 슬그머니 다시 한번 여주인을 돌아보았다. 그녀가 외쳤다. "아이고, 어쩌나, 아이고, 어쩌나, 저 착한 노인이 이제 감옥에 들어가게 생겼네."

이것이 아름다운 라우가 꾼 꿈이었다. 그런데 그녀는 자면서 몹시 웃었다는 것을 깨어나면서 알았고, 아직도 가슴으로 느꼈다. 그녀는 깨어나서도 가슴이 벌떡여서 블라우토프 수면에 파문이 일었다.

낮 동안 매우 무더웠는데 이제 밤이 되자 번개가 쳤다. 번갯불이 블라우토프 전체를 밝게 비추었고, 블라우토프 바닥에 있는 요정도 저 먼 데서 천둥 치는 것을 느꼈다. 그녀는 흡족한 마음으로 한동안 손으로 머리를 괸 채 번갯불을 쳐다보았다. 이제 그녀는 날이 밝았는지 보려고 위로 올라갔다. 그러나 자정이 지난 지 얼마 되지 않았다. 달은 휘영청 루젠성* 위에 떠 있고 대기는 건초 냄새로 가득했다.

그녀는 조바심이 나서 수녀식당에 가서 자신이 겪은 새로운 행운을 알릴 때까지 기다리기 힘들어했다. 하마터면 이 한밤중에 길을 떠나 (최근에 고향에서 소식이 온 뒤 너무나 비통해서 위로받으려고 딱 한 번 그랬던 것처럼) 유타네 집으로 갈 뻔했다. 그러나 그녀는 생각을 바꿔 더 좋은 때를 기다리다가 갔다.

베타 부인은 비록 자신의 평판에 좀 해가 되는 것 같긴 했으나 요정의 꿈 얘기를 친절하게 들어주었다. 하지만 다 듣고 나서 부인이 걱정스럽다는 듯 말했다. "자다가 웃은 그런 웃음에 너무 기대를 걸지 마십시오. 악마는 사기꾼이랍니다. 만약 그런 속임수를 믿고 사신에게 기쁜 소식을 보내셨는데 나중에 거

* 옛날에는 견고한 요새였으나 현재는 폐허가 된 아름다운 성.

짓으로 드러난다면 집에 돌아가서 곤욕을 치르실 수 있어요."

이 말에 아름다운 라우는 입을 삐죽이며 말했다. "그 꿈이 아주머니를 불쾌하게 했나 보군요." 그러더니 의기소침해져서 작별을 고하고는 물속으로 들어가버렸다.

정오가 가까운 때였다. 수도원에서 샤프너 신부가 요리사에게 다급하게 외쳤다. "호수가 넘쳐흘러! 사악한 요정이 다시 한번 자네의 술통에게 수영을 가르치려고 하는구먼. 서둘러 문을 닫고 모든 걸 잘 간수하게."

수도원의 요리사인 식당 여주인의 아들은 재미난 사람으로 라우가 좋아했다. 그는 엉뚱한 우스갯짓으로 요정의 분노를 달래야겠다고 생각하고, 방으로 달려가 침대에서 상판을 떼어내 물이 흘러넘치곤 하는 블라우토프 옆의 잔디에 꽂고는 주인이 침대에서 떨어져 다칠지 몰라 전전긍긍하는 충실한 하인 시늉을 했다. 상판이 제대로 꽂히고 도랑 위로 펼쳐진 것을 보자 화를 내던 라우도 웃음이 치밀어 수도원 정원까지 울려 퍼질 정도로 폭소를 터뜨렸다.

그날 저녁 라우가 여자들에게 가니 그들은 이미 요리사한테 그 얘기를 들어 알고 있었고, 무척 기뻐하면서 축하해주었다. 여주인이 말했다. "크사버는 어려서부터 엉뚱한 놈이었는데 그 놈의 바보짓이 시방 우리에게 도움이 되네요."

하지만 한 달이 지나고 또 한 달이 흘렀지만 세번째나 네번째는 성사되지 않았다. 성 마르틴 축일*이 지나갔고, 불과 몇

* 11월 11일.

주 뒤면 사신들이 다시 찾아올 것이었다. 그러자 마음씨 착한 수녀식당 식구들마저 금년에 무슨 일이 일어나지 않을까 걱정했고, 모두가 요정을 위로할 수밖에 없었다. 기대가 줄어들수록 그들의 두려움은 커졌다.

라우가 근심을 잊을 수 있도록 베타 부인은 그녀를 동네 모임에 초대했다. 저녁 식사 후 이웃사촌 가운데 명랑한 아가씨와 아줌마 대여섯 명이 각자 실패를 들고 외딴 방에 모였다. 라우는 유타의 낡은 치마와 덧옷을 입고 저녁마다 와서 따뜻한 난로에서 멀리 떨어진 구석 바닥에 앉아 오가는 얘기에 귀를 기울였다. 그녀는 처음에는 말없이 듣기만 하는 손님이었으나 곧 모든 사람과 친해지고 붙임성도 생겼다. 어느 날 저녁 베타 부인은 그녀를 위해 일을 벌였다. 계절에 맞게 손자들을 위한 성탄 구유를 만들기로 했다. 구유 안에는 아기예수와 성모, 세 동방박사와 그들이 각각 타고 온 선물을 실은 낙타도 있었다. 이 모든 것을 장식하고 너덜거리는 것을 풀로 붙이느라 여주인은 안경을 끼고 불을 켠 책상에 앉아 있었다. 요정은 대단히 흥미롭게 그녀가 일하는 모습을 바라보고 그녀가 해주는 성스러운 얘기도 즐겁게 들었으나 여주인이 바라는 바와 같이 그것을 제대로 이해하거나 마음에 새기지는 않았다.

베타 부인은 그 밖에 교훈적인 우화와 격언, 재미난 질문과 수수께끼도 많이 알고 있었다. 그녀는 좌장으로서 차례차례 풀어보라고 문제를 냈다. 왜냐하면 요정이 원래부터 특별히 그런 것을 좋아했고, 어쩌다가 한 번씩 답을 맞히면 (물론 쉬운 일은 아니었다) 항상 아주 만족해 보였기 때문이다. 그중 라우의 마음에 쏙 드는 것이 하나 있어서, 그녀는 무엇을 의미하는지 생각해보지도 않은 채 말했다.

"나는 비쩍 마른 왕비이고
머리에 우아한 관을 쓰고 있다.
충성스러운 마음으로 나를 받드는 자는
큰 상을 받는다.

시녀들은 내 머리를 예쁘게 손질하고
수없이 옛날얘기를 들려줘야 한다.
그들은 내게 머리카락 한 올도 남기지 않지만
너는 내가 대머리인 걸 절대로 보지 못한다.

나는 자유롭게 거침없이 마차를 타고 돌아다닌다.
아주 빠르고 신나게 달린다.
하지만 나는 제자리에서 벗어나지 않는다.
여러분, 그게 뭔지 말해보아라."

그러다가 그녀는 전보다 한층 더 기뻐하며 말했다. "내가 언젠가 다시 고향에 돌아가 살고 있는데 슈바벤 사람이, 더구나 당신네 고장 사람이 전쟁이나 다른 일로 왈라키아 지방*을 지나 우리 해안에 오게 되면, 강폭이 가장 넓어져서 바다로 흘러

* 루마니아 남부의 지방.

들어가는 지점에서 내 이름을 부르라고 하세요—있잖아요, 담수가 제 색깔로 바다를 물들이는 10마장까지가 우리 남편의 영토예요—그러면 내가 나타나서 그 이방인을 도와주겠어요. 그게 나이고 그 사람에게 해를 끼칠 다른 사람이 아니라는 걸 알 수 있도록 이 수수께끼를 내라고 하세요. 우리 종족 가운데 나 말고는 누구도 대답하지 못할 테니까요. 당신들이 슈바벤 지방에서 사용하는 것 같은 그런 실감개나 물레를 그곳에서는 본 적이 없을뿐더러 당신네 말을 모르기 때문이에요. 그러니 이것이 암호로 딱입니다."

또 다른 어느 날 저녁때 파일란트 박사와 옛날에 영주였던 콘라트 폰 뷔르템베르크에 관한 얘기가 나왔다. 그가 영주였던 시절에는 슈투트가르트라는 이름의 도시는 없었다. 이후 이 도시가 생겨난 비젠탈에는 해자와 도개교가 있는 웅장한 성만 있었다. 이 성은 콘라트 백작의 삼촌으로 슈파이어 주교좌성당 참사회원인 브루노가 세운 것이었다. 그리고 거기서 멀리 떨어지지 않은 곳에 높다란 돌집이 있었다. 당시 그 집에는 기이한 사람이 홀로 나이 많은 하인을 데리고 살았다. 그는 자연요법과 약학에 박식했고, 상전인 백작과 함께 세상을 널리, 심지어 무더운 나라들도 돌아다녔다. 거기에서 진기한 동물이며 여러 가지 식물, 그리고 바다의 진기한 괴물들을 슈바벤으로 가져왔다. 그의 집 복도 벽에는 그 낯선 것들이 셀 수 없이 주렁주렁 걸려 있었다. 악어와 뱀 가죽, 날아다니는 물고기 같은 것들이었다. 거의 매주 한 번 백작이 그를 찾아왔다. 그는 다른 사람들과는 거의 교류하지 않았다. 그가 금을 만들어낸다고 주장하는 이들이 있었다. 그가 자기 몸을 남의 눈에 보이지 않게 숨길 수 있다는 것은 확실하다고 했다. 그가 가진 물건 가운데 바다 괴물의 이빨이 있었기 때문이다. 그 사연은 이러했다. 언젠가 그가 홍해에서 수심을 측정하기 위해 측연*을 내려뜨렸는데 물속에서 무언가가 밧줄을 잡아당겨 거의 끊어질 뻔했다. 바다 괴물이 측연을 물어 뜯다가 이빨 두 개가 박혔던 것이다. 이빨은 구두장이의 송곳처럼 날카롭고 반짝반짝 빛나는 검은색이었다. 하나는 아주 단단히 박혔고 다른 하나는 쉽게 빠졌다. 박사는 그 이빨 가운데 하나를 백작에게 바쳤다. 왜냐하면 그런 이빨은 은이나 금을 입혀서 몸에 지니면 앞에서 말한 신통력이 생기며, 또 돈으로 살 수 없는 귀한 보물이기 때문이다. 게다가 현명하고 너그러운 군주보다 그런 보물을 차지하기에 알맞은 사람은 없다고 생각했기 때문이다. 그 보물만 지니면 자기 나라건 적국이건 어디서나 듣고 볼 수 있을 테니까 말이다. 박사는 그렇지 않아도 백작의 은혜를 입고 있었다. 그는 백작이 모르는 그 이빨의 비밀도 알려주었다. 그날부터 백작은 모든 귀족이나 고문관들보다 박사를 더 총애하고 친밀하게 대했으며 별다른 시샘 없이 기꺼이 다른 이빨이 박혀 있는 측연을 그의 소유로 인정해주었다. 그러나 백작은 그에게 불가피한 경우가 아니라면 사용하지 않을 것과 죽기 전에 자기에게 상속하거나, 아니면 완전히 없애버리지는 않을지언정 세상에서 격리하겠다는 것을 맹세하게 했다. 그런데 고결한 백작은 파일란

* 바다의 깊이를 재는 데 쓰는 기구. 납덩이로 된 추로 굵은 술 끝에 매단다.

트 박사보다 2년 먼저 세상을 떠났는데, 그 보물을 아들들에게 남기지 않았다. 사람들은 신에 대한 외경심이나 미래에 대한 현명한 심려 때문에 그가 그것을 무덤으로 가져갔거나 어딘가에 숨겼다고 생각했다.

이윽고 박사에게도 임종이 다가오자 충실한 하인 쿠르트를 침대로 불러서 말했다. "여보게, 오늘 밤 내 수명이 다할 것이네. 그 전에 자네의 훌륭한 봉사에 고마움을 표하고 몇 가지 일을 시키려고 하네. 저기 책 옆 서랍 맨 아래쪽 구석에 금화 백 개가 들어 있는 주머니가 있네. 그걸 즉시 챙기게. 그걸로 충분히 평생 살아갈 수 있을 거야. 두번째로 거기 작은 상자 안에 있는 오래된 필사본은 지금 내 눈앞에서 태워버리게, 여기 벽난로에 넣어서. 세번째, 거기서 측연을 찾거든 그걸 자네 물건들 사이에 숨겨두게. 그리고 이 집을 떠나 고향을 향해 블라우보이렌 쪽으로 가거든, 자네가 맨 먼저 할 일은 그걸 블라우토프에 던지는 것이네." 이로써 그는 신의 특별한 섭리가 없는 한 영원히 그것이 누구의 손에도 들어가지 못하게 조처했다. 왜냐하면 그 당시에는 라우가 블라우토프에서 모습을 드러낸 적이 한 번도 없었을뿐더러 그곳은 바닥을 알 수 없을 정도로 깊다고 생각했기 때문이다.

착한 하인은 그 모든 일을 일부는 바로 수행하고 일부는 나중에 처리하기로 약속한 후 눈물을 흘리며 박사와 작별했다. 박사는 그날이 다 가기 전에 숨을 거두었다.

그 후 법원 관리들이 와서 모든 잡동사니를 찾아내서 봉인했을 때 쿠르트는 측연을 빼돌리기는 했으나 금화 주머니는 미처

챙기지 못했다. 아주 약삭빠른 사람이 아니었기 때문이다. 그래서 그는 그것을 거기에 놔둘 수밖에 없었고 추후에 그 그림자도 보지 못했으며 철면피한 상속인들은 1년 치 임금도 주지 않았다.

그렇지 않아도 침울한 기분으로 보따리를 가지고 고향에 도착했을 때 이미 그는 불운이 찾아오리라 예감했다. 이제 무엇보다도 먼저 주인어른의 명령을 이행해야 한다는 생각밖에 없었다. 23년간 찾아온 적이 없는 고향이어서 그는 마주치는 사람들을 몰랐고, 이 사람 저 사람에게 인사를 건넸지만 아무도 응답하지 않았다. 그가 지나갈 때 사람들은 도대체 누가 인사한 것인지 어리둥절해서 주위를 돌아보았다. 그 사람이 누구의 눈에도 보이지 않았기 때문이다. 왜냐하면 그가 왼쪽 어깨에 멘 보따리에 측연이 들어 있어서였다. 오른쪽에 메고 있으면 그가 모두의 눈에 보였다. 이 사실을 모르는 그는 이렇게 중얼거렸다. "내가 여기 살았을 땐 블라우보이렌 사람들이 이렇게 무례하진 않았는데."

그는 블라우토프 근처에서 사촌인 밧줄 장인이 아들과 일하고 있는 것을 보았다. 밧줄 장인은 수도원 담장을 따라 뒷걸음치면서 앞치마에서 아마실을 풀어내고 아이는 그것을 감개에 감았다. "밧줄 장인 사촌, 잘 있었나?"라고 쿠르트가 크게 말하면서 그의 어깨를 쳤다. 장인은 뒤를 돌아보고 얼굴이 창백해지더니 손에 들고 있는 것을 떨어뜨리고는 걸음아 나 살려라 하고 달아났다. 쿠르트가 웃으면서 말했다. "애개개, 저 사람 내가 귀신인 줄 아나봐. 여기 사람들은 주인어른이 아니라 내가 죽은 거로 아는 게 틀림없어. 별꼴이야, 정말!"

이제 그는 호수로 가서 보따리를 풀고 측연을 꺼냈다. 그런데 문득 호수에 바닥이 없다는 것이 사실인지 알고 싶어졌다(그 역시 자기 주인어른처럼 좀 괴팍한 사람이었을 것이다). 조금 전 밧줄 장인의 바구니에 커다랗고 튼튼한 줄 뭉치 세 개가 들어 있는 것을 보았기 때문에 그는 그것을 가져와서 한 뭉치에 측연을 묶었다. 때마침 물속에 수없이 많은 막 구멍을 뚫은 목재가 호수 가운데까지 깔려 있어서 그는 안전하게 자리를 잡을 수 있었다. 이렇게 그는 측연을 물속에 내려뜨렸는데, 매번 팔을 쭉 뻗어 끈의 길이를 쟀다. 그는 세 줄의 길이를 한 발*로 계산하면서 큰 소리로 숫자를 셌다. "한 발, 두 발, 셋, 넷, 다섯, 여섯, 일곱, 여덟, 아홉, 열." 여기서 첫번째 줄 뭉치가 끝나서 그는 두번째 뭉치를 그 끝에다 묶어야 했다. 그는 다시 길이를 재면서 스물까지 숫자를 셌다. 거기서 두번째 뭉치도 끝났다. "아이고머니나, 정말 깊기도 하네!" 그리고 세번째 뭉치를 끝에 묶고 계속 숫자를 셌다. "스물하나, 스물둘, 스물셋, 스물넷—맙소사, 팔이 말을 안 듣네!—스물다섯, 스물여섯, 스물일곱, 스물여덟, 스물아홉, 서른—이제 끝이다, 재는 게 끝났어. 말짱 도루묵이야, 헛수고만 하고 말았네." 그는 줄을 끌어 올리기 전에 자기가 서 있는 목재에다 감고 잠깐 숨을 돌리며 속으로 판단했다. '이 연못엔 정말로 바닥이 없군.'

* 길이의 단위로, 한 발은 두 팔을 벌렸을 때 한쪽 손끝에서 다른 쪽 손끝까지의 길이.

실을 잣는 여자들 중 하나가 이 우스개를 얘기하는 도중에 여주인은 라우에게 의미심장한 눈길을 보냈다. 라우는 미소를 지었는데, 말할 것도 없이 깊이를 재는 그 일이 어떻게 되었는지 아주 잘 알았기 때문이다. 두 사람은 아무 말도 하지 않았다. 그렇지만 독자에게는 숨기지 않겠다.

그날 오후 아름다운 라우는 물 밑 모래 바닥에 누워 있었고, 그녀가 제일 귀여워하는 시녀 알라일라가 발치에 앉아 가끔 그랬던 것처럼 차분하게 황금 가위로 발톱을 깎아주고 있었다.

그때 맑은 수면으로부터 원뿔같이 생긴 검은 물체가 서서히 내려왔고, 그 둘은 처음에는 그것이 무엇인지 알아보기 전까지 매우 놀랐다. 측연이 90피트에서 바닥에 닿았을 때 장난꾸러기 시녀가 줄을 잡고 양손으로 살금살금 당기고 더는 끌려오지 않을 때까지 당기고 또 당겼다. 그런 다음 재빨리 가위를 들고 측연을 싹둑 잘라냈다. 그러고 나서 어제 호수에 빠진 크기가 거의 어린아이 머리통만큼 두툼한 양파를 가져다 초록색 새싹을 그 줄에 묶었다. 측연을 내려뜨린 자가 자기가 던진 것과 다른 측연을 보고 놀라게 하기 위해서였다. 그러는 사이 아름다운 라우는 측연에 박혀 있는 바다괴물의 이빨을 발견하곤 놀라는 한편 기뻐했다. 그녀는 그것의 신통력을 익히 알고 있었다. 비록 물의 요정이나 정령들은 그것을 별로 탐내진 않지만 인간에게 그런 커다란 이점을 허용할 마음은 없다. 더욱이 인간들은 바다와 그 안에 있는 것을 애초부터 자기네 영토와 소유물이라고 주장하기 때문이다. 그래서 아름다운 라우는 언젠가 집에 돌아가게 되면 이 우연찮은 습득물로 노령의 정령, 즉 남편한테 칭찬받으리라 기대했다. 그러나 그녀는 저 물 위의 사람이 빈손이 되는 것도 원치 않아 몸에 걸치고 있는 것을 전부, 즉 목에 걸고 있던 아름다운 진주목걸이를 끌러서 막 위로 올라가기 시작한 커다란 양파에 감았다. 그리고 그것으로 충분하지 않았는지 황금 가위도 매단 후 추가 위로 당겨지는 것을 밝은 눈으로 쳐다보았다. 물 위의 사람이 어떻게 반응할지 궁금한 나머지 시녀는 밧줄을 따라 위로 올라가 수면 아래 두 뼘 거리에서 노인이 놀라고 당황해하는 모습을 보며 즐거워했다. 마지막으로 그녀는 양손을 공중으로 쭉 뻗어 흰 손가락을 부채나 총채처럼 쫙 펴고는 빙빙 돌렸다. 그곳에는 이미 쿠르트의 사촌인 밧줄 장인의 고함 소리를 듣고 마을 사람들이 많이 몰려와 있었다. 그들은 호숫가에서 그 진기한 광경을 지켜보다가 갑자기 섬뜩하게 손이 나타나자 사방으로 흩어져 달아났다.

나이 든 하인은 그 시각부터 꼬박 일주일 내내 머리가 이상해져서 라우의 선물은 거들떠보지도 않은 채 사촌 집 난로 뒤에 죽치고 앉아 하루에 족히 백 번씩이나 옛날부터 전해오는 말을 중얼거렸다. 슈바벤 지방의 어떤 학자도 그 말이 어디서, 어떻게, 언제 처음으로 사람들 입에 오르내리기 시작했는지 설명하지 못했다. 그도 그럴 것이 노인도 사람에게 직접 들은 말이 아니었기 때문이다. 그의 시대 훨씬 전부터 지금까지 장난삼아 아이들에게 누가 틀리지 않고 빠르게 가장 많이 반복할 수 있는지를 가리기 위해 내는 문제였다. 그 말은 이것이었다.

"납덩어리가 블라우보이렌 근처에 있다,
블라우보이렌 근처에 납덩어리가 있다."

식당 여주인은 정말 재미없는 말의 반복이라고 하고는 이렇게 말했다. "거기에 예언은 고사하고 개뿔 무슨 뜻이 들어 있냐고!"

마침내 쿠르트가 7일째 되는 날 아침에 정신이 돌아오고 사촌이 그 값진 물건들을 보여주며 그의 합법적인 소유물임을 말해주자 그는 싱긋 웃더니 그것을 안전하게 보관한 후 어떻게 처리할 것인지 밧줄 장인과 상의했다. 그들은 그가 진주와 가위를 가지고 루트비히 백작이 임시로 머무는 슈투트가르트로 가서 백작에게 사달라고 청하는 것이 상책이라고 생각했다. 그는 그렇게 했다. 그 지체 높은 어른은 인색하지 않아 즉석에서 아내에게 선물하기 위해 한 전문가의 감정가에 따라 그 진귀한 패물을 인수하기로 했다. 그런데 노인한테서 그것을 얻은 사연을 듣자 백작은 신통한 이빨을 손에 넣지 못한 것에 격분하고 잔뜩 화가 나서 돌아섰다. 백작은 이전에 그것에 대한 얘기를 들어 좀 알았고, 부친 콘라트의 별세 이후 곧바로 박사에게 그것을 넘기라고 매달렸으나 소용없었다.

이것이 그 당시 실 잣는 아낙네들이 풀어놓은 얘기였다. 그러나 그들은 그것의 알짜배기는 몰랐다. 손자를 데리고 그들

사이에 있었던 한 아주머니가 아름다운 라우에게 그 측연을 아직도 가지고 있는지, 그것으로 무얼 하는지 듣고 싶다면서 말머리를 그쪽으로 돌렸다. 그러자 베타 부인이 늘 하던 대로 그녀에게 살그머니 눈총을 보내곤 라우에게 말했다. "예, 지금 때때로 남의 눈에 보이지 않게 하고선 집들을 돌아다니며 아낙네들이 점심에 무슨 음식을 만드는지 구경하시는 것 맞죠? 잘난 체하는 작자들에게는 그런 측연이 안성맞춤이죠."

그사이 한 처녀가 낮은 목소리로 그 바보 같은 말을 읊조렸고 다른 사람들도 따라 했는데 너도나도 더 잘하려고 했으나 아무도 막힘없이 서너 번을 해내지 못하자 모두들 깔깔대며 웃었다. 마지막으로 아름다운 라우가 할 차례였다. 유타가 여유를 주지 않고 어서 하라고 졸랐다. 라우는 얼굴이 홍당무가 되었으나 영리하게도 아주 천천히 띄엄띄엄 읊었다.

"납덩어리가 블라우보이렌 근처에 있다."

식당 여주인이 그녀에게 그게 아니라 기름칠을 한 듯 매끄럽게 읊어야 한다고 말했다. 그러자 그녀는 다시 처음부터 시작했으나 곧바로 더듬거리더니 뒤죽박죽 갈피를 잡지 못했다. 이제 당연히 예상할 수 있듯이 온 방 안이 웃음바다가 되었다. 여러분도 그것을 들었으면 좋았을 텐데! 그 와중에 두드러진 것은 아름다운 라우의 웃음소리였다. 그것은 모두가 본 그녀의 치아처럼 밝은 웃음이었다.

그런데 이 사람들이 이렇게 웃고 즐기는 사이에 뜻밖에 엄청나게 끔찍한 일이 벌어졌다.

그 집의 아들이자 식당 주인이 막 달구지를 타고 존더부흐 마을에서 돌아와 보니 하인들이 마구간에서 잠들어 있었다. 그는 부리나케 계단을 뛰어올라 어머니를 문밖으로 불러내고선 사람들이 다 들을 수 있게 큰 소리로 말했다. "맙소사! 라우를 집으로 돌려보내세요. 동네에서 나는 요란한 소리가 안 들리나요? 블라우토프가 흘러넘친다고요. 아래쪽 길은 이미 물에 잠겼고, 호수 옆의 산에는 굉음이 울리고 바위가 굴러떨어져요. 마치 노아의 홍수가 난 것 같아요." 그가 말하는 도중에 방 안에서 라우가 비명을 질렀다. "왕이에요, 제 남편이에요. 그런데 내가 집을 비웠으니 어떡하죠!" 이 말과 함께 그녀는 정신을 잃고 의자에서 바닥으로 떨어져 방이 진동했다. 아들은 다시 뛰쳐나갔고 실을 잣던 아낙네들은 비명을 지르며 실감개를 가지고 집으로 달려갔으며 남은 사람들은 죽은 듯 누워 있는 가련한 라우를 어떻게 해야 할지 몰랐다. 한 사람은 그녀의 옷을 풀어헤쳤고 또 한 사람은 그녀의 몸을 문질러댔으며 세번째 사람은 창문을 열어젖혔다. 그러나 아무 소용이 없었다.

그때 뜻밖에도 명랑한 요리사가 문으로 머리를 디밀면서 말했다. "라우가 여기 있을 줄 알았지! 하지만 그다지 즐거운 자리는 아닌 것 같네요. 오리는 물로 돌려보내야 해요. 그래야 헤엄칠 것 아닙니까!" 그러자 어머니가 화가 나 몸을 벌벌 떨면서 쏘아붙였다. "말이야 쉽지. 그녀를 지하실이나 우물 안에 넣더라도 저 아래 절벽에서 목이 부러지지 않겠느냐?" "지하실이라니요!" 아들이 외쳤다. "우물이라니요! 당연히 그건 안 되죠.

저한테 맡기세요. 위급한 때는 금기가 없다고요. 제가 안고 가서 블라우토프에 넣겠어요." 이렇게 말하면서 그는 힘센 장정답게 요정을 두 팔로 번쩍 안았다. "가자, 유타, 울지 마라. 초롱을 들고 앞서거라." "아이고 하느님!" 여주인이 말했다. "제발 뒤로 돌아 마당을 질러가거라. 길에는 사람과 등불이 바글바글하다." 요리사는 발을 떼어놓으며 "이 물고기 제법 무거운걸" 하고 말했으나 흔들림 없는 걸음으로 계단을 내려온 다음 마당을 지나 왼쪽, 오른쪽으로 돌아 생울타리와 울타리 사이로 나아갔다.

그들이 호수에 이르러 보니 물은 벌써 눈에 띄게 빠져 있었다. 그러나 그들은 세 시녀가 머리를 수면 바로 아래까지 쳐들고 초조하게 이리저리 헤엄치면서 왕비를 찾는 모습은 발견하지 못했다. 유타는 등불을 내려놓고 요리사는 안고 있던 라우를 조심스럽게 내려 호박 언덕에 등을 기대놓았다. 그때 그의 마음속에서 고개를 든 장난기가 발동해 귀에 속삭였다. "그녀에게 입을 맞춘다면 너는 평생 즐거워할 것이고, 옛날에 요정과 입을 맞춘 적 있다고 자랑할 수도 있을 게다." 그가 차분히 생각하기도 전에 일은 벌어지고 말았다. 그러자 느닷없이 호수에서 물줄기가 솟구쳐 등불을 꺼버리는 바람에 사방이 칠흑같이 깜깜해졌다. 그리고 마치 축축하게 젖은 대여섯 개 손이 나타나 그의 단단한 두 뺨을 닥치는 대로 갈기는 것 같은 일이 벌어졌다. 유타가 외쳤다. "대체 무슨 일이야?" "이 근방에서는 따귀라고 하지." 그가 말했다. "흑해 사람들이 이런 것까지 알아차릴 거라고는 생각 못 했는걸." 이렇게 말하면서 그는 황급히 달아났다. 그러나 따귀 때리는 소리가 저편 수도원 담과 지붕 그리고 벽에 부딪쳐 울려 퍼졌다. 그는 넋이 나가 그 자리에 멈춰 섰다. 어디로 가야 할지 몰랐다. 적이 앞에도 뒤에도 있는 것만 같았기 때문이다. (그가 누구 입에 키스했는지 떠벌리지 못하게 하려면 그런 깨우침성 경고가 필요했다. 아름다운 라우를 살리기 위해서는 그렇게 하지 않으면 안 되었다는 사실을 그 자신은 알 턱이 없었다.)

이런 무시무시한 소란 속에서 실신한 왕비가 지난번 꿈속에서 수도원장이 팔짝 뛰는 모습을 보고 그랬던 것처럼 크게 웃는 소리가 들렸다. 요리사는 멀리서 그 웃음소리를 들으면서 자신과 관련이 있으리라고 생각했고, 그럴 만한 근거도 있었다. 하지만 왕비가 더는 위험하지 않다는 것을 알아차린 것이 가장 반가웠다.

유타도 곧 아름다운 라우가 오늘 마지막으로 입었던 옷, 치마와 속옷을 팔에 끼고 좋은 소식을 가지고 집으로 돌아왔다. 호숫가에서 시녀들이 라우를 맞이했다. 유타도 그 자리에 있었다. 라우는 시녀들로부터 곧바로 왕이 아직 오지 않았다는 말을 듣고 크게 안도했다. 하지만 왕의 도착이 머지않았고, 광대한 물길에 이미 물이 가득 찼다는 것이다. 물길은 이 바위로 만들어진 넓고 높이가 있는 길로 인간들의 거주지 아래 깊숙한 곳까지 이어지며 산 가운데를 관통하는 곧고 평평한 길이다. 거기서부터 연로한 정령의 누이가 다스리는 도나우강까지는 2마장 거리였다. 이 지역의 수많은 강, 천, 샘이 그녀를 받들고 있었다. 이것들은 명령이 하달되면 위에서 말한 수로를 순식간에

물로 가득 채워서 모든 수중 동물, 해마와 마차가 다니기에 알맞게 만들었다. 그런 일은 가끔 축제 같은 때에는 수많은 횃불을 밝히고 뿔피리를 불고 북을 치면서 거행되어 멋진 볼거리를 제공했다.

시녀들은 서둘러 여왕을 모시고 방으로 가 향유를 바르고 머리를 땋고 멋진 옷을 입혀주었다. 그녀는 기꺼이 시녀들의 손에 몸을 맡겼고 손수 거들기도 했다. 왜냐하면 이제 노령의 정령이나 자신이 무엇인지 알지 못하는 다섯번째 웃음까지 모든 것이 이루어졌음을 마음속으로 느꼈기 때문이다.

야경꾼이 자정을 알리고 나서 족히 세 시간이나 지났을 무렵 수녀식당 사람들은 이미 모두 잠들어 있었는데 지하실의 종이 두 번 크게 울렸다. 화급하다는 신호였다. 부인과 딸 들이 부리나케 현장에 나타났다.

라우가 여느 때와 마찬가지로 우물 안에서 그들에게 인사했다. 다만 전에는 그녀에게서 한 번도 본 적이 없을 만큼 얼굴에 화색이 돌았고 눈도 반짝반짝 빛났다. 그녀가 말했다. "있잖아요, 우리 남편께서 자정에 오셨어요. 어머님께서 오늘 밤에 나의 행복이 완성될 것임을 진즉 남편에게 예고하셨대요. 그러자 그분께서는 조금도 지체하지 않고 숙부, 내 동생 쉰트와 여러 귀족 등 제후들을 거느리고 집을 나섰지요. 우린 오전에 길을 떠납니다. 왕께서는 나를 다정하고 자비롭게 대해주셨어요. 마치 내가 오늘에야 비로소 지어미라 할 수 있을 정도랍니다. 그분들이 돌아가면서 축배를 들고 나면 곧장 식탁에서 일어나실 겁니다. 나는 슬그머니 내 방으로 빠져나와 떠나기 전에 손님으로 반겨준 동무들에게 인사하고 포옹하러 여기 왔어요. 아주머니, 사랑스러운 유타, 그리고 며느리와 막내딸, 고마워요. 이 자리에 없는 남자들과 하녀들에게도 인사를 전해줘요. 3년마다 그대들에게 소식을 전하겠어요. 혹시 내가 그보다 먼저 직접 올지도 몰라요. 그땐 라우가 그대들의 집에서 웃었다는 것을 말해줄 살아 있는 기념물을 이 팔에 안고 올 겁니다. 우리 가족은 나와 마찬가지로 언제나 이 모두가 그대들 덕이라고 생각할 겁니다. 내가 지금 당장 할 수 있는 일은, 친애하는 여주인이여, 이 집에 찾아올 수많은 손님을 위해 축복의 선물을 주는 것이에요. 그대가 방랑하는 불쌍한 기능공들에게 무료로 음식과 잠자리를 제공하는 선행을 베푼다는 얘기를 종종 들었어요. 그대들이 앞으로도 그런 일을 계속하고 또 다른 도움을 줄 수 있도록 하겠어요. 이 자리가 끝나면 여기 우물가에서 은화가 가득 든 돌 항아리를 발견할 거예요. 그걸 마음대로 그들에게 나눠주세요. 그리고 마지막 은화가 없어지기 전에 항아리를 다시 채워놓을게요. 그뿐만 아니라 100년마다 닷새를 (다섯은 내가 좋아하는 숫자예요) 행운의 날로 정해 여러 가지 선물을 줄게요. 뭐냐면 내게 첫번째 웃음을 안겨준 날에 당신네 문지방을 넘는 첫번째 방랑하는 기능공은 그대나 자손들에게서 다섯 가지 중 가장 좋은 것을 선물로 받을 거예요. 다만 이렇게 상을 받는 자는 누구든 그 선물을 받은 시간과 장소를 비밀에 부쳐야 해요. 그런 선물을 매번 여기 우물가에서 발견할 겁니다. 알아두세요, 나는 이 기부를 그대 후손이 이 식당을 운영하는 한 영원히 계속할 겁니다."

이렇게 말한 후 라우는 낮은 목소리로 여주인과 더 많은 얘기를 나누고 나서 마지막으로 덧붙였다. "측연을 잊지 마세요. 그 작은 구두장이 손에 들어가서는 절대 안 됩니다." 그녀는 다시 한번 작별 인사를 하고 한 사람 한 사람 모두에게 입을 맞추었다. 두 부인과 처녀들은 몹시 울었다. 그녀는 유타에게 초록색 에나멜을 입힌 반지를 끼워주면서 말했다. "안녕, 유타. 우리는 특별히 가까웠지, 앞으로도 그래야지." 그러더니 라우는 물속으로 들어가 손을 흔들며 사라졌다.

우물 뒤쪽 오목한 벽감에 약속된 선물이 든 항아리가 정말로 있었다. 벽에 자그만 철문이 달린 구멍이 있었는데 그것이 어디로 통하는지 아무도 몰랐다. 지금 그 문이 열려 있었다. 그 물건들이 물에 젖지 않은 것으로 보아 누군가 심부름꾼이 이 길로 가져다 둔 것임을 알 수 있었다. 거기에는 용 가죽으로 만들고 금테를 두른 주사위 통이 하나, 보석이 박힌 자루가 달린 단도 하나, 상아 베틀 북 하나, 이국적으로 짠 아름다운 천 하나와 그 밖에도 다른 물건들이 더 있었다. 장미나무로 만든 요리용 수저도 따로 있었다. 도금된 길쭉한 자루에는 위에서부터 아래로 세밀하게 그림이 그려져 있었다. 여주인은 그것을 익살스러운 요리사에게 기념으로 주라는 지시를 받았다. 다른 사람들 역시 하나도 빠짐없이 선물을 받았다.

베타 부인은 목숨이 다할 때까지 너그러운 라우의 지시를 성스럽게 지켰고 후손들도 그에 뒤지지 않았다. 라우가 그 후 자기 아이를 데리고 수녀식당에 찾아왔다는 것은 이 얘기를 전하는 옛날 책에는 쓰여 있지 않으나 나는 찾아왔으리라 믿고 싶다.

요정과 작별한 후 거의 100년이 흘렀을 때, 우리의 구두장이 제페가 주핑겐 마을에 도착해 달구지에서 내려 농부에게 거듭거듭 고맙다는 인사를 하고 블라우보이렌으로 가는 길 안내를 받았다. 농부는 정오까지는 그곳에 당도할 것이라고 말했다.

그 말은 틀리지 않았을 것이다. 그러나 곧 티눈이 다시 제페를 괴롭히기 시작했다. 그는 50걸음마다 주저앉지 않을 수 없었고, 일단 앉으면 마치 주문을 받고 일하는 것처럼 발이 부지런히 바퀴를 밟아 돌리듯 움직였다. 마침내 그는 마지막으로 몸을 일으켜 절뚝이면서 산길을 다 내려갔다.

마을에 들어섰을 때 수도원에서 3시 종을 쳤다.

그는 여인숙을 향해 걸어갔다. 주인이자 맥주 장인 외르크 자이좀프가 마당을 건너와서 의자에 앉아 저녁에 먹을 채소를 다듬고 있는 아내에게 말했다. “여보, 저기 좀 봐. 벌써 세번째 손님이 오고 있어.” “아이, 오거나 말거나.” 그녀가 말했다. “저 아래쪽 사람이구먼, 아이고 저런, 절뚝거리잖아! 불쌍해라!”

부부가 특별히 친절하게 인사를 건네자 제페는 시선을 위로 쳐들었다. 그 두 사람은 즉시 그와 함께 안으로 올라갔다. 그는 맥주 한 잔, 돼지고기와 절인 양배추를 시켰다.

제페가 슈투트가르트에서 왔다고 하자 바깥주인은 이 사람 저 사람에 대해서, 그리고 거기서도 우박과 함께 폭풍이 몰려왔느냐고 물었다. 지금 보릿값이 얼마인지, 미인이라는 소문이 자자한 백작의 막내딸 혼례식 잔치가 언제까지인지, 그 모든 질문에 제페는 꼬박꼬박 대답해주었다. 반대로 음식을 먹을 때는 이곳의 여러 얘기, 특히 요정에 관한 얘기를 들었다. 주인은 그에게 계단 옆 복도에 걸려 있는 오래된 요정의 초상화와 그 신기한 영물, 즉 시골 사람들을 진정시키는 팽이를 보여주기도 했다. 제페는 그것을 아무리 듣고 보아도 싫증 나지 않았다. "나는 그걸," 그가 말했다. "진짜 돌아가는 것이라고 부르고 싶네요. 이걸 어디서 만들었을까!" "그래요," 외르크가 대꾸했다. "하루아침에 만든 게 아니오." "그렇고말고요." 제페가 말하고 한숨을 쉬었다. 그도 그럴 것이 그는 자신의 바퀴 돌리는 일을 생각했기 때문이다.

그가 음식을 먹고 맥주를 마시고 난 후 얼마냐고 물었다. 주인은 "2바첸*이오"라고 대답했다. 제페는 2바첸을 식탁 위에 내려놓았다. "거스름돈 16크로이처입니다"라고 주인이 말하고 그 돈을 세어 내주고 지극히 당연하다는 듯 2바첸을 집어넣었다. 그런 방식으로 여행자들에게 음식값을 돌려주는 것이 베타 부인 시절부터 내려온 오랜 관례였다. 구두장이는 왜 그러느냐고 묻는 듯 빙그레 웃었다. "손님, 그냥 넣어두시오." 외르크 자이졸프가 말했다. "나랑 우리 할아버지한테 갑시다. 할아버지께서 더 많은 얘기를 해줄 것이오."

그는 기다란 복도를 따라 조용한 방으로 제페를 데려가 문을 열었다. 정갈한 방 창가의 안락의자에 곱게 늙은 팔순의 백발 노인이 앉아 있었다. 햇빛이 작은 커튼 사이로 조그만 책상 위

* 옛 은화. 1바첸은 4크로이처.

에 조금 떨어졌다. 노인 앞의 책상은 새하얀 보로 덮여 있었는데, 물이 담긴 파란색 냄비와 보자기에 싸인 뭔가를 빼고는 아무것도 없었다. 노인은 바로 베타 부인의 귀염둥이, 어린 한스였다. 노인이 제페에게 말을 건넸다. 그 자리에는 식당 주인도 있었다.

"우리 집에서 편히 지내게.
비록 행운이 네 여행 동무이긴 하지만.
행운이 너와 함께 어머니의
몸에서 요람으로 빠져나왔든,
그것이 네 허리춤에 있든,
구두창 안에 있든 간에."

그런 다음 백발노인은 제페에게 보자기를 건네면서 말했다. "네가 언젠가 장인이 되어서 가정을 꾸릴 때 이걸 약혼하는 날 모든 축복이 내리도록 네 신부에게 주어라."

보자기 안에 무엇이 들어 있었을까? 바로 은 두건이었다. 그보다 더 아름다운 두건은 본 적이 없었다. 무례한 행동만 아니라면 제페는 깡충깡충 뛰었을 것이다.

노인은 그 두건을 누구한테 얻었는지 말한 다음 어느 누구에게도 발설하지 않을 것을 맹세하게 했다. 게다가 다짐의 표시로 손가락 하나를 단지에 적시고서 입에 대게 했다. 노인은 기능공에게 기독교적 교훈도 주었고, 그의 감사 인사도 받았으며, 마지막으로 근처에서 우연히 납덩어리를 발견하면 수녀식당으로 가져오라고 부탁했다. 그는 들뜬 마음에 하마터면 그러겠다고 약속할 뻔했으나 다행히 도깨비의 부탁이 생각나서 그저 "유념하겠습니다"라고만 말했다.

제페는 이제 길을 나서서 발걸음을 먼저 수도원 뒤로 향했다. 거기서 곧바로 호수가 그의 눈에 비쳤다. 호수를 칭송하는 말을 많이 듣긴 했으나 그는 이 정도로 놀라운 장관일 줄은 미처 상상하지 못했다. 그는 속으로 생각했다. '마치 적어도 칠장이 여섯 명가량이 파란색 물감이 가득한 통과 함께 지금 막 빠져 죽은 것처럼 파랗구나.'

그는 실컷 눈요기를 한 후 요정을 생각해서 좋은 마음으로 그녀의 안식을 위해 주기도문을 몇 번 읊조렸다(그녀는 실제로 예전처럼 젊고 아름다운 모습으로 비기독교인 가족들과 함께 살았으므로 이미 100년이나 다른 불쌍한 비기독교 영혼들과 함께 연옥에 있다는 것이 그의 생각이었기 때문이다). 그러나 그는 많은 사람이 입에 올린 납덩어리를 잊지 않았다. 어렸을 때 이미 증조할아버지로부터 파일란트 박사와 측연에 관한 얘기를 들은 적이 있었다. 시골 노인은 그 사실을 알 리 없었다. 그가 수녀식당 주인에게 묻지 않았던 것은 그제야 그 납이 바로 측연이 아닐까 하는 생각이 떠올랐기 때문이다. 그는 길을 걸으면서 수풀과 나무 뒤를 찾아보고 여기저기 도랑 속까지 샅샅이 살펴보았으나 측연을 발견하지 못했고 마침내 더는 그것 때문에 골치를 썩지 않기로 했다.

구두로 인한 고통을 완전히 잊고 행운과 팽이에 관한 생각에 몰두한 채 그는 계속해서 푸른 계곡을 내려갔다. 때때로 왼발이 너무 심하게 아프면 돌멩이 위에 쪼그려 앉아 은색 두건을 꺼내 무릎 위에 올려놓고 미래의 아내를 상상했다. 다른 두 기능공, 밧줄장이와 못장이가 그가 오기 겨우 반 시간 전에 수녀 식당에서 무엇을 얻어 갔는지 모르는 것이 다행이었다. 그렇지 않았다면 두건에 대한 즐거움이 반감했을 것이다. 그 두 사내는 도시 뒤쪽의 산길에서 구두장이 곁을 지나치면서 인사를 건넸다. 그러나 그는 마침 앉아서 바퀴 생각에 몰두해 있던 참이라 쳐다보지도 않은 채—해가 서쪽에서 그의 등을 비추고 있었지만—"안녕, 좋은 아침"이라고 중얼거리기만 했다. "그래, 자네 너무 늦었군"이라고 한 사람이 말하더니, 둘 다 배꼽을 잡고 웃었다.

어두워질 무렵 그는 피곤한 몸으로 울름에 왔다.

때마침 장날이어서 여기저기서 음악이 울리고 춤판이 벌어지고 있었다. 그는 가까운 식당에 들어갔다. 거기에는 기능공 여섯이 한 식탁에 앉아 포도주를 마시며 돌아가면서 노래를 부르고 있었다. 한 사람씩 자기 직업을 노래하고 나서 합창이 힘차게 이어진 뒤 모두 잔을 부딪쳤다. 독자 여러분에게는 그들이 지금 막 부르는 노래 한 소절만 들려주겠다. 그 노래 전체는 이보다 네 배나 길다.

첫번째 기능공

모두 모였나?
여보게 친구들, 어쨌거나
너희들의 직업을 알려라,

우리가 관습에 따라 잔을 부딪치게
커다란 기쁨의 환호성과 함께.

합창

너희들의 직업을 알려라,
우리가 관습에 따라 잔을 부딪치게.

두번째 기능공

기쁨을 위한 요람
슬픔을 위한 관대
내 대패한테는 똑같다고 말하는 자,
내가 장인을 부자로 만들어준다고 생각하네.
대팻밥이야 언제나 생기지.

합창

그의 대패한테는 똑같다고 말하는 자,
그가 장인을 부자로 만들어준다고 생각하네.
대팻밥이야 언제나 생기지.

세번째 기능공

내 일은 황금과 보석을
다루는 고급이다.
하지만 금세 싫증이 난다.
제 것이 아닌 경우엔 더구나.

내게 그런 황금색 포도주를 다오.

합창

그 말을 믿지, 금세 싫증이 날 거야.
제 것이 아닌 경우엔 더구나.
내게 그런 황금색 포도주를 다오.

네번째 기능공

대담한 용기를 뽐내는 자,
그자의 젊은 피는 오래가지 못한다.
나는 그에게 다양한 무기를 만들어준다,
장난이든 진정이든 적의 폭력에 맞서는.
내 제품은 여하튼 좋다.

합창

적의 폭력에 맞서는 것이라면
창과 검은 우리 마음에도 든다.

다섯번째 기능공

재단사는 술잔 앞에 앉아 있네.
난 술집 주인의 치수를 재고
집에서는 별로 일하지 않지.
으뜸 패는 카드놀이에서 꺼내지.
무엇을 위해 그러는지 알거든.

합창

아이고, 라이프치히에서 온 동무여, 행실을 고치게,
그건 파렴치한 일이란 걸 알지 않나.

여섯번째 기능공

내 기술은, 확실히 믿게,
천국에서 나온 것이라고 불린다네.
아가씨들이 날 존중해.
그들의 마음을 즐겁게 하는 걸 가지고 있거든.
귀여운 오랑캐꽃과 장미를.

합창

아가씨들이 그를 존중해.
그는 그들의 마음을 즐겁게하는 걸 가지고 있거든.
귀여운 오랑캐꽃과 장미를.

이제 구두장이 차례가 되었다. 그자가 자기 직업을 즐거운 목소리로 노래하자 제페는 자신의 좋은 직업을 버려야 한다는 생각에 가슴이 먹먹해졌다. 그는 오른쪽 구두가 흡족한 나머지 두 번이나 자신을 꼬집는 것을 확연히 느꼈다. 마치 '바보야, 들었니?'라고 말하려는 것 같았다.

첫번째 기능공

내 직업을 존중하라.

구두장이는 아주 필요하다.
최고의 취향을 추구하진 않지만
내가 구두장이가 아니라면
누가 너희들에게 혼례식 구두를 만들어주겠는가?

합창

최고의 취향을 추구하진 않지만
그가 구두장이가 아니라면
누가 너희들에게 혼례식 구두를 만들어주겠는가?

제페는 벌써 눈물이 났다. 그는 화가 났고, 심적 고통 속에서 중얼거렸다. "넌 구두장이도 아니고 칼갈이도 아니다, 아무 기술도 없는 무용지물이다." 그리고 앞으로는 직업을 바꾸지 않겠다고 속으로 맹세했다.

두번째 기능공

그리고 금욕주의자가 아니고
또한 망나니도 아닌 자는
술을 마시며 즐겨도 좋다.
내 마지막 잔은 정직한 것이어야 하리.
착한 기독교인은 이렇게 생각한다.

합창

잔을 부딪쳐라, 동료들, 노래를 불러라.

내 마지막 잔은 정직한 것이어야 하리.

이 대목에서 제페는 자리에서 일어나 동료들에게 다가가 공손하게 인사했다. 그러자 그들은 자기들 식탁에 자리를 만들어 주고 그를 위해 건배한 후 그가 어느 고장 사람이고 직업이 무엇이며 어디로 가는지를 들었다. "어째서 여기에 눌러앉지 않소?"라고 구두장이 빈첸츠가 말했다. "울름은 살기에 좋고, 일거리도 많아요." 제페를 애써 설득할 필요는 없었다. 그는 다음 날부터 이미 여인숙 주인이 알려준 젊은 과부의 집에서 일하게 되었다.

처음으로 그녀의 집에 찾아갔을 때 그는 경고를 받았다. 오른발이 문지방을 넘으려 하지 않았던 것이다. 그러나 그는 그것에 크게 신경 쓰지 않았다.

과부는 인물이 반반했다. 여자를 볼 때마다 "어쩌면 언젠가 네 행운을 만나게 될 거야"라고 한 도깨비의 말이 생각나지 않은 적이 거의 없었지만 제페는 이번에도 수줍어하는 눈길로 그 당당하게 생긴 부인을 찬찬히 뜯어보기만 했다. 그녀는 아주 창백하고 전혀 즐거워 보이지 않았으며 누구한테나 말을 아꼈다. 그러나 매사 행동은 부드럽고 현명해서 젊은 남자를 끌어당길 만했다.

이전에도 이미 여러 사람과 그녀 사이의 관계가 그러했던 것 같았다. 제페도 예외가 아니었다. 처음 몇 주가 지나자 여주인이 자기를 다른 사람들보다 중히 여긴다는 느낌을 받아 더욱 그랬다. 공방 밖에서 자잘한 도움이 필요한 일이 생기면 그녀는 기능공들 중에서 십중팔구 그를 불러냈다. 그리고 토요일에 그가 부엌에서 쓸 나무를 잘게 썰고 그녀가 양파빵을 구울 때면, 어김없이 오븐에서 따끈따끈한 것을 미리 꺼내 그에게 주곤 했다. 그런 일을 하다가 손에서 받아 먹는 빵은 그야말로 꿀맛이었다.

그때부터 도깨비의 가죽 아들들, 즉 신발은 아주 고약하게 굴었다. 특히 한밤중에 기능공의 방에 놓은 제페의 신발이 든 상자 안에서 마치 대판 싸움을 벌이듯 두드리고 밀고 당기는 소리가 자주 나서 기능공들이 적잖이 욕하고 비난을 했다. 그들이 말했다. "담비로구먼. 복도 사이의 옛 굴을 다시 찾아온 것이 틀림없어. 모르긴 몰라도 새끼를 낳은 모양이군. 내일 찾아내서 새끼에게 선물을 주자고." 제페는 그 말에 아무런 대꾸도 하지 않았다. 그는 다음 날 아침 조용한 틈을 타 광 구석에서 묵직하고 평평한 돌멩이를 가져와 신중하게 모서리를 맞춰 가지런히 구두 위에 가로로 올려놓았다. 그가 말했다. "그래, 이 나쁜 놈들아, 골칫거리들아, 이제 할 수 있다면 대가리를 맞부딪치며 구르고 떠들어봐라." 그러자 그것들은 앞으로 더는 성가시게 하지 않았다.

친애하는 독자여, 이제 기능공이 슈투트가르트를 떠나던 날 아침 다리 위에 놓아두었던 다른 구두 한 켤레가 그사이 어떻게 되었는지 알아볼 때가 되었다.

그가 채 천 걸음도 못 갔을 때 헤슬라하 마을에서 한 시골 아낙이 길을 가다가 그 구두를 보았다. 그녀는 자기를 시험하기 위해 악마가 놓아둔 것이라는 생각에 성호를 긋고는 갈 길을 갔다. 그런 다음—휴일이었으니까—한 비누 제조공이 포도밭을 돌아보기 위해 마을에서 유유히 걸어 나왔다. 그자는 믿음이 돈독한 사람이었는데, 임자 없는 물건을 보자 이렇게 생각한다. '어찌 된 것인가? 우리 집사람한테 꼭 맞겠는걸. 하지만 남의 물건엔 손대지 않겠어, 그런 일은 멀리해야지. 다만 내가 다시 돌아올 때에도 그대로 있다면 주님께서 우리 집사람을 위해 내게 주시는 것이라는 징표일 거야.' 머리가 잘 돌아가는 그는 구두가 땡볕에 노출되지 않도록 다리 밑 그늘에 갖다 놓았다. 사람들 눈에 잘 띄지 않는 곳이었다.

그러고 나서 얼마 되지 않아 깨끗한 옷차림의 아가씨가 성문에서 나온다. 과부의 딸인 브로네 키더렌이다. 작은 바구니를 팔에 걸고 부프징겐 숲에서 나무딸기를 따려는 것이었다. (이 이름은 산 위의 마을에서 유래되었는데 지금은 흔적도 남아 있지 않다. 그러나 그 숲은 지금까지도 보프저 숲이라고 불린다.) 그녀가 그 다리를 건너는데 아래쪽에서 두세 번 연이어 철썩거리는 소리가 난다. 그녀는 저게 뭘까,라고 궁금해하며 시냇가로 내려간다. "어머나! 손도 대지 않은 새 신이잖아!"라고 외치더니 주위를 둘러본다. 그 멋진 물건을 습득한다고 탓하든, 오늘이 마침 그녀의 생일이라 상관하지 않든 누군가가 보고 있는지 살피기 위해서다. 그녀는 구두를 주워서 시험 삼아 한번 신어 보았다. 자기 발에 딱 맞는 데다 걷기도 아주 편해서 만족스러웠다. 하지만 이내 주저하는 마음이 들어 그녀는 한 짝을 다시 벗었다. 그런데 다른 한 짝이 발에서 벗겨지지 않았다. 땀이 날 정도로 눌러보고 잡아당겨보았으나 아무런 소용이 없었다. 신을 때는 얼마나 쉬웠던가!

이 일은 생각하면 할수록 이상했다. 비록 아주 총명한 여자이긴 했지만 그녀는 자기에게 이름을 준 베로니카 성인이 그날을 기념하려고 구두를 선사한 것임을 확신하고 즉시 진심으로 수호 성녀에게 고마워했다. 그런 다음 지체 없이 다른 짝을 다시 신고 옛 구두를 뚜껑 있는 바구니에 집어넣고선 편안한 마음으로 산에 올라갔다.

숲속에서 그녀는 이미 나무딸기를 따고 있는 한 노파를 만났다. 서로 모르는 사이였지만 노파와 함께 두 사람은 이리저리 딸기를 찾아다녔다. 그러던 중 브로네의 왼발에 값비싼 진주목걸이가 걸렸다. 누군가 이끼 속에 흘린 것이었다. 처녀는 미처 알아차리지 못하고 걸음을 옮길 때 우연찮게 오른쪽 구두에 걸려 목걸이가 왼발에서 떨어졌다. 노파가 뒤에서 그것을 보고는 그 장신구를 몰래 주워 치마 밑에 감췄다.

그 목걸이는 다른 게 아니라 원래 아름다운 라우의 소유였다가 현 영주인 백작의 딸 아름다운 이르멘가르트가 백작의 부인인 아네에게서 유산으로 물려받은 것이었다.

이윽고 두 여자가 차례차례 집으로 돌아가는 길에 백작의 신하를 만났다. 그는 어제 백작의 딸이 부프징겐 숲 정자 부근에서 진주목걸이를 잃었는데 찾아서 가져오는 사람은 금화 열다섯 냥을 사례금으로 받을 것이라고 공표했다. 노파는 좋아라 하며 집에 가서 급히 제일 좋은 옷을 차려입고 성으로 갔다. 곧바로 백작의 젊은 딸에게 안내되었다. 그녀는 문에서 노파를 향해 외쳤다. “아이고, 부인, 친애하는 부인, 내 목걸이를 찾았다고요? 이리 주시오, 사례금을 주겠소.”

노파가 자그만 상자를 꺼냈다. 백작의 딸이 그것을 열자 목걸이 모양으로 정교하게 얽어맨 앙증맞은 쥐 이빨 예닐곱 개가 들어 있었다. 아가씨는 비명을 지르고 놀란 나머지 정신을 잃고 말았다. 노파는 죽음의 공포에 사로잡혀 도망쳤으나 복도에서 경비병에게 붙잡혀 감옥에서 엄한 취조를 받았다. 노파는 그 진주 보석을 어딘가 땅바닥에서 주웠는데 너무 아름다운지라 집에 가져와 상자에 넣어두었다가 지체 높은 아가씨를 기쁘게 해드리기 위해 착하고 정직한 마음에서 가져왔다는 것이다. 그런데 숲속에서 한 처녀가 자기와 함께 있었고 그것이 악마와 한통속임이 틀림없다며 그 처녀가 이 몹쓸 짓을 저질렀다고 털어놓았다. 진술은 이것뿐이었다. 폭력으로 바로잡을 것이 없는지라 백작은 야단법석을 떨고 싶지 않아서 노파를 풀어주었다. 다행스럽게도 그녀의 진술 가운데 어떤 것도 브로네의 귀에 들어가지 않았다. 그녀가 그럴듯한 비방을 들었다면 엄청 절망했을 것이다.

축복이 전혀 없었던 것은 아니지만 그녀는 그 마법의 구두를 신고 많은 곤경을 겪었다. 예를 들어 그녀는 일요일 오후에 집 뒤의 풀밭을 지나 동무네 집에 가기를 좋아했다. 그런데 그때마다 빨래를 널어 말리느라 김이 자욱해진 풀밭에 숨어 있는 몹쓸 나무 그루터기에 걸려서 큰대자로 넘어지곤 했다. 그런 경우 반드시 땅바닥에서 무언가를 주웠다. 매번 두더지가 종종 땅에서 파헤쳐 놓는 오래된 작은 금붙이나 은 단추, 고리는 아니었지만 종종 막 낳아서 온기가 있는 거위 알은 틀림없이 주웠다. 특히 이상한 것은 춤을 출 때였다. 종종 멋들어지긴 하나 반대 방향으로 뛰는 바람에 다들 혼란스러워하는 가운데, 그녀가 부끄러워하는 광경이 펼쳐지곤 했다. 착하고 명랑한 그녀는 그것을 지나치게 마음에 담아두지 않고 웃음으로 넘기긴 했으나 나중에 이런 말이 돌았다. "예쁜 계집애가 안됐어, 갑자기 완전히 바보가 되고 말았어!" 그녀의 어머니는 걱정스럽게 고개를 절레절레 흔들었고, 어느 날 마치 번쩍 눈이 뜨였다는 듯 딸에게 말했다. "장담하건대 그 망할 놈의 구두가 문제다. 처음부터 내 마음에 썩 들진 않았단다. 어떤 요술쟁이가 그걸 놓아두었는지 알게 뭐냐." 브로네도 이미 그런 생각을 하긴 했으나 구두를 완전히 없애버린다는 것은 썩 내키지 않았다. 그것은 아주 좋고 질겼던 것이다. 그러나 그녀는 그날 새 구두를 맞추러 장인 블레제에게 갔다. 제페가 그 밑에서 오래 견디고 싶지 않았던 바로 그 사람이었다. 브로네는 제페의 의자에 다른 사람이 앉아 있는 것이 보기 싫었다. 그녀는 그를 알았고 좋아했을 수도 있다.

나이 많은 블레제가 그녀의 발 치수를 잴 때 그 낯선 구두가 곧장 그의 눈길을 끌었다. 그는 두툼한 손으로 한쪽을 잡고 한동안 말없이 살펴보더니 입을 열었다. "아가씬 특별한 것을 갖고 있구먼. 어디서 만든 건지 물어봐도 될까?" 앞으로도 구두를 주운 것에 대해 아무에게도 얘기하고 싶지 않았던 그녀는 장난삼아 대답했다. "시내에서 건졌어요." 다섯 기능공은 웃었다. 그러나 노인은 이렇게 중얼거렸다. "그게 사실일지도 모르지.”

저녁에 쉴 때 장인이 아내와 딸 사라에게 말했다. “너희들에게 털어놓을 게 있어. 키더렌이 발에 복신을 신고 있더라니까. 난 표시를 알거든.” 딸이 샘이 나서 말했다. “아이참, 복신이 그녀에게 아직 돈도 남자도 가져다주지 않았는걸요.” “그런 일이 앞으로 생길지도 모르지”라고 노인이 말을 받았다. 어머니가 말했다. “옳거니, 그걸 슬쩍할 수 있으면 좋겠네. 그런 건 사라에게 주고 싶은데.” 그런 다음 그들은 이렇게 결정했다. 아버지가 그것과 똑같은 구두를 만든 다음 사라가 남몰래 바꿔치기하기로 말이다.

블레제는 다음 날 아침 곧바로 일을 시작했다. 무척 까다롭긴 했지만 놀라울 정도로 정교하게 뾰쪽한 솔기며, 잘 무두질한 빨간 가죽으로 안감을 덧댄 것까지 흉내 냈다. 모든 것이 아주 잘되어 그 자신도 만족할 정도였다. 그 못된 음모를 실행에 옮길 방법도 그들은 곧 생각해냈다.

사격장이 있어서 나중에 총문이라고 불리게 되는 성문으로 나오면 마을에 인접한 곳에 그 당시에는 아직 널찍하고 아름다운 호수가 있었다. 그 위쪽으로 한참 올라가면 지금도 있는 포이어 호수와 비슷한 것이었다. 호숫가에는 각목과 널빤지로 된 구조물이 호수 안으로 세워져 있었고 그 위에 탁자와 의자가 있었다. 그곳에서 마을의 아낙네들은 빨래를 했다. 때때로 사오십 명이 남에게 뒤질세라 빨래에 비누칠을 하고 비벼대면서 우스갯소리를 주고받고 수다를 떨었다. 모두 팔을 걷어붙이고 맨발로 빨래하는 모습을 바라보면 흥미로웠다. 이제 구두장이네 식구들은 브로네가 빨래하러 나올 때까지 주의 깊게 지켜보았다. 물이 아래쪽 담에 부딪칠 정도로 블레제의 집이 호수에 바싹 붙어 있었던 것이다. 마침내 어느 수요일 아침 따뜻한 날씨에 젊은 키더렌이 광주리를 들고 나타났다. 사라도 부랴부랴 광주리를 들고 달려와 요행히 같은 탁자에 그녀의 옆자리를 차지했다. 둘은 늘 하던 대로 구두를 벗어 의자 밑에 놓아두었다. 브로네는 오늘 일부러 일주일 만에 복신을 다시 신었다. 지난 일주일 내내 젖 짜는 통을 발로 걷어차 넘어뜨리거나 물레질하면서 헛발질을 하지도 않았으며 그 밖에 어떤 실수도 저지르지 않았는지라 그것을 확실히 하기 위해 시방 역으로 시험해 보려고 했다. 거짓된 여자 도둑은 가져온 침대 시트 두세 개를 금세 빤 다음 접으면서 몸을 구부리더니 순식간에 도깨비의 구두를 신고 그 대신 자기 아버지가 만든 모조품을 그 자리에 밀어 놓으며 말했다. "브로네, 안녕, 너도 빨리 끝내." 이렇게 말하면서 그녀는 꿍꿍이를 무사히 성사시킨 것에 만족해 펄 듯이 기뻐하며 그 자리를 떠났다. 세 시간 뒤 점심 무렵 마지막 사람들과 함께 흡족하게 집으로 돌아갈 때조차 브로네는 그 속임수를 조금도 알아차리지 못했다.

그러나 도깨비는 그 짓을 속속들이 알았고, 바로 그날 밤 블레제에게 어떻게 경고할지를 궁리했다.

대목장이 다시 눈앞에 다가왔는데, 블레제는 언제나 대목장을 위해서 특별히 호수를 바라보는 위층 방에 제품을 많이 비축해두었다. 밤 12시가 지났을 때, 구두장이 부인은 물 위에서 아주 이상야릇하게 철썩거리는 소리를 듣고 무슨 일인지 알아보라고 남편을 두드려 깨웠다. "아이, 일은 무슨 일이겠어. 물고기들이 종종 그런 장난을 치잖아." 그는 기분이 좋지 않았다. 어제 술을 너무 많이 마신 탓이었다. 그는 곧바로 다시 코를 골고 잠꼬대하기 시작했다. 하지만 아내는 그가 일어나 창문을 열어볼 때까지 가만두지 않았다. 그는 먼저 눈을 비비고 나서 밖을 내다보더니 이상하다는 듯 말했다. "호수가 새까맣고 물쥐로 가득 찼네. 저 멀리 담에서 30자 넘게 떨어진 곳까지. 새끼도 있고 다 자란 것도 있고, 개중에는 돼지새끼 같은 놈들도 있어. 똑똑히 보여. 별이 떠서 환해. 아이, 저런, 저 역겨운 놈들 좀 봐, 보라고. 잘 지낸다고 꼬리를 흔들고 미끄러지고 헤엄치는구먼. 원인이야 뻔해. 요즘 날씨가 너무 더워서 저 잡것들이 목욕을 하는 거지."

그 광경이 아주 별나고 재미있어 보여서 블레제는 의자를 창가로 끌어와 두 팔을 창턱에 올려놓고 그 위에 턱을 괴었다. 그는 그렇게 한참을 구경할 생각이었다. 눈꺼풀이 서서히 무거워지더니 이윽고 완전히 닫혔으나 그는 그사이 다시 잠이 든 아내에게 계속 중얼거렸다. 꿈속이나 취중에 하는 말과 같은 횡설수설이었다. 그가 말했다. "이 바보야, 석궁, 화살과 창, 그렇게 무더기로! 쓸모 있겠구먼. ……빌어먹을, 화약이 진즉 발명되었다면 좋았을 텐데. 4연발 총이나 소총 서너 발로 저놈들을 말끔히 치워버릴 텐데."

이제 또다시 철썩철썩하는 소리가 났다. 구두장이는 머리를 밖으로 쑥 내밀었으나 뭘 보고 듣는지 도무지 종잡을 수가 없었다. 그도 그럴 것이 머리 위로 그 짐승들과 함께 무언가가 창고에서 날아가고 있었기 때문이다. 뜻밖에 그중 하나가 그의 머리 쪽으로 날아왔다. 그가 손으로 잡고 보니 다른 게 아니라 그 자신이 만든 묵직한 농부용 장화와 똑같이 생긴 것이었다. 깜짝 놀라서 그는 아내를 부르고 소리쳐 기능공들을 깨웠다. 그들이 올 때까지 그는 몽둥이를 들고 맨 위 계단의 문 옆에 버티고 섰다. 그 나쁜 놈들이 하나도 빠져나가지 못하게 하기 위해서였다. 그러나 사람의 모습도 보이지 않고 인기척도 없었다. 마침내 기능공들이 나타나서 위층 바닥을 완전히 둘러싸고 그들 가운데 가장 담력이 큰 자가 방문을 벌컥 열었으나 사람 그림자도 보이지 않자 블레제는 가슴이 철렁 내려앉았다. 그가 아내에게 소곤거렸다. "여보, 일이 심상치 않아. 아무래도 사람이 아닌 다른 존재가 조종하는 것 같아. 나한텐 너무 강력한 존재!" 그리고 아내에게 도깨비라고 말해주었다. 평소에는 쉴 새 없이 입을 놀려대던 구두장이 부인이 갑자기 다소곳해지고 사지를 벌벌 떨었다. 딸도 마찬가지였다. 하지만 블레제가 기능공들에게 말했다. "소란 피우지 마라. 이웃집 어부 리프네 마당 앞으로 가서 조용히 작은 배 몇 척을 물에 띄우고 막대기건 그물이건 눈에 띄는 대로 챙겨라. 날이 새기 전에 상품을 모두 건져내야겠다. 그러지 않으면 난 온 동네의 웃음거리가 되는 수모를 당하고 말 거야."

그들이 가는 도중에 어부가 벌써 길을 가로질러 그들을 향해 달려오고 있었다. 어부는 금식하는 금요일에 먹을 잉어를 좀 잡으려고 막 배를 타고 호수로 나가려던 참에 그 이상야릇한 광경을 보고 구두장이에게 알려주기 위해 달려온 것이다.

이제 리프까지 일곱 명이 된 그들은 작은 배 두 척에 나눠 타고 여기저기 찌르고 잡고 찾고 또다시 그물을 던지기 시작했는데 명백히 그것들의 머리통을 겨냥했다. 구두도 장화도 더는 날아오지 않았으나 그 대신 위층에 한 짐 있던 구두 골이 날아왔다. 낡고 보기 흉하며 해지고 벌레 먹은 것뿐만 아니라 팔려는 새것, 질 좋고 단단한 목재로 만든 멋들어진 것들도 잇따라 쌩쌩 날아왔다. 이 배, 저 배에서 "아이고, 하늘을 쳐다봐!"라고 외치는 소리가 들렸다. 왼쪽, 오른쪽으로 번개가 제대로 떨어졌다.

어부가 블레제에게 말했다. "여보게, 이런 방식으로 1년 내내 고기 잡는 일은 못 하겠네. 여하튼 자네가 그물을 다룰 줄 안다는 건 확인되었네. 오늘부터 명예로운 슈투트가르트 제화공조합의 장인으로서 대담하게 간판의 구두 골 위에 십자가 형태로 생선을 하나 그려 넣도록 하게. 구두장이여, 구두 골을 지켜라,*라는 말과는 다르게."

그들이 두려움, 곤경, 공포 속에서 비지땀을 흘린 뒤에야 호수가 다시 깨끗해졌고, 이미 날은 훤히 밝은 뒤였다. 그중 큰 나룻배는 물에 젖은 물건으로 가득 찼고 모든 것이 거의 다 모아졌다. 대낮에 보니까 갈대숲에 박혀 있는 것이 하나둘 있을 뿐이었다.

당연히 이 일에 대한 소문은 금세 주민들 사이에 퍼졌다. 사람들은 대부분 그것을 악마의 장난으로 여겼다. 장인은 이미

* 자기 직업에 충실해지라는 뜻.

많은 사람들이 자기 물건 사기를 꺼리겠다고 예감했고, 나중에 그 불길한 예감은 사실로 드러났다. 몇몇 익살꾼의 재담에 따르면, 그때부터 오랫동안 여기서 만들어서 널리 유통된 특별한 종류의 저질 구두가 '손질한 진짜 슈투트가르트 물쥐'라는 이름으로 불리며 판매되었다.

이제 장인의 첫번째 걱정은 훔친 물건을 그저 집 밖으로 내보내고 원래 임자에게 돌려주는 것이었다. 그런데 밝은 대낮이 되자 그의 아내에게 용기가 되살아났다. 그녀의 생각은 차라리 모든 것을, 이를테면 고객이며 집과 절을 다 잃더라도 그 구두만은 잃어서는 안 되고, 그것을 가지고 있으면 (한 속담처럼) 모든 일이 술술 잘 풀린다는 것이었다. 그러나 블레제는 머리를 흔들었다. "도깨비가 우리 몸에 아무 해도 끼치지 못한다고 생각하는 거야? 하느님, 저희를 삼지창에 찔리지 않게 보호해주소서. 세 번이면 구멍이 아홉 개라고." 그는 아내에게 더 말하면 때리겠다고 위협하며 정신없이 이 창문에서 저 창문으로 온 집 안을 돌아다녔고, 어두워져서 딸이 그 저주받은 구두를 앞치마 속에 넣어 밖으로 가져갈 때까지 안절부절못했다.

사라는 그것을 가지고 키더렌 집 헛간 뒤로 살금살금 다가가 통풍창 안에 집어넣었다. 브로네가 아침 일찍 소에게 여물을 주려고 외양간에 갈 때 틀림없이 볼 수밖에 없는 장소였다. 도깨비가 하룻밤 사이에 훔쳐 가지 않는다면 말이다.

그사이 그 착한 여자는 바뀐 구두를 별다른 말썽 없이 신고 다녔고 하루가 저물면 잠자리에 들기 전에 항상 이렇게 말했다. "어머니, 이젠 구두 때문에 말썽이 생기지 않아요." 그러면 어머니가 대꾸했다. "괜히 떠들어서 화를 불러들이지 마라." 이렇게 모든 것이 다시금 정상으로 돌아왔고, 사람들은 브로네를 이전처럼 영리하고 재주 있는 아가씨로 여겼다.

이런 일이 일어나고 나서 시간이 한참 지난 뒤 블레제는 교외 헤르트베크 마을 근처 포도밭 정자의 의자에 앉아 걱정에 휩싸여 있었다. 그때부터 장사가 급격하게 내리막길로 들어섰기 때문이다. 그가 열매가 주렁주렁 달린 자두나무들을 포함해서 올 가을에 얼마나 수입을 올릴 수 있을까 머릿속으로 계산하고 있는데, 쉿! 무엇이 등 뒤에서 소곤거린다. 누구인가? 성과 없이 땀 흘리는 자, 도깨비, 위로하는 자이다. 구두 장인은 얼굴 빛이 하얗게 질렸다. "놀라지 마시오, 장인. 악의가 있어 온 게 아니오. 우리는 한 번 다퉜지만 해결되었소. 만약 그렇지 않다면 내가 할 수 있는 한 보상해주겠소. 그런데 지금 작은 부탁이 하나 있소, 장인." "제가 도와드릴 일이 뭡니까?" 도깨비는 "실례하겠소"라고 말하고 의자에 앉더니 상대방에게도 자기 옆에 앉으라고 했다. "있잖아요, 내가 당신네 집 위층에 있고 당신은 아래층 창가에 있던 그날 밤 당신이 한 말을 들었는데 도무지 잊히지가 않아요. 당신이 '화약이 진즉 발명되었다면 좋았을 텐데'라고 했는데 대체 무슨 뜻이오?"

블레제는 기억을 더듬으며 마치 밤중에 제 발로 걸어 들어간 기억이 없는 외양간에서 깨어난 사람의 얼굴을 하고선 웃으며 말했다. "도깨비님, 제가 그런 말을 했다고요? 아직도 그걸 알고 있다면 악마한테 떨어져도 좋아요." "에이, 맹세는 하지 마시오, 노형." 도깨비가 대꾸했다. "왜 그걸 부인하는 것이오?

내게 털어놓으시오. 화약이 뭔지만 대충 말해보시오. 있잖아요, 난 그런 비법을 좀 아는 사람이라오. 당신에겐 해가 되지 않을 것이고 그 대가로 내 재주를 좀 가르쳐줄 수도 있어요." 그러자 블레제가 당연히 뭔가 아는 척하면서 말했다. "다른 사람이 아닌 도깨비님이시니까 기꺼이 뜻에 따르지요. 먼저 아내한테 물어봐야 하니 하루만 생각할 시간을 주십시오." 도깨비는 흔쾌히 그러라고 하며 다시 한번 간곡하게 부탁했다. 그러곤 발설하지 않기로 약속받은 후 내일 다시 오겠다며 사라졌다.

"블라지우스 성인*이여, 제발 도와주소서." 혼자가 되자 노인은 이렇게 외쳤다. "이제 가루약**이 이 두꺼운 구두장이 대가리에서 나와야겠구나, 세상없어도." 그는 양 팔꿈치를 무릎 위에 올려놓고 두 주먹을 뺨에 대고 앉았다. "쥐 때문이라고는 할 수 없어. 왜?" 그가 중얼거렸다. "그런 가루약은 이미 오래전에 나왔어. 그날 밤 나는 배가 아팠어. 페르시아 왕이나 가지고 있는 황금 위장약 꿈을 꾸었기 십상이야. 동그란 글라디올러스라는 약초가 있고 다른 것, 디어레타이라는 약초도 있고, 또 마모르티카라는 약초도 있지. 약사도 장사꾼도 가지고 있지 않아. 돌아가신 어머니의 시누이는 그걸로 고약을 만들었는데 다른 어떤 것보다도 잘 들었지. 일단 가서 어떻게 할지 봐야지. 먼저 혼합물을 사야겠지. 실험해보는 게 궁리하는 것보다 나으

* 구난救難 성인 중 하나.

** 독일어로 'Pulver'인데 가루를 뜻해서 문맥에 따라 화약 또는 가루약으로 번역된다.

니까."

시내로 가는 내내 그는 골똘히 생각했다. 갑자기 두 손가락을 튕겨 소리를 내면서 소리쳤다. "제기랄, 빤한 일을 가지고 이리저리 대갈통을 굴리다니, 이런 돌대가리가 있나! 구두장이가 다른 직업의 사람한테서 구할 이득이란 게 자기 직업에 관한 일 말고 뭐가 있겠나? 찾아내고야 말리라."

그는 곧장 필요한 것을 사러 상점에 갔다. 집에 돌아와 포도주 한 잔을 들고 뒷방의 긴 책상에 앉아 가장 좋은 식초로 여러 가지 검은색 혼합물을 만들어 엄지손가락으로 잘 반죽하고 주무르며 별의별 방식으로 시험해보았으나 마음에 들지 않았다. 그 일은 이튿날 저녁때까지 계속되었다.

도깨비는 약속한 시각에 정확히 나타났다. 블레제가 빙긋 웃으면서 반죽을 내밀자 그 냄새를 맡으며 말했다. "여보시오, 새로운 구두약이 아니오?" "예, 그렇습니다." 난쟁이가 웃음 띤 얼굴로 말했다. "당신이 가루약을 발견하기까지는 아직 멀었다는 생각이 드는군요. 그리고 지금 나 때문에 불필요하게 엄청난 노력과 힘 그리고 비용을 들였고요. 그에 대해 그리고 다른 손해에 대해서도 보상해주겠소. 내 장화용 광택제 제조법을 알려주겠소. 그걸 대량으로 팔아서 많은 이익을 남기기 바라오."

난쟁이는 이 말로써 무엇을 예언했는지 익히 알고 있었다. 그도 그럴 것이 장인 블레제는 그 장사로 몇 년 되지 않아 큰 부자가 되었다. 그의 상속자들은 아직도 그 비법을 보존하고 있다. 나는 우리 시대의 모든 세련된 사람들에게(비록 그때 이후로 더 칭송받는 약이 나오기는 했지만) 진정 더 좋은 구두약을 명명

할 수 없다. 그렇지만 도깨비가 그 당시 블레제에게 솔직하게 털어놓았던 것은 숨길 수 없다. “가죽을 그 특성에 따라 잘 보존하는 데 가장 좋은 건 언제나 지방이오. 지방이 가죽 자체에도 광택을 충분히 내준다오.” 어쨌거나 여기서 이 말은 그냥 넘어가기로 하자.

그때 이후로 기능공 제페가 울름에서 어떤 행운의 도약을 했는지 살펴보자.

그곳에 머문 지 두 달이 채 되지 않을 무렵 그는 이미 장인 부인과 사랑에 빠져 애달아 했다. 종종 좀더 대화를 많이 나누고 명랑한 편이 그녀에게 좋으리라 생각하면서도 그는 언제나 얌전한 양이 젖과 털이 많고 보살핌을 잘 받는다는 옛말을 염두에 두었다. 토요일 밤마다 자기 방에 돌아와서는 “내일 그녀에게 청혼해야지”라고 중얼거렸다. 그러나 막상 때가 되면 단념하고 말았다. 자신의 수줍음과 더불어 그녀가 오만하게 거절할지 모른다는 우려 때문이었다.

하루는 그들이 돼지를 잡았다. 겨울나기*를 한 뒤로 두번째였다. 때는 벌써 2월이었고 봄이 일찍 올 것처럼 보였다. 그때 제페가 아침에 그녀와 단둘이서 부엌에 있었다. 고기를 훈제하려고 매달기 위해서였다. 그가 둥근 소시지 꾸러미를 양팔에 두른 채 굴뚝 아래에 사다리를 세우면서 익히 들어 아는 레겐스부르크와 레겐스부르크 소시지에 관해 얘기했다. 그는 그렇

* 겨울이 시작될 때 장인들이 밤중에도 일하는 기능공들을 위해 베푼 잔치.

게 짐을 가지고 굴뚝으로 올라가고 그녀는 아래쪽 화덕에 있었다. 그녀가 말했다. "자네, 레겐스부르크로 가겠군. 언제나 그 생각을 하는구먼."

그녀가 자기 얼굴을 볼 수 없었기 때문에—그도 그럴 것이 그의 상체는 어둠 속에 묻혀 있었다—제페는 용기를 내서 말했다. "제 맘대로 할 수 있다면 마님 곁에서 살다가 죽을래요."

"자넬 내쫓는 일은 없을 거야"라고 그녀가 대꾸했다.

"네," 그가 말을 잠시 멈추었다. "평생 독신으로 지내고 싶은 사람은 없을 겁니다."

그녀는 그 말에 아무런 대꾸도 하지 않았다. 그가 다시 입을 열었다. "요즘 가난한 놈은 좋은 여자를 찾기 힘들어요."

그녀가 대꾸했다. "가까운 데서부터 찾아야지."

그 말에 제페의 뺨은 불길이 치솟아 마치 위쪽 굴뚝을 향하는 듯했다.

걸대가 소시지로 꽉 채워져 그만 내려가도 되었으나 그는 식은땀이 나고 밝은 햇빛 속에서 부인 앞에 어떻게 나서야 할지, 더 무슨 말을 해야 할지 알 수 없어 그대로 있었다. 한참을 안절부절못한 채 소시지를 만지작거리며 이리저리 당기고 밀치고 했다. 그러다가 갑자기 말했다. "마님, 오래전부터 자주 생각했는데요, 우리 서로 잘 맞는 것 같아요. 마님을 사랑하고 믿습니다."

"얘기해볼 만한 일이군"라고 그녀가 말을 받았다. 그러자 그가 잽싸게 내려와서 그녀 앞에 섰는데 코에 검정 그을음이 묻어 있었다. 그녀는 그걸 보고 살짝 웃더니 흰색 앞치마 자락을 잡고 닦아주었다. 그녀의 행동이 그의 마음을 아주 편안하게 해주었다. 그가 그녀의 손을 잡더니 그녀가 예상하기도 전에 입을 맞췄다. 그녀도 똑같이 따라 했다. "이제 그대는 더 이상 내 마님이 아니라 내 신부요!" 그녀는 고개를 끄덕였다. 두 사람은 만족했고 오랫동안 얘기를 나누며 애무를 주고받았다.

그가 작업장으로 돌아가기 전에 그녀가 말했다. "우리 아무도 눈치채지 못하게 해요. 당신이 장인 자격을 얻어 우리가 일을 진척시킬 수 있을 때까지요."

그날 저녁 제페는 식사 후 평소와 같이 서둘러 술집에 가지 않았다. 오전부터 벌써 기쁜 마음으로 이 좋은 때를 기다렸다. 다른 사람들이 집에서 나가자마자 그는 자기 방으로 가서 몸을 씻고 머리를 빗질하고 깨끗한 셔츠와 외출복을 차려입었다. 약속을 존중하기 위해서였다. 그런 다음 지극히 차분하고 평화롭게 부인과 나란히 앉았다. 출입문과 덧문은 잠그고 촛대에 불을 밝힌 상태였다. 그때 그는 맨 먼저 신부에게 줄 선물인 은두건을 내밀었다. 그는 당연히 칭찬과 고맙다는 말을 듬뿍 들었다. 그녀는 저게 어디서 났지,라고 속으로 생각했다. 그가 시장에서 산 것도 아니고 바라건대 훔치지도 않았을 것이기 때문이다. 그녀는 몹시 알고 싶었지만, 그는 입을 꾹 다문 채 그냥 웃기만 했다.

그녀는 지하실에서 포도주를 가져오고, 그는 빵 덩어리를 가져왔다. 그녀가 그 빵을 오늘 처음으로 맛보는 것이 아니라는 사실은 이제 독자 여러분 혼자서도 능히 생각할 수 있으리라. 정말 아니다, 매일같이 격식에 맞게 새 빵 조각을 가지고 그녀에게 가지 못했던 것이 제페를 마음 상하게 할 뿐이었다. 장인 부인은 그렇지 않아도 벌써부터 (그가 그녀에게 둘러댄 것처럼) 슈투트가르트의 궁정제빵사가 얼마나 좋은 대부이길래 한 주가 멀다 하고 빵 덩어리를 대주는가 하고 의아해했다. 비록 어찌 된 사정인지 털어놓아도 되지만 그가 망설였기 때문이다. 이제 그녀는 대놓고 그의 속을 떠보려고 했다. "여보, 털어놓아요. 빵과 두건이 같은 집에서 나온 거죠, 그렇죠?" "그건 아니에요"라고 그가 대답했다. "그중 하나에 대해서는 진정 사랑하는 여자에게 사실 그대로 알려주겠어요. 설탕 빵 얘기는 장난으로 지어낸 거니까요. 울름에서도 도깨비 얘기를 들어본 적이 있나요?" "한마디도 들어보지 못했어요." "성과 없이 땀 흘리는 자, 위로하는 자 얘기도?" "못 들어봤어요." "그럼 좋아요." 그는 잔을 들어 그녀에게 건배하고 길을 떠나기 전날 밤에 자기에게 일어난 일을 빠짐없이 솔직하게 털어놓았다. 처음에 그녀는 농담이거니 하고 그의 얼굴을 바라보았으나 그의 눈빛이 너무나 진지한지라 그가 기적을 믿는 자, 몽상가라고 생각했다. 그녀가 의심하면 할수록 그는 더욱더 열을 올렸다. "그러면 내가 가장 사랑하는 여인에게 본보기로 파일란트 박사 얘길 해주지요. 그건 확실하고 사실이니까. 우리 할아버지한테 들은 얘기랍니다. 그걸 심심풀이로 일단 들어보고, 그다음에 믿든지 말든지 마음대로 하세요.

파일란트 박사는 콘라트 폰 뷔르템베르크 백작, 우리 고향 도시의 토대를 세우신 분의 가까운 친구였는데 조용한 노인으로서 외딴집에서 살았어요. 지금 궁성이 있는 곳에서 멀지 않은 계곡에 있는 건물이었지요. 박사의 가장 큰 즐거움은 집 뒤의 널따란 정원이었습니다. 거기서 그는 그 지역 전체에서 제일 좋은 과일나무를 길렀어요. 그런데 높은 담이 집과 정원을 둘러싸고 있는데도 불구하고 매년 가을마다 부프징겐 마을 사람들이 열매의 절반가량을 훔쳐 갔단 말입니다. 이것이 그 양반을 화나게 해서 그는 자주 앓았지요. 박사가 언젠가 밝은 대낮에 문을 닫아걸고 고서를 읽고 있는데 도깨비, 성과 없이 땀 흘리는 자, 위로하는 자가 (박사는 그 이전에 그를 몰랐어요) 찾아와서 그 못된 짓을 막을 방법을 제시합니다. 조건은 매년 말리기 위해 좋은 배 한 궤짝을 달라는 조건이었습니다. 박사는 어렵지 않게 그 조건을 받아들였지요. 도깨비는 허리에 두른 털가죽에서 튼실한 너도밤나무로 만든 장화 주걱을 꺼냈어요. 아직 새것으로 뒷등이 평평하며 짧고 억센 집게발이 달린 것이 이상야릇하게 생긴 게 모양을 하고 있었어요. 오목한 배 아래쪽은 검은색이고 그 위로는 하얀색 요괴 그림이 있었고요. 도깨비가 말했어요. '이 주걱을 받으세요. 그리고 집 안 어디든 마음 내키는 곳에 놓아두세요. 다만 홈통이건 고양이 구멍이건 자유롭게 정원으로 통할 수 있어야 합니다. 그 밖에는 그것이 하는 대로 내버려두고 조금도 신경 쓰지 마십시오. 밤중에 사람이 외치고 애걸하며 신음하는 소리를 듣게 될 겁니다. 그럼 달려가서 도둑놈을 잡아 족치십시오. 그런 다음 주걱을 향해 이런 주문을 외우세요.

　　제발 그 사람을 보내줘라,

너는 직무를 충실히 수행했도다.

하지만 시골 사람이나 밤도둑을 놓아주기 전에 장화건 구두건 벗어놓으라고 명하셔야 합니다. 그때 제 주걱이 그에게 많은 도움을 줄 겁니다. 그리고 그 증거물을 보관했다가 때가 되면 마음대로 나눠주셔도 좋습니다. 제 게가 의무를 수행하는데 태만하거나 말을 듣지 않는다면 호되게 엉덩이를 걷어차십시오. 그럴 필요가 없기를 바랍니다만. 그놈은 원래 말 잘 듣는 짐승이고 단단해서 그 위에 나무를 올려놓고 쪼갤 수도 있답니다. 다만 부엌에는 들어가지 못하게 하십시오. 그놈은 닥치는 대로 아무 데나 기어올라서 혹시나 끓는 물이 담긴 냄비에 빠질 수도 있는데, 그건 견디지 못합니다. 제가 다시 와서 직접 살펴보겠습니다, 어르신. 안녕히 계십시오.'

파일란트 박사는 그 장화 주걱을 방문 앞에 놓아두었어요. 그건 저녁때까지 그 자리에 꼼짝하지 않고 서서 여느 나무 조각처럼 멍하게 바라보기만 했습니다. 그러나 어둑어둑해지면 갑자기 뚜벅뚜벅 계단을 내려가서 물 빠지는 구멍을 통해 정원으로 나갔어요. 아무도 그러리라고 생각하지 못했죠. 집주인과 하인들은 창문에서 그것이 담 옆의 초록색 풀밭을 꿈틀꿈틀 기어가는 걸 봤지요.

나이 많은 하인의 침실은 아래층에 있었는데 정원으로 향했어요. 지금 그는 옷을 입은 채 너저분한 침대에 누워 있습니다. 한 시간이 흐르고 또 흘러갔어요. 노인은 이따금 나뭇가지 사이로 농익은 과일이 떨어져서 철썩하는 소리 말고는 아무것도 듣지 못했어요. 그런데 새벽녘 그가 돌아눕고 날씨가 제법 서늘해서 이불을 잘 덮으려고 할 때 멀리서 비명 소리가 들렸어요. 마치 어떤 사람이 생명의 위험에 처한 것 같았습니다. 하인이 뛰어나가 보니 60보의 거리에서 도깨비의 주걱이 장승만 한 사내의 발뒤꿈치를 물고 집 쪽으로 끌고 오고 있었어요. 그러니까 도둑과 붙잡은 것 양쪽 다 뒷걸음질 치는 모양새였지요(이건 그렇지 않아도 게의 방식입니다). 잡아당기고 조르고 버티고 밀치고 잡아채고 거기다가 콜록거리고 숨을 헐떡이고 신음하고 애원하는 꼴이 보고 듣기에 끔찍했지요.

그 불쌍한 도둑은 부프징겐에 사는 포도 농부였는데 처음에는 붙잡는 물건을 뿌리치고 도망치려고 했으나 붙잡는 물건이 족히 황소 두 마리의 힘을 지녔고 매번 집게발로 하도 세게 물어 도둑은 이내 고분고분 항복하고 말았어요. 그렇게 그 둘은 집까지 와서 바로 문 앞에서 멈춰 섰어요. 문 앞에는 벌써 박사가 잠옷 바람으로 기다리고 있다가 웃으면서 주문을 외웠습니다.

제발 그 사람을 보내줘라,
너는 직무를 충실히 수행했도다.

그런 다음 농부에게 장화를 벗게 한 후 놓아주었어요.

바로 이틀날 밤에는 그런 도둑 두 명이 차례로 잡혀 왔습니다. 셋째 날 밤에는 또 한 명이, 그 후로도 서른 명을 채웠어요. 모두 부프징겐 사람들이었어요. 자신이 한 짓이 부끄러워 아무도 다른 사람에게 경고하지 않았기 때문이지요. 그 훌륭한 주걱은 붙잡은 사람을 쉽사리 놓치지 않았습니다. 딱 한 번 빈 장화 한 짝만 물고 기어 와서 아침나절 우연찮게 집주인이 볼 때까지 억센 힘으로 집게발에 단단히 물고 있었습니다. 하인은 구두를 모두 차례차례 빈 마구간 벽에 있는 못에 나란히 걸어 두었어요. 모양새가 괜찮은 게 아직 하나 남아 있었어요. 언젠가 백작이 부인과 딸 그리고 어린 두 아들을 데리고 파일란트 집을 방문할 때까지 그랬습니다. 콘라트 백작은 박사의 정원 옆에 말 사육장*을 지었어요. 그래서 그 도시 이름이 슈투트가르텐이 되었고요. 전속 목수를 그 장소로 불러서 직접 어떻게 지으라고 지시했습니다. 그런데 박사는 백작의 어린 두 아들에게 장난거리를 만들어주고 싶어서 도깨비에게 해가 없는 요술을 부탁했고 도깨비는 그렇게 하기로 약속했어요. 아이들이 식사 후 정원에서 놀고 있을 때 마구간에서 웅성거림이 들리더니 곧 귀여운 조랑말들이 수없이 열을 지어 문에서 나왔어요. 모두 안장과 마구를 갖춘 흑마였는데 장화들이었지요. 말은 두 마리씩 짝을 지어 나왔고 마부는 자그마한 아이들이었는데 그건 농부용 장화였어요. 백작의 아이들은 저녁 내내 즐거워했지요. 갑자기 정원 밖에서 휘파람 소리가 나더니 마부들이 번개처럼 빠르게 안장에 올라앉았고 조랑말들은 메뚜기로 변했습니다. 초록색이고 구두만 한 크기에 날개가 달렸어요. 이것들은 담을 넘어 사라지더니 다시는 돌아오지 않았습니다. 그러나

---

* 독일어로 'Stuterei'이고, 이것이 슈투트가르트Stuttgart의 어원이라는 것이다.

나중에 보니까 장화며 구두는 모두 이전처럼 마구간 벽에 걸려 있었어요.

여러 해 전 슈투트가르트 시장에서 인형극을 본 적이 있는데 이런 내용을 다룬 것이었어요. 내가 그 모든 걸 머릿속에 똑똑히 기억하고 있다면 얼마나 좋겠어요! 베른트 욥스트라는 궁정의 어릿광대가 서두에 잘 가다듬은 시구로 내가 당신에게 이제 얘기할 것과 사전에 알아야 할 걸 말해줍니다. 백작이 그해 가을 그자를 내쫓았어요. 그자가 특히 외국의 영주들과 빈객들에 대해 험한 주둥이를 자제하지 않았기 때문이지요. 그는 박사에게 불운을 하소연했습니다. 박사는 이미 한 번 그자를 위해 영주에게 관용을 베풀어달라고 청원해 성사시킨 적이 있었습니다. 그러나 이번에는 그렇게 하지 않았어요. 하지만 박사는 그가 다시 일어설 수 있도록 그것으로 돈을 좀 벌 수 있다고 생각한다면 마구간의 구두를 가져가라고 했습니다. 어릿광대가 '네, 저한테는 안성맞춤이로군요. 정말 고맙습니다'라고 말한 후 즉시 커다란 바구니에 담아서 등에 지고 계곡을 내려갔습니다. 그는 그것을 어떻게 할지 이미 알고 있었어요.

칼렌슈타인 마을 아래쪽 네카어강 강변의 풀밭에서 그는 백작의 양치기를 만나 잠시 짐을 부리고 일자리를 잃어버린 경위며 짊어지고 있는 게 무엇인지 얘기했습니다. 이것으로 줄거리가 시작되는데 어릿광대가 즉각 말합니다.

난 이제 늙고 통풍에 시달리며
지은 죄가 날 옥죈다.

그래서 자그만 수도원을 지어
맨 먼저 들어가
편안한 명상 속에서
얼마 남지 않은 여생을 마감하련다.

양치기

수도원 건설엔 돈이 엄청나게 들 텐데.

어릿광대

내 생각은 바로 그걸 겨냥하고 있다네.
그러기 위해선 성유물이 필요해.
사람들이 그걸 보려고 떼로 몰려오겠지.
가난한 사람은 양을 데려오고
부자는 밭과 농장, 숲과 더 많은 것을 기부하지.

양치기

그런 성유물을 얻는 건 사소한 일이 아냐.

어릿광대

그런 게 없는 사람은 하나 만들어내겠지.
난 다행히 좋은 걸 가지고 있다네.
이 구두들은, 자네 알아야 하네,
저 유명한 파일란트 박사가
예루살렘 근처 폐허 아래

철궤에서 발견한 거라네.
히브리어 글이 쓰여 있는 오래된
양피지와 함께. 그 내용은 이렇다네.
모세가 이스라엘 백성을 이끌고 홍해를 건너고
파라오, 말 탄 병사와 전차가
바닷속에 빠져 죽었을 때
백성들은 이 고난의 승리에 환호하고
눈물을 흘리며 구두와 장화를 벗어
옆구리에 차고 젖과 꿀이 흐르는
고향 땅에 돌아와 집에 걸어놓았다,
그런 기적을 기념하기 위해.
대략 60만 개 가운데
이 서른 켤레를 가려 뽑아
미래를 축복하는 보루로서
안전한 곳에 보관했다.
그 가죽에 입 맞추는 자
평생 세상 모든 종류의 수재水災,
수종水腫과 익사로부터 자유로우리라.

양치기

그 글도 가지고 있나?

어릿광대

자네 머리로도 알 수 있을 것 같은데.

그건 바구니 맨 아래쪽에 있네.
내가 가지고 있건 없건 무슨 상관인가.
물건은 바다 바닥에서도 젖지 않았고
이 시각까지 뽀송뽀송하다네.

난 좋은 신부를 알고 있네.
그가 도와 내 일을 성사시킬 걸세.
교구장에게 그걸 천거하고
로마의 수도회 총장에게 보고할 거야.
그럼 곧바로 그 일에 반대하지
않겠다는 결정이 내려지겠지.
그들이 이 욥스트한테 따져볼 건 단지
수도원장과 수도원장 대리 가운데 뭐가 더 되고 싶어 하는지 뿐이야.

그런 다음 어릿광대가 신부의 방으로 찾아가 그런 제안을 하자 신부는 무엇보다도 그 양피지를 보자고 합니다. 장난꾸러기는 1년 전에는 그걸 보여줄 수 있었으나 오그라들 대로 오그라들고 흐물흐물하고 약하디약한 상태로 전승되어서 차츰차츰 손상되고 말았다고 말합니다. 그 대신 그는 바구니에서 오래되고 묵직한 무쇠 맹꽁이자물쇠를 꺼내더니 궤 앞에 있던 거라고 말합니다. 쉽사리 생각할 수 있듯이 신부는 그 말에 일고의 가치도 두지 않고 그가 시작한 일을 경멸하며 그에게 경고하고 위협하기까지 합니다. 사실이건 아니건 그 일 자체는 신부의 마음에 들지만, 신부가 꺼리는 건 그 사기보다 그 일을 함께할 자기 자신이라고 착각한 어릿광대는 몹시 화를 내며 빈정거리는 어투로 말합니다.

말해보시오, 신부님, 성경을 읽나요?

신부

한 주 내내 읽었소.

어릿광대

제가 그런 생각을 한 건 단지 라틴어라서.

신부

개나 새나 방해하지 않으니 좋소.

어릿광대

그럼 나보다 더 잘 아시겠구려,
신부님과 성모님에 대해
『성경』에 무엇이 예언되었는지,
즉 당신네들이 무얼 하는지.
예를 들어 「잠언」
30장에서 무어라 했소?
거머리는 무례한 두 딸이 있소.
둘 다 이리 가져와, 이리 가져와,라는 이름이오.

하나는 면죄부를 가지고 있고
다른 하나는 염치없이 그걸 달라고 조르오.
아이, 나도 그걸 사용하고 싶었는데.
신부님도 그자의 돈을 가지고 있다면 동참할 거요.

이렇게 어릿광대는 바구니를 들고 신부의 격렬한 야단과 위협 속에 물러갑니다. 그러나 수도원을 짓겠다는 의도를 아직 포기한 건 아니에요. 어쨌거나 구두와 장화 들이 그걸 도와야 합니다. 그가 다시 길에 나오자마자 말합니다.

이제 도깨비의 집이 어디 있는지만 알면 되겠는걸!
도깨비가 내게 한 무리의 신부를 만들어주고
난 그들을 세상에 내보내
헌금을 모으게 하지.
어쩌면 곧바로 온순한 말을 탄
신부들을 만들어줄지도 몰라.
그럼 걷는 것보다
훨씬 쉽게 돌아다닐 테지.

어릿광대가 오랫동안 사방에서 난쟁이 구두장이*를 성과 없이 수소문한 뒤 우연찮게 부프징겐 마을의 우물가에 앉아 있는 걸 발견합니다. 집과 작업장이 있는 산자락의 우물에서 그는

* 도깨비를 가리킴.

막 물 한 잔을 길어 올린 참이었지요. 어릿광대는 짐짓 점잔을 빼며 그에게 용건을 털어놓습니다. 그러나 도깨비는 이렇게 대꾸합니다.

형씨를 기꺼이 돕겠소.
하지만 종교의 일이라면
내 직업과 관련짓지 마시오.
그건 내게 오로지 증오와 분노를 가져다줄 뿐이오.
그래서 충고하고 싶소. 지금 당장 가서
그 잡동사니를 재주껏 팔아보시오.
듣자니 저 위쪽 부프징겐 마을 사람들에게는
벌써 한참 전부터 물건이 떨어졌다고 하오.
그러니 오래 팔러 다닐 필요가 없을게요.
하지만 당신은 돈을 잃어서는 안 되오.
그 사람들이 곧장 지갑을 꺼내지 않으려고 하면
하늘밥도둑이 집에 찾아올 거라고 위협하시오.
강요자 말이오. 그 말을 알아들을 거요.

이에 대해 어릿광대

대가님 말씀대로 하지요. 대단히 고맙습니다.

이제 가장 재미난 대목이 시작됩니다. 이런 것은 직접 보아야만 합니다. 뭐고 하니 베른트 욥스트가 그 마을에서 길바닥에 자루를 쏟아놓으니, 사람들이 집 밖으로 나오고 곧장 야단

법석이 벌어지지요. 사람마다 고함을 지르며 자기 걸 골라내 모두가 서로서로 도둑임을 드러냈기 때문입니다. 그들은 막무가내로 돈을 내려고 하지 않아요. 욥스트가 짐짓 물러가는 척하면서 하늘밥도둑을 보내겠다는 말을 흘릴 때까지 그랬습니다. 이 말이 떨어지자 갑자기 모든 사람이 고분고분해집니다. 가장 고약한 촌놈도 시장에서 새 신을 샀을 때보다 더 많은 돈을 냅니다.

그사이 양치기는 기회를 잡아 욥스트가 어떤 괴상한 짓을 하려고 하는지 백작에게 얘기했고, 박사가 도깨비에게서 들은 바에 따라 그걸 확인합니다. 그리고 그 우스개가 마음에 들기 때문에 콘라트 백작이 이번에는 어릿광대를 용서하는 것으로 연극은 끝납니다."

여기까지가 제페가 한 얘기였다. 장인 부인은 체면치레로 듣는 척했을 뿐 슬며시 하품을 하곤 했다. 얘기가 끝나자 그녀가 말했다. "그래요, 그래, 놀라운 일이군요." 그러고는 그가 남긴 빵 조각을 손으로 집었다. 그런데 알아야 할 것은 그녀의 예쁘고 커다란 새가 창가의 새장에 자유롭게 앉아 있었다는 사실이다. 그녀의 첫 남편이 언젠가 고약한 손님에게서 물건값 대신 받아 온 것이었다. 하얀 앵무새였는데 부리와 두 발은 검정색이었다. 그것은 제대로 된 모이를 주면 모든 것을 말한다고 했다. 그 새는 줄곧 한마디도 하지 않아서 구두장이는 속았다고 생각했지만 부인의 귀염둥이였다.

이제 그 새가 대가리를 구부리고 빵 조각을 들고 있는 장인 부인의 손가락을 탐욕스럽게 바라보았다. 그러자 그녀가 신랑에게 말했다. “하인츠한테 빵 좀 주면 안 될까요?” 제페는 그러면 좋은 빵 덩어리 수백 개가 있어도 눈에 띄지 않게 없어지고 말 거라고 당연히 생각하면서도 이렇게 대답했다. “내 건 당신 거고 당신이 준다면 나도 주겠어요.” 이리하여 그녀는 빵 조각을 하인츠에게 던져주었다. 앵무새는 그것을 덥석 물더니 깨물어 삼켰다. 그런 일이 벌어지자마자 앵무새가 말하기 시작해 크고 분명하게 이런 말을 쏟아냈다.

“좋고 좋고 좋구나. 도깨비의 빵은.
한 남자와 두번째 남자를 죽인 자는 세번째 남자도 때려죽인다.”

장인 부인은 흰 벽처럼 창백해진 얼굴로 의자에 앉아 있었다. 기능공은 그녀가 그 일로 대경실색했다기보다는 어리둥절해진 것이라고 착각하며 웃으면서 말했다. “저놈 바보가 아닐세. 일단 제대로 먹기 시작하면 한 자리에서 가뿐히 세 덩어리는 먹어야 한다고 생각하는 모양이군요.” 그러자 부인도 새에 대해 커다란 기쁨을 드러내긴 했으나 속으로는 몹시 불편했을 것이다. 신랑이 그 바보 같은 새에 대해 장황하게 떠벌리더니 새를 데리고 장난을 치고 나서 해야 할 일에 관한 얘기를 꺼내기 시작했다. 앞으로 집을 어떻게 꾸밀 것인지, 기능공 가운데 누구를 데리고 있고 누구를 내보낼 것인지 등등이었다. 그녀는 줄곧 정신이 딴 데 있었다. 그녀는 그런 일은 적당한 때에 결정하자고 말하고 졸린 척하면서 두건을 다시 한번 자세히 살펴보더니 거울 앞에서 써보았다. 그녀가 "피, 두건을 쓰니 으슬으슬하네요"라며 몸을 부르르 떨었다. "은이 그렇게 춥게 한다고요." 그녀가 이어서 말했다. "만약 검정 끈이 달려 있다면, 맙소사! 지체 높은 사람을 위한 사형수 두건으로 제격이겠구먼!" 그러고 자기가 한 말에 폭소를 터뜨려서 기능공은 소름이 끼쳤다. 이윽고 그녀는 원래대로 돌아와 말수가 많아지고 신랑을 애무하며 평소처럼 즐겁게 해주었다. 그들은 잘 자라는 인사로 입을 맞추었다. 그는 기분이 한껏 좋아져서 자기 방으로 올라갔다.

다음 날은 일요일 아침이었다. 그가 보니 예쁜 앵무새가 새장 안에 없었다. 장인 부인이 무서운 표정으로 말했다. "그 빵이 새를 해쳤나 봐요. 저기 의자 밑에 뻣뻣하게 뻗어 있는 걸 발견하고 바로 눈에 띄지 않게 치워버렸어요."

기능공이 생각하기에 무척이나 이상한 일이었다. 그는 또 방바닥에서 핏자국도 보았다. 무엇보다도 그녀가 그렇게 언짢은 기분으로 자신을 대하는 것이 가장 의아하고 마음이 아팠다.

신부가 성당에서 돌아오지 않아서 그는 오후에 동료들과 성벽을 돌아 새 술집을 향해 죄플링겐 쪽으로 걸어가고 있었다. 그들 중 한 사람이 두세 번 그의 속내를 떠보면서 그의 애인을 꼬집었다. 헤센 출신의 경망스러운 다른 사람이 그 장난을 받아서 말했다. "이번 사냥은 슈바벤 사람한테는 딱이지. 그들은 구두 징을 소화시킬 만큼 튼튼한 위장을 가졌거든."

그것이 무슨 말인지 알아들을 수 없어서 제페는 진델핑겐 출신의 정직한 사람과 약간 뒤처져 걸으며 무슨 말이냐고 물었다. “너한테 새로운 얘기냐?” 그가 자못 무뚝뚝하게 말했다. “네 장인 부인이 3년 동안 남편 둘을 독살했다고들 말해. 두번째 남편은 확실하다고 하고, 첫 남편에 대해선 울름 사람 전부가 믿고 있어. 두번째 남편을 묻은 건 겨우 지난봄이야. 판사는 그녀에게 사형을 선고하고 싶었지만 어쩔 수 없었어. 그 남자가 임종 때 구두 징을 먹었다고 말했거든. 나중에 그게 배에서 나오기도 했고. 하지만 그가 독약을 먹은 걸 알아차리고 숨을 거두기 직전에 고통과 절망적인 분노 속에서 그걸 삼켰다고들 믿고 있지.”

제페는 얼굴에서 핏기가 사라졌다. 그는 술집에 들어갈 때까지 양모 자루 위를 걷는 듯 흐느적거렸다. 술집에서 그는 외따로 떨어져 앉아 술잔에 손도 대지 않았다.

그는 갈림길에서 외딴길로 접어들어 기력을 되찾기 위해 공원 계단에 주저앉았다. 그런 다음 그는 이렇게 은총을 베풀어 자신을 구해준 데 대해 두 손을 모아 하느님께 감사했다. 그는 곰곰이 생각한 끝에 그날 밤 악독한 과부의 집뿐만 아니라 아예 울름을 아무도 모르게 떠나기로 결심했다. 해가 저물어 어두워질 때까지 그는 그 자리에 꼼짝하지 않고 앉아 있었다. 그러고 나서 시내로 들어가 불쌍한 죄인이나 위증자처럼 오랫동안 거리를 배회하다가 마지막에는 목마름과 배고픔에 쫓겨 외딴 술집에 들어갔다. 거기에는 많은 손님이 술을 마시고 있었지만 그를 아는 사람은 아무도 없었다. 그는 으레 걱정거리가 많은 사람이 찾는 어둑어둑한 구석에 몸을 숨기듯 앉았다. 정원과 도나우강을 향한 창문 옆이었다.

사람들이 흔히 말하듯 그는 자신의 불운을 이루 다 헤아릴 수 없었다. 모든 심적 고통에 설상가상으로 가진 돈이 금화 여섯 닢도 되지 않았다. 그도 그럴 것이 여주인한테 받을 급료가 남아 있었으나 그것을 어떻게 달라고 할 수 있겠는가. 게다가 이제 여행 중 굶어 죽는 것을 막아줄 좋은 건과일 빵도 찾을 길이 없었다. 그뿐 아니라 비웃음과 치욕이 앞뒤에 도사리고 있지 않은가!

그는 고향으로 돌아갈지, 아니면 방랑을 계속할지 생각해보았다. 이것도 저것도 확실히 달갑지 않았다. 프랑스 전쟁에서 돌아온 허풍선이 벤츠처럼 (그자는 겨우 일주일 만에 돌아왔다) 벌써 돌아간다면 동무들이 뭐라고 하겠는가,라고 그는 생각했다. 하지만 이제 타향도 사악하고 혐오스러우며 저 아래 공원 사이에 보이는 울름의 빈민구호소처럼 황량하고 서글프게 생각되었다. 한 창문에서 자그만 불빛이 중환자 간호사를 희미하게 비췄다. 어쩌면 한 가련한 사람이 지금 정든 고향에서 멀리 떨어져 숨을 거두는지 몰랐다. 그러므로 무슨 대가를 치르더라도 그가 가야 할 곳은 고향 슈투트가르트뿐이었다. 그는 누구하고도 작별 인사를 할 생각이 없었다. 가장 하기 싫은 사람은 그 여자였다. 그녀의 모습과 표정이 줄곧 눈앞에서 떠나지 않아 그는 전율을 느꼈다. 그는 그녀와 조우하지 않으리라는 확신이 들고 동료들 역시 이미 잠들어 있을 때까지 술집을 떠나지 않았다. 벌써 자정이 되었고 야경꾼이 두번째로 와서 마지막 손님들에게 돌아가라고 했다.

이제 자신이 사는 동네를 향해 텅 빈 길을 어슬렁어슬렁 걸었다. 그때 조그만 집의 합각머리에서 두 처녀가 노래 부르는 소리를 들었다. 그중 하나는 모피 재봉사의 딸 쿠니군트로, 그도 잘 아는 얌전하고 아주 예쁜 아가씨였다. 그는 그녀와 여러 번 플루크라는 술집에서 렌틀러라는 민속춤을 춘 적이 있었다. 만약 그가 처음에 곧바로 그 과부에게 홀딱 빠지지만 않았더라면 모든 울름 시민의 어떤 딸보다 그녀가 마음에 들었을 것이고, 그도 그녀의 마음에 들었을 것이다.

제페 생각에 그 처녀들은 어둠 속에서 침대에 누워 수다를 떨다가 사랑하는 사람을 죽음으로 잃은 서글픈 청년의 노래를 부르는 것 같았다. 노래 제목은 '죽음까지의 사랑'인데 어쩌면 그 어떤 것보다 훌륭한 곡조였다. 그들이 다시 한번 처음부터 부르기 시작했기에 그는 발걸음을 멈추고 통 만드는 목재 무더기 뒤에서 조용히 들었다.

"교회 마당, 제단에
라일락꽃이 피었네.
날이 새기 전에 흰 비둘기
한 마리가 날아간다.

아마 한두 기능공이
이리저리 떠돌고 있으리라.
비둘기가 내 창문으로 날아들어
내게로 다가온다.

이제 나는 알아본다,
내 애인과 하얀 리넨 옷,
손가락에 낀
내가 준 은반지를.

비둘기가 고개를 끄덕여 내게 인사하고
침대에 내려앉아
내 얼굴을 빤히 쳐다보지만
내 몸엔 손을 대지 않는구나.

부활절 3주 전
올빼미가 지저귀면
혼례를 올리자고
내 여인이 말했었지.

우리는 잔치도 못 하고
우리는 춤도 추지 못하네.
누가 나와 함께 성당에 가며
누가 내게 꽃다발을 엮어주리?"

제페는 노래에 귀를 기울이면서 생각했다. 내가 도둑처럼 야음과 안개를 틈타 감쪽같이 사라졌다는 말을 들으면 그녀가 어리둥절할 거야. 그리고 이어서 생각했다. 만약 쿠니군트가 내

애인이 되었고 오늘 죽었다고 한다면 지금 내 처지가 더 낫겠는가, 아니면 더 힘들겠는가? 그는 짧은 시간에 결론을 내리지 못하고 땅이 꺼질 듯 한숨을 토해내며 계속 걸어갔다.

과부의 집에 당도해서 그는 문에 열쇠를 끼우고 할 수 있는 한 살그머니 돌려 열고 깨금발로 살금살금 그녀의 침실 앞을 지나 동료들에게 들키지 않고 자기 침실로 들어갔다. 그는 먼저 좋은 옷을 벗고 다른 옷으로 갈아입었다. 마음속 깊이 후회하며 자기에게 그토록 선의를 가진 도깨비 구두를 돌 밑에서 꺼내 오랜만에 다시 신은 다음 짐을 쌌다.

이렇게 그는 영원히 그 집을 떠났다. 불과 몇 시간 전만 해도 마치 자기 집인 양 느긋하게 그 안을 둘러보았는데 말이다. 그는 성모 마리아 성문에 와서 종을 쳐 문지기를 불렀다. 그자는 그를 나가게 해주었다. 울름에서 그에게 여행 중의 행운을 빌어준 유일한 사람이었다.

한밤중에 온화한 바람을 맞으며 메마른 길을 걸은 지 채 반 시간도 되지 않아서 그의 왼발이 벌써 가렵고 비틀리고 갑자기 뛰어오르는 등 별의별 말썽을 부렸다. 제페가 화가 나서 외쳤다. “그래, 어릿광대의 행진*이 다시 시작된 줄 아느냐? 때늦지 않게 네게 고마움을 표해야겠다.” 그러고는 털썩 주저앉았다. 왼쪽 구두를 벗고 손으로 오른쪽 구두도 잡았다가 이건 신고 있어도 된다고, 한쪽 발이라도 복신을 신고 있는 게 아무

---

* 사육제 때 고깔모자를 쓴 어릿광대들은 달구지를 타고 다니며 온갖 우스갯짓을 한다.

쪽에도 안 신는 것보다 낫다는 생각이 들었다. 그러니까 그는 신고 있는 구두와 짝이 안 맞는 장화를 신고 시험 삼아 좀 걸어보니 정말로 괜찮았다.

그렇지만 마음속이 온통 뒤죽박죽이어서 휘파람을 불기보다는 통곡하고 싶은 심정이었다. 가까스로 정신을 추슬러 스스로에게 용기를 북돋우는 격려를 하고 갈가리 찢긴 가슴에 손을 대고 지그시 눌렀다. 아낙네들이 짓밟힌 병아리를 두 손에 잡고 부드럽게 다독이는 것과 같았다. 마침내 그의 위로와 최후의 결정은 그의 친척이 말했던 방향으로 나아가는 것이었다. "좋은 여자는 셋뿐이었어. 하나는 목욕하다 익사했고, 다른 하나는 세상 밖으로 달아났으며, 세번째는 아직 찾고 있다."

게르하우젠 마을에서 멀지 않은 곳에 당도하니 벌써 서서히 먼동이 트기 시작했다. 그는 곧 블라우보이렌도 보게 되었고, 벌써 이곳저곳 지붕 위 굴뚝에서 연기가 솟았다.

성문에서 한 발떼기쯤 떨어진 곳에서 그에게 예기치 않은 일이 일어났다.

왼쪽 암벽 아래로 비탈을 따라 길이 나 있었다. 제페는 이제 마을에 들어가면 따뜻한 아침 식사로 허기부터 달래야겠다고 생각하고 어느 정도 돈을 쓸 수 있는지 계산해보았다. 지갑이 두둑하지 않아서다. 그는 맥주 장인 집에는 떳떳하게 들어갈 수 없는 상황이었다. 사람들이 이렇게 말할지도 모르기 때문이다. "저치는 수녀식당에서 기능공들이 음식값을 치르는 방식이 마음에 들고 편안한 셈법이 된 모양이군." 이런 생각을 하면서 그는 좀더 힘을 내서 앞으로 걸어가는데 갑자기 앞으로 나아가지 못하고 구두가 땅바닥에 못 박힌 듯 꿈쩍하지 않았다. 당겨보고 채보고 끌어보고 다시 한번 온 힘을 다해 발을 들어보자 마침내 구두에서 발이 빠져나왔다. 그때 구두는 즉각 족히 집 한 채 높이쯤 되는 비탈 아래로 굴러 바위틈에 박히고 말았다.

제페는 싫건 좋건 구두를 쫓아갈 수밖에 없었다. 그는 위험을 무릅쓰고 구두가 떨어진 지점에 다다라서 손을 바위틈에 집어넣고 이리저리 움직여 곧 구두를 잡았다. 그러던 중에 웬 낯선 물건이 손에 걸렸는데 그는 그것도 함께 끄집어냈다. “하하! 짐작한 대로가 아닌가!?” 그가 큰 소리로 말하고 측연을 손에 들고 기뻐하며 바라보다가 구두를 신고 바람처럼 다시 위로 올라왔다. 습득물을 배낭에 집어넣고 난 후 그는 크게 안도한 기색으로 도시로 들어갔다. 배낭은 이제 당연히 곱절로 무거워졌다.

사람들은 이제야 가게 문을 열고 가축을 물 먹이는 곳으로 데려갔다. 그가 빵집 앞을 지나가는데 때마침 향기롭고 따뜻한 김이 흘러나와 코 속으로 파고들었다. 그는 화주 한 잔과 작지 않은 빵 한 개를 주문했다. 그것은 몇 시간 동안 몸과 마음을 다시 지탱해주었다.

다시 길에 나선 즉시 제페는 이따금 지나가는 푸줏간 주인이나 다른 사람들을 상대로 온갖 방식으로 측연을 시험해보았다. 효험이 왼쪽일 때 나타나는지 오른쪽일 때 나타나는지 알아내자 그는 마음의 고통을 잊고 더할 수 없이 쾌적하고 멋지게 시간을 보냈다.

펠트슈테트 경계 지역에서 한 뵈링겐 마을의 농부가 힘센 수소 두 마리가 끄는 빈 달구지를 몰고 뒤따라왔다. 제페는 얼마쯤 타고 가고 싶어서 제법 공손하고 간절하게 부탁했으나 무례하고 무뚝뚝한 농부는 그 말을 못 들은 척했다. 우리 구두장이는 이렇게 생각한다. '아이, 네가 내 말은 못 들었다 해도 날 보긴 했잖아. 어쨌거나 날 태워줘야 할걸.' 그리고 그 사람의 등 뒤에서 귀신처럼 모습을 감추고 뒤쪽 널빤지에 올라앉았다. 농부가 혼잣말로 불평을 쏟아냈다. "저런 떠돌이 놈들을 죄다 태워주다 보면 한도 끝도 없어. 이랴, 얼룩소야! 떠돌이 놈들아, 죄다 이리 오너라. 누가 나타나더라도 내 달구지에 올라타는 놈은 하나도 없으리라." 기능공은 이 말을 매우 재미있게 듣고줄곧 아무 소리도 내지 않았다. 농부 역시 조용해졌다. 한참 뒤에 뵈링겐 사람이 슈바벤 방식으로 코를 풀려고 손을 쳐들다가 갑자기 어리둥절하여 동작을 멈췄다. 마치 빈 통에서 나오는 것 같은 말소리가 등 뒤에서 들렸기 때문이다.

"수소 열 마리와 농부 하나는 소 열두 마리다."

농부는 입을 떡 벌린 채 머리를 돌려 달구지 덮개 쪽을 바라보았다. 귀를 기울여 듣다가 수소한테 워워,라고 외치고는 달구지에서 내려 바퀴 사이로 달구지 밑을 들여다보았다. 사람의 모습은 보이지 않았다. 또 평평한 땅 어디에도 사람이 숨을 만한 나무나 웅덩이 또는 그 밖의 지형지물이 없는지라 그는 머리털이 곤두섰다. 그는 부랴부랴 달구지에 올라타 목적지까지 소들을 빠르게 몰아댔다. 다름 아니라 악마가 자기에게 이상야릇한 수수께끼를 냈고, 그걸 풀 머리가 없으면 목숨을 잃게 된다는 속설이 머리속에 떠올랐기 때문이다.

농부가 자기 땅에 달구지를 세울 때까지 제페는 내리지 않았다. 달구지에서 내린 그는 사람 눈에 보이지 않는 상태로 마을을 지나갔다. 재미난 심심풀이가 된 것을 차치하고라도 그는 이 모험으로 길을 족히 반 마장이나 줄였다.

그는 계곡을 따라 내려와 우라하 마을에 오게 되었는데 어찌 된 영문인지 자신도 몰랐다.

제페가 떠나갈 때 묵었던 바로 그 여인숙 앞에서 몇몇 여행하는 귀족 남자들이 하인들을 거느리고 막 말에 오르고 있었다. 그는 그들이 슈투트가르트로 간다는 말을 들었다. 에버하르트 백작의 딸이 어제 로돌프 폰 호엔베르크 백작과 혼례를 올렸다. 같은 시간에 그녀의 부친인 백작이 은혼식 잔치를 벌였다. 마상무술시합이며 다른 경기 등 즐거운 행사가 사흘간 궁정과 시내에서 이어진다고 했다. 기능공에게도 반가운 소식이었다. 사람들이 자신에게 별로 주의를 기울이지 않을 것이고, 친구들도 그 잔치 때문에 그가 고향에 돌아왔을 것이라고 짐작할 것이다. 구경하고 싶은 마음은 별로 없었다. 그럼에도 불구하고 갈 길을 지체하지는 않았다. 호주머니란 호주머니를 다 뒤져서 긁어모은 초라한 서너 푼으로 다시 한번 진탕 배부르게 먹고 마시고 나서 그는 새로운 기운으로 씩씩하게 지팡이를 짚고 나아갔다. 물살이 빠른 에름스 개천을 줄곧 따라가다 곧 메칭겐 마을 앞에 도달했다.

그는 반년 전에 놀림을 당했던 그 마을을 도전적이고 당당하게 사람들이 보는 앞에서 지나가려고 했다. 수모와 망신당할 각오는 했으나 일부러 구경꾼들의 조롱을 유발하지 않기 위해 마을 밖에서 한쪽의 장화도 마저 신으려고 했다. 그러나 다른 어떤 일이 일어나 갈아 신을 틈이 없었다.

그 마을 바로 앞 너른 땅 위에 염색공의 집이 있었다. 그 한쪽 옆에 빨강, 파랑, 노랑, 초록으로 물들인 여러 삼베가 틀에 끼워져 막대기에 걸려 있었고 그 앞은 풀밭이었다. 제페는 그곳에서 길 가까운 쪽에 겨우 돌팔매 거리 정도 떨어진 거리에서 그 시건방진 염색공이 있는 것을 발견했다. 그의 얼굴은 마을 쪽을 향해 있었다. 장인네 식구들이 집에 없는지라 한가하게 게으름을 피우거나 예쁜 여자에게 정신이 팔려 다른 것은 보거나 듣지 못했다.

재빨리 길옆으로 뛰어가면서 제페는 쾌재를 불렀다. “이놈, 잘 걸렸다! 이제 흠뻑 때려주마”라고 중얼거리며 배낭을 왼쪽 어깨로 돌려 메고 부리나케 달려가 염색공 등 뒤 20보 거리 풀밭에 보이지 않게 섰다. 그는 맨 먼저 무엇을 할지 재빨리 생각해보고 나서 막대기에 다가가 번개같이 빨간 삼베의 마른 한 가닥을 끌어내려 풀밭 위에 평평하게 폈다. 그런 다음 모습을 드러내 좋든 나쁘든 인사말도 없이 염색공 코앞에 딱 버티고 섰다. 그자는 원수를 알아보고서 죽 먹은 염소상을 하더니 느닷없이 달아나려고 했다. 그러나 구두장이가 그를 붙잡았다. 어떤 죔틀도 더 단단히 조이지 못할 정도로 우리의 기능공은 그자의 양 손목을 꽉 붙잡았다. 제페는 그에게 조용히 입을 다물고 있으면 너그럽게 몸은 해치지 않겠다고 말하고 나서 그를 살그머니 들어 천 한쪽 끝에 비스듬히 눕혔다. 양 팔꿈치를 몸에 바짝 붙이고 나서 두 손으로 솜씨 좋게 마치 빨래의 주름을 펴는 방망이를 굴리듯 돌돌 말아 턱까지 반듯하게 휘감았다. 그런 다음 가로막대에서 끌어내린 녹색 띠로 그의 몸을 아래에서 위까지 열십자로 묶고 가슴 위에서 멋지게 고리를 지어 동여맸다. 이 일을 끝낸 다음 그는 젖먹이 아기를 안고 가듯 그를 팔에 (그는 한쪽 팔에 지팡이 끈을 대롱대롱 걸고 있었다) 들고 갔다. 그동안 측연을 왼쪽에 메고 있었고 괴물의 이빨은 지닌 사람에게 속한 것만 보이지 않게 할 수 있기 때문에 넓은 길 한가운데 하얗고 붉은 얼굴에 검은 고수머리의 건강한 사내가 젖먹이 아기처럼 기저귀를 찬 어린아이의 모습으로 공중에 둥둥 떠가며 고함치는 모습은 괴이쩍을 뿐만 아니라 실로 섬뜩하고 낯선 동시에 우스꽝스러운 광경이었다.

사람들이 골목골목에서 쏟아져 나와 저마다 웃음을 터뜨리면서도 안타까워했고 아낙네들은 “하느님, 살려주소서. 저 사람 염색공 집 아이 비테잖아. 나서서 도와줄 남정네가 하나도 없다는 거요?”라고 외쳤다. 그러나 나설 엄두를 내는 사람은 아무도 없었다.

그때 제페가 밝은 목소리로 노래하기 시작했다.

“가위갈이야, 쉿, 쉿, 쉿,
네 바퀴를 돌려라.
슈투트가르트는 대도시
겐스바흐강이 가로지른다.”

그 사람이 저항하는 몸짓을 하자 제페는 그를 이리저리 흔들며 노래했다.

“염색공 아이야, 그렇게 소리 지르지 마라.
날 걱정시키지 마라.
스무 살 난 바우징겐 사람을
벤들라로 들고 간다.
하이자자, 호프자자!
어린아이들같이.”

사람들은 놀라고 경악하고 떨리고 겁먹은 나머지 아무 말도 못 한 채 어찌할 바를 몰랐다. 그런 기상천외한 일을 당하는 자 앞이나 뒤로 제 각각 다른 사람을 밀어대기만 할 뿐이었다. 제페가 느닷없이 시청 근처에서 옆으로 교회 광장 쪽으로 방향을 틀어 앞에 있던 사람들이 모두 비명을 지르며 흩어졌다.

사람들은 광장 한가운데에서 비테가 사뿐히 땅바닥에 내려오는 것을 보았다. 세례를 받는 아이 같은 형상의 이상야릇한 사람이 땅에 누워 어쩔 줄 모르고 화가 나 통곡하는 사이 구두장이는 재빨리 군중 사이로 사라졌다. 그는 마을 밖 멀리서도 사람들이 흥분해서 떠드는 소리를 들었다.

네카어강 강변의 톨핑겐 마을에서 그는 간밤에 한숨도 자지 않고 열다섯 시간 내내 걸었으며, 그에 더해 마지막 장난으로 땀깨나 흘렸다는 것을 다리 통증으로 알 수 있었다. 날은 이미 상당히 어두워졌고 고향까지는 아직도 족히 다섯 시간 거리나 남았다. 팔팔한 기운이라도 자정 전에 슈투트가르트에 당도하기 어려울 텐데 지금처럼 기진맥진하고 주머니에 노자 네 푼밖에 없는 형편으로는 그것을 감행한다는 것이 바람직해 보이지 않았다. '어디서 밤을 보내야 노숙자 신세가 되지 않을까? 그렇지!' 잠시 그는 생각했다. '그곳에서 불과 한 시간 반 거리밖에 안 되는 뉘르팅겐 마을에서 뮌스터 출신의 킬리안이 물방앗간지기로 일하고 있지 않은가? 세상에 둘도 없이 착한 사람이고 자신을 길바닥에서 자게 하지는 않을 것이며 흔쾌히 노자도 좀 빌려줄 거야. 이제 급할 건 없어!' 물이 공짜인 톨핑겐 마을에서 그는 먼저 시원하게 목을 축이고 나서 마지막 남은 돈을 털어 빵을 사 곧장 먹었다. 어둠이 내려앉은 네카어강 강변길을 따라 어슬렁어슬렁 걸어갔다. 마지막에는 거의 발걸음을 더 이상 떼어놓을 수 없을 지경이었으나 마침내 마을의 불빛이 나타났고 다리 위쪽의 거대한 댐에서 철썩이는 소리가 들렸다. 반대편으로 댐에 바짝 붙어서 여러 개의 물레방아가 돌아가고 있었다.

방앗간 주인은 막 식솔들과 저녁을 먹고 있었는데 킬리안만 보이지 않았다. 그들은 킬리안이 3개월 전에 방랑에 나섰다고 구두장이에게 말해주었다. 복신 한 짝과 장화 한 짝을 신은 그 불쌍한 녀석은 이제 어찌해야 할지 몰랐다. 안주인이 짐을 내려놓고 같이 먹자고 청했다. 바깥주인은 그가 정상적인 사람이고 걱정거리가 있음을 쉽사리 알아차려서 식후 기도 후에 일꾼들이 자는 방의 나무침대 하나에서 자라고 했다. 그는 그 제안을 제꺽 받아들이고 곧 아래로 내려갔다. 한 사내아이가 여섯 개 톱니바퀴 사이로 난 통로를 가르쳐주었다. 그것들은 지나갈 때

귀가 찢어지게 울렸다. 두 계단을 내려가고 하나를 올라 그는 벽에 무늬목을 붙인 제법 아늑한 방에 들어가서 좁은 잠자리에 몸을 누였다. 피곤해 죽을 지경이었지만 잠은 오지 않았다. 창문과 방바닥이 끊임없이 떨었고 여기저기서 따르릉따르릉 소리가 났으며 일꾼들이 들락날락했고 밤새 불이 켜져 있었다.

새벽 1시, 그가 아직 잠들지 못한 것을 본 우두머리 일꾼이 그에게 말해주었다. 이곳은 밤잠을 자기에 부적당하며, 물레방앗간에서 잠자는 건 지옥에서 찬송가를 부르는 것처럼 쉽지 않은 일이라고 했다. 일어나서 셋이서 카드놀이나 하며 시간을 보내자고 했다. 그러고 선반에서 카드를 꺼낸 다음 찰랑찰랑 채운 맥주잔을 탁자 위에 올려놓았다. 제페는 그럴 마음이 없으며 가진 돈도 없다고 털어놓았다. 그러나 사람들은 이렇게 말했다. "이보게 구두장이, 자네 배낭은 제법 묵직한데 돌멩이가 들어 있는 건 아니잖아. 설사 그렇더라도 우리에게 빚을 지고 정직하게 갚으면 되지." 결국 그는 어쩔 수 없이 굴복하고 앞에 있는 패를 집어 들었다. 놀라라! 사람들이 금세 정신을 집중하는 것이 아닌가! 그가 뽑고 던질 때마다 매번 제일 좋은 패가 나왔다. 이제 그는 정신이 말똥말똥해졌다. 여기서 노자를 벌 수도 있겠다고 생각했기 때문이다. 첫째 판을 이겼고 둘째 판도 마찬가지였다. 세번째와 네번째 판에서 그는 아무도 눈치채지 못하게 탁자 밑에서 남몰래 구두를 벗었고 그래서 연거푸 잃었다. 그러나 그는 그런 짓을 네 번 여섯 번 반복했다. 한 사람이 나중에 계산할 수 있도록 매번 나무판에 작대기를 그었다. 그가 딴 돈은 금화 한 닢이 넘었다. 마침내 다른 사람들이 흥미를 잃고 시들해지자 그도 이의가 없었고 한 시간가량 자리에 누웠다. 그러자 곧 잠이 무섭게 쏟아졌으나 좋은 기운은 살아나지 않았다. 그의 정신은 울름을 맴돌아서 온통 소름 끼치는 일, 독약, 고통스러운 재판의 꿈만 꾸었다. 그 방을 지나가던 한 어린 일꾼이 그가 잠자면서 "교수대에서 도움이 되는 옷깃도 없고 두통에 듣는 화환도 없다"라고 말하는 잠꼬대를 우연찮게 듣더니 나가서 일꾼들에게 전했다. 그들이 장난삼아 몰려와서 잠자는 사람 주위에 둘러서서 그의 찡그린 얼굴을 보며 재미있어했다. 그들은 호기심에서 어떤 귀중품이 들어 있는지 보려고 그의 배낭을 열었다. 거기서 묵직한 측연을 꺼내 보더니 그자의 어리석음에 요절복통했다. 한 사람이 말했다. "이 바보야, 훔친 게 이것뿐이냐, 이것 때문에 올가미가 뒤쫓아오지는 않는다." 그러고는 도로 배낭에 집어넣었다.

밝은 대낮에 잠에서 깨자 제페는 즉시 허리띠를 졸라매고 모자와 지팡이를 집어 들었다. 같이 카드놀이를 했던 두 사람이 방앗간에서 일하고 있었다. 그는 하다못해 절반이나 3분의 1이라도 딴 돈을 받고 싶은 마음이 간절했다. 그러나 그들은 웃으면서 이상한 표정과 손짓으로 시끄러운 소음 때문에 그가 무슨 소리를 하는지 알아듣지 못하겠으며 시간도 없다는 뜻을 전했다. 이제야 그는 속았음을 알아차리고 비열한 놈들에게서 몸을 돌렸다. 방앗간 주인에게 당연히 해야 하는 고맙다는 인사를 하려고 위층으로 올라갔다. 주인은 부엌에서 속을 덥히라고 기름에 튀긴 기장으로 끓인 죽을 주었다. 그는 그것으로 속을 덥히고 대문에서 나와 다리를 건넌 다음 오른쪽으로 틀어 오버엔

징겐 마을로 향했다. 그전에 그는 시내의 여인숙 주인에게 노자를 구걸하고 싶은 마음이 굴뚝같았으나 용기가 나지 않았다. 그가 기능공 장부에 울름을 떠난다는 확인을 받지 않았기 때문이다.

그 당시 볼프슐루거 숲이 시작되는 산 위의 빈터에 아주 오래된 보리수 두세 그루가 있었고 거기에 몇몇 휴식용 의자와 함께 작은 예배당이 있었다. 여기서 제페는 다시 한번 기다랗게 뻗어 있는 파란 슈바벤알프스산맥, 브라이텐 바위, 거의 마을이나 다름없는 공작의 거대한 성이 있는 테크산, 호엔노이펜 마을 등을 찬찬히 바라보았다. 멀리 떨어진 그 마을의 창문에서 밝은 불빛이 깜박였다. 그는 독일 땅 전역에서 여름철의 이 산맥과 축복받은 이 넓은 지역보다 더 훌륭한 곳은 많지 않으리라고 생각했다. 갖은 역경과 걱정 속에서도 기능공이 이런 눈요기를 즐긴다는 것이 우리 마음에 쏙 드는 점이다.

그가 돌아서려는 순간 우연히 휴식용 의자 하나에 백묵으로 쓰인 시구가 보였다. 그는 그것을 어렵사리 해독했다. 세월이 많이 흘렀고, 눈과 비를 맞았기 때문이다. 이런 시구였다.

내게 시련과 고통이 있지.
그걸 나는 백묵으로 쓰네.
그런데 시련과 고통이 없는 자,
그자가 내 시구를 지우라.*

---

* 이 시구는 저자가 비슷한 장소에서 발견한 것이라고 한다.

제페는 오랫동안 그 글에서 눈을 떼지 못한 채 생각에 잠겼다. 이것을 쓴 자는 너만큼 기력이 떨어졌거나 그 이상일 수 있겠어. 하느님, 그자를 위로해주소서! 그는 예배당 쪽으로 돌아서서 법도에 따라 배낭, 모자, 지팡이를 밖에 내려놓고 기도하러 안으로 들어갔다. 기도를 드린 후 그는 경건한 순례자부터 한가한 기도자에 이르기까지 별의별 사람들이 사방 벽에 빨간 돌이나 칼로 써놓은 이름과 글귀 들을 둘러보았다. 맨 뒤쪽 귀퉁이에 이런 시구가 있었다.

방랑자여, 나를 위해 기도해다오,
그러면 너를 위해 기도하는 것이다.
나는 고통스럽게 속죄하고
참회의 눈물을 흘린다.
불쌍한 자들의 유산,
그 이름은 연민이다.*

이 시구가 번개처럼 그의 가슴속으로 파고들었다. 마치 두 손을 깍지 끼고 살아 있는 모든 사람보다 자선이 필요한 그 부인에게 마지막으로 베푸는 자선으로서 자신의 선처를 갈구하는 것 같다는 생각이 들었다. 말없이 떠나온 그 시각부터 그

* 독일어로 '연민(Erbarmen)'은 '불쌍한 자들의 유산(Das Erbe der Armen)'을 합친 것이라 할 수 있어서 마지막 두 행은 언어유희라 할 수 있다.

패덕하고 구제 가망이 없는 그 여자에 대한 염려나 걱정 따위는 하지 않았다. 하지만 이제 인정 많은 슈바벤 사람의 마음이 발동해 그 일을 용서하고, 하느님께서 그녀의 악한 마음을 돌려 속죄하게 하여 언젠가 그녀에게 은총을 베풀어주실 것을 진정으로 바랐다. 그는 특히 자신을 위해서 하느님의 가호와 그녀가 피를 흘리며 최후를 맞는 꼴을 겪지 않게 해달라고 빌었다. 그런 다음 그는 옷소매로 눈물을 훔치며 일어나 여행을 계속했다.

세 시간 뒤 평원 위의 베른하우젠 마을 근처에 다다랐을 때 배 속이 꼬르륵거리기 시작했다. 그는 측연의 힘으로 쉽사리 여러 부유한 농부의 집과 부엌에 숨어 들어갈 수 있었다. 엄지손가락만 한 꼬마의 도움으로 회교를 신봉하는 스페인 사라고사 왕이 먹으려는 음식을 왕의 입에서 그릇째 채간 롤랑*의 시동처럼 말이다. 그러나 그는 슬픔에 겨워 전혀 그럴 생각이 나지 않았다. 그는 또 평생 도둑질한 적도 없고 구걸한 적도 없었다. 여행길의 동반자치고 배고픔보다 더 고약한 것은 없다. 배고픔은 일단 제대로 발동하면 여행자의 사지에서 기운을 빼앗고 가슴에서 위안과 즐거움을 앗아가며 이전의 슬픔을 모두 일깨운다. 밤중에 개 한 마리가 짖기 시작하면 온 동네 개를 다 깨워 한꺼번에 짖어대는 것과 같다. 기능공의 배고픈 상태는 정오경 데거로호 마을에 당도해서 산 위에서 밝은 햇빛을

* 칼 대제의 전설적인 열두 영웅 중 하나로 중세 프랑스의 영웅서사시 「롤랑의 노래」 주인공.

받으며 연기를 피워 올리는 고향 도시를 바라볼 때까지 계속되었다. 고향을 보자 그는 기쁨에 겨워 눈에 물기가 맺혔고 금세 발이 새로 태어난 듯했다.

그는 멀리서 나팔 소리를 들었고 성문 앞이며 길에서 빛이 번쩍이고 사람들이 바글바글한 것을 보았다. 기사들이 갑옷을 입고 대규모 무술경기에서 돌아오는 중이었다. 투구의 깃털까지 말과 사람이 온통 먼지투성이였다. 백작이며 귀족과 시종, 수많은 시민, 농민 들이 어지럽게 물결쳤다.

제페는 시내에 들어와서 조심스럽게 집에 바짝 붙어서 걸었다. 비록 사람들 눈에 보이지는 않았지만 그는 옷차림이 초라했고, 너무나 힘을 쓴 나머지 안색이 나쁘고 기운이 없으며 현기증이 났다. 도저히 인사하거나 말하기가 힘들었다. 그럼에도 걸음을 떼어놓을 때마다 모든 사람이 자기만 바라보는 것 같고, 이전에 이웃에 살던 잘 아는 사람이나 아가씨가 웃으며 지나갈 때마다 얼굴이 붉으락푸르락해졌다. 그는 보넨 마을의 좁은 골목길로 향했다. 거기에는 그의 늙은 숙모가 살고 있었다. 그는 모퉁이에서 배낭을 오른쪽으로 바꿔 멨다. 그 집 창문에서 마음씨 고운 여자, 대모가 그에게 어서 오라고 인사했다. 그는 젖 먹던 힘까지 짜내 계단을 올라가긴 했으나 문간에서 그만 무릎이 꺾여 주저앉으며 의식마저 잃고 말았다. 부인이 집사를 부르고 포도주며 다른 도움이 될 만한 것을 가져왔다. 그들은 그 불쌍한 게으름뱅이를 돌보아 머지않아 제 발로 일어나서 식탁에 앉아 먹고 마실 수 있게 해주었다.

숙모가 그에게 궁성의 성대한 혼례식 등 지금 벌어지고 있는 일에 대해 알려주고, 내일도 중요한 날이라고 말해주었다. 다시 말해 사육제가 임박했고 지체 높은 신부가 가장 좋아하는 볼거리가 가장무도회인지라 시의회가 특별히 화려하게 시청 앞 광장에서 가장무도회를 개최하기로 했다는 것이다. 백작은 그에 대한 답례로 점심때 거리에서 시민들에게 식사를 대접하기로 했다. 겨울이 아주 온화하고 짧아서 슈투트가르트 계곡에는 실로 거의 모든 나무에 새잎이 나온 만큼 계절적으로도 행사가 열리기에 안성맞춤이었다. 숙모가 말했다. "있잖니, 그 날이 되면 늙은이나 젊은이나, 가난한 자나 부자나 가릴 것 없이 제일 좋은 옷을 차려입는단다. 기독교인이 아니거나 무어인으로 변장하지 않을 사람은 집시의 알록달록한 옷을 입으면 된다. 또 가면이 없는 자는 얼굴을 칠하면 되고. 너도 아는 키더렌, 브로네가 조금 전 우리 집사의 아들인 자기 사촌한테 상의와 바지를 빌려 갔고, 그자는 할머니의 혼례복으로 변장한다는구나. 제페, 우리도 널 위해 서둘러 뭔가를 찾아봐야겠다. 하지만 당장 너한테 가장 필요한 건 침대 같구나." "네, 그래요, 숙모님." 그가 말했다. "밤이 사십팔 시간이라면 좋겠네요." 그녀는 "아직 식사할 때까지 네 시간이 남았다. 한잠 푹 자둘 수 있겠네"라고 말하고 손님용 침대가 있는 위층 작은 방으로 그를 데려갔다.

옷을 벗고 지칠 대로 지치고 연약한 사지를 조심스럽게 쭉 뻗자마자 그는 떠메어 가도 모를 정도로 곯아떨어졌다. 저녁 늦게 숙모가 고깃국을 가져와 얘기를 좀 나눌 때까지 내처 잤다. 그녀는 그에게 잘 자라고 말하고 등불을 들고 나갔다.

그런데 그녀가 계단을 다 내려가지 않았는데 무엇인가 그의 의자를 밀치고 작은 등불이 방 안을 환히 비추며 목소리가 들려왔다. "안녕, 제페. 놀라지 마라. 성과 없이 땀 흘리는 자, 도깨비, 위로하는 자다. 그래, 그래, 이리 돌아왔구나. 염려하지 마라, 널 오래 귀찮게 하진 않을 테니. 넌 잠이 필요해. 그저 한 마디만, 말해봐. 얘, 너 측연을 가지고 있지, 안 그래?"

"네, 물론 가지고 있어요, 나리."

"보여다오. 어디 있니? 보따리 안이냐? 벌써 찾았다. 내가 준 구두 골 옆에 있군. 그래, 괴물의 이빨이 보인다. 너, 넌 진짜 행운아다. 그리고 힘들이지 않고 찾았구나! 이 지독한 행운아야!" 난쟁이는 이런 말과 다른 많은 바보 같은 감탄을 쏟아내며 기쁨을 표했다. 그는 이어서 진지하게 말했다. "아들아, 넌 이 귀중한 물건을 약속대로 성실하게 네 후원자에게 가져다주었다. 넌 그걸 수녀식당에서 요정의 항아리에서 나온 잡동사니와 바꿀 수 있었을 뿐만 아니라, 그걸 가지고 황제나 왕을 찾아가면 이 하찮은 납덩어리를 기꺼이 여섯 배 이상 무게의 금으로 바꿔주었을 거다. 이제, 제페, 날 생각해라, 후회하지 않게 해줄 테니. 잘 자거라." 나가면서 그는 한 가지 더 물었다. "빵 덩어리는 어찌 되었느냐?"

"나리, 없어졌어요, 바로 그게—"

"먹어버렸느냐?"

"그래요, 하지만 제가 그런 게 아녜요."

"아이고, 정말이냐! 바보같이 그걸 잃어버린 게 틀림없다! 그래, 다 먹어버렸다면야 도리 없지. 혹시 다시 한번 다른 게 있을지 모르지. 하느님, 보살펴주소서. 내일 때가 되면 다시 찾아오마."

다음 날 아침 하늘에서 해가 막힘없이 아름답게 떠올라 새벽부터 도시의 안개를 힘차게 밀어냈다. 이 골목 저 골목에서 발걸음 소리, 웃음소리, 뛰어다니는 소리가 들렸다. 벌써 8시였고 반 시간 뒤에 행진이 시작될 터였다. 숙모는 조카를 그만 깨워야겠다고 생각했다. 어쨌거나 그도 그 화려한 행사에 참여하고 다른 모든 시민 청년과 마찬가지로 백작이 베푸는 기능공을 위한 식사에도 함께해야 한다는 것이 그녀의 생각이었다. 어제저녁 그녀는 어렵사리 그를 위해 헌 옷 장사에게서 유대인의 기다란 흰 수염과 외투, 모자를 돈을 주고 빌려놓았다. 그녀는 당장 착한 아이의 방으로 가서 기쁘게 해주려고 그것을 들었다. 그때 문 두드리는 소리가 나더니 한 젊은 기능공이 들어왔다. 적갈색의 새 우단 상의, 헐렁한 검은색 바지, 노란색 양말과 비단 각반 등 귀족 청년 못지않은 차림이었다. 그는 모자로 얼굴을 가렸는데 그것을 치우자 숙모 앞에 서 있는 것은 바로 구두장이 제페였다. 그의 시선에는 부끄러움과 기쁨이 교차했다. 부인은 손뼉을 치며 크게 말했다. "어머나! 어찌 된 일이냐? 얘야, 말 좀 해봐라, 이걸 어디서 빌렸느냐?" "오늘 중으로 말씀드릴게요, 숙모님. 얘기하자면 길어요. 그런데 지금 당장 나가야 하거든요." "음, 어디서 났건 간에 지체 높은 사람의 옷장에서 나온 게 틀림없다. 그런데 얘야, 세련된 셔츠 깃까지 모든 게 너한테 기막히게 잘 어울리는구나! 내 분명히 말하지만 네가 가면을 쓴다는 건 죄악이고 말도 되지 않는다. 내가 준비한 유대인 가면은 분명히 이제 다른 곳에나 줘야겠다. 내가 널 위해 어떤 멋진 걸 준비했는지 한번 보아라." 이렇게 말하면서 그녀는 그 아이에게 아침 요깃거리로 맛있는 계란보리죽을 가져다주려고 부엌으로 달려갔다.

그가 대접을 비우는 사이 숙모는 벽감에서 잔칫날에 어울리는 옷을 입었다. 그녀는 시청 광장에 있는 재단사의 집 위층 창문에서 복작거리는 사람들을 구경하고 싶어 했다. 제페가 그녀보다 먼저 성 레온하르트 성당과 재판소를 향해 곧장 광장으로 서둘러 갔다.

가는 도중에 그를 본 사람이나 알아본 사람은 없었다. 왜? 그가 측연을 가지고 다니는 것은 아니겠지? 그런 건 아니다. 그러나 그의 오른쪽 가슴주머니에 앙증맞은 상자가 들어 있고 그 안에 뽑아낸 괴물의 이빨이 들어 있었다. 그것은 금테를 둘렀을뿐더러 초록색 끈이 달린 금 상자에 나사로 고정되어 있었다. 도깨비는 절친한 동무 사이인 시내의 한 장인에게 그것을 하룻밤 새에 만들게 하고 그 명품을 제페에게 건네주며 이렇게 당부했다. 잔치가 끝나고 귀족들이 자리에서 일어나는 낌새가 있으면 즉시 늦게나마 은혼식 기념으로 그것을 영주인 백작께 바치라는 것이었다.

기능공이 현장에 도착하니 벌써 넓은 광장 삼면이 사람들로 빽빽하게 들어찼고 창문이란 창문엔 모두 사람 머리가 포도송이를 이루고 있었다. 그는 독수리식당 근처에 자리를 잡았다. 처음에는 사람 눈에 안 보이는 투명 상태이고, 차단선 밖이었다. 인가로부터 서너 발짝 떨어진 곳에 울타리가 쳐져 있고 구경꾼들은 그 뒤에 머물러야 했다. 사육제극과 외지에서 온 무희 및 어릿사니 들을 위한 공간을 비워두기 위해서였다. 그들은 시청 건물에서 대각선으로 굵은 밧줄을 매달아놓았다. 양쪽으로 비스듬하게 내려가지만 저쪽과 이쪽에 가장행렬이 지나갈 넓은 길은 남아 있었다.

시청의 커다란 발코니에 금실이 박힌 막대, 백작의 문장, 화려한 깃발로 장식된 등황색 천막이 우뚝 솟아 있었다. 시민 가운데 뽑힌 장정 여섯 명이 창을 들고 입구를 지켰다. 모든 집의 창문에는 알록달록한 양탄자가 내걸렸고 울타리에는 같은 간격으로 초록색 전나무가 세워져 있었다. 광장으로 통하는 길 여섯 개 중 네 개는 경비병이 지켰다. 그 안쪽으로 사람들을 위해 차려진 식탁, 간이식당과 주점이 보였다. 그곳에서는 나중에 맥주와 포도주를 통에서 따라 나눠줄 것이고 50명의 식당 종업원과 궁정 하인이 음식을 준비했다.

시청 건너편, 광장의 다른 쪽 끝은 악사들의 자리였다. 그들은 지금 커다란 환호성을 질렀다. 뒤쪽 길에서 영주 일행이 다가오자 에버하르트 백작, 부친인 폰 호엔베르크 백작, 최근에 혼인한 부부, 백작의 아들 울리히 등이 화려한 마구의 백마를 타고 왔다. 백작 부인과 다른 귀부인들은 가마를 타고 왔다. 양옆에는 시동들이 있었고 말 탄 기사들이 뒤를 따랐다.

시장이 궁정 귀족들을 격식에 맞게 영접하고 시청 안으로 안내해서 발코니에 좌정한 즉시 가장행렬이 시작되었다. 몇몇 귀족은 창가에 자리를 잡았다.

기사 석상이 있는 분수 옆 시청 모퉁이의 길에 소규모와 대규모 집단이 질서정연하게 나타났다.

처음으로 늙은 남자로 분장한 겨울이 등장해 예쁜 여자 차림을 한 밝은 여름의 손을 잡고 이끌었다. 그녀는 땋지 않은 노랑머리에 장미 다발을 꽂고 있었다. 한 어린 남자아이가 커다란 화환과 함께 그녀의 기다란 옷자락을 잡고 뒤따랐고 다른 남자아이가 화로와 말라죽은 가시나무를 들고 노인의 뒤를 따랐다. 노인의 머리와 모피 외투에는 설탕과자 눈이 있었다. 그녀는 더위에 기운을 차리느라고 이따금 가느다란 손가락을 뻗어 그것을 집어 먹곤 했다. 노인은 인색하게 그것을 막고 싶었다.

이제 온몸이 뿔같이 단단한 지크프리트*가 많은 무리를 데리고 말을 타고 나타났다. 무시무시한 하겐과 폴커도 함께였다.

그다음엔 방울 달린 모자를 쓴 어릿광대 스무 명이 한 줄로 지나갔다. 그들은 매우 똑똑한 척하며 각자 막무가내로 손을 뒤로 뻗어 뒷사람의 코를 잡으려고 했다. 마지막 사람은 애를 쓰지만 뒤따르는 자가 없어 허공을 움켜잡기만 했다. 흑마 네 마리가 끄는 지옥의 마차를 타고 술주정뱅이, 노름꾼, 그리고 그들의 조카인 교만한 부인과 창녀 두 명이 지나갔다. 마부는 해골이었다.

이제 나지막한 받침대 위에 놓인 거대한 배가 지나갔다. 받침대는 파란 천으로 덮여 있고, 바퀴도 미는 사람도 보이지 않았다. 네덜란드 상인인 선장이 상갑판에 서서 스쳐 지나가는

* 중세의 영웅서사시 『니벨룽겐의 노래』의 주인공.

이국의 도시를 바라보았다.

그 뒤에 초라할 정도로 가는 다리와 목에 혹이 달린 코맹맹이 소리를 내는 사람이 이상야릇한 혹을 수레에 싣고 나타나 물건을 사줄 사람을 못 찾을 것 같다는 푸념과 함께 눈물을 질질 흘리며 선장을 향해 외쳤다. 배가 옆으로 기울고 평형을 잡아주는 짐이 부족하니 혹을 헐값에 넘겨주겠다는 것이다. 선장은 아주 솔직하게 그런 건 필요 없다고 확언하면서도 동정심 때문에 잠시 배를 멈추고 불쌍한 병약자에게 많은 위로와 도움이 되는 말을 해주었다. 그 물건을 처분하지 말고 잘 지키고 돌보다가 장애인의 날에 슈바벤의 칸슈타트 마을에 가면 이득을 남길 수 있다고 일러주었다. 불쌍하고 덜떨어진 자가 거듭거듭 고맙다는 인사를 하고 다른 길로 떠나갔다. 상인은 운항을 계속했다.

한 활달한 농촌 처녀가 물건 파는 아낙네들과 함께 나타나서 외쳐댔다. 이들의 사투리와 복장은 다른 지방의 것이었다. "아주머니들, 빗자루요! 빗자루 사쇼!" 즉각 배의 상갑판에 해진 옷을 입고 촐랑대는 청년이 기다란 깃털이 달린 모자를 쓰고 손에 라우테*를 들고 나타났다. 매같이 날카로운 그의 눈이 단번에 무리 가운데에서 그 처녀를 찾아내고 선장에게 달려가서 열성적으로 말했다. 자기는 이 도시에 사는데 잠자는 바람에 내릴 시간을 놓쳐버렸다, 선장이 허락한다면 잠시 배를 접안시켜 방파제에서 내리고 싶다고 요청했다. 사람 좋은 선장이 선

* 옛날 현악기의 일종.

원에게 지시해 널빤지가 배에서 육지로 걸쳐졌다. 청년은 배에 태워줘서 고맙다며 선장의 손에 입을 맞추고 풀쩍 뛰어내려 그 농촌 처녀에게 달려갔다. 이제 그들은 교대로 노래를 불렀다. 남자는 악기를 켰다. 그러는 동안 행렬 전체가 멈춰 섰고 모두가 조용히 귀를 기울였다.

"진정으로 사랑하는 여인이여, 안녕*
그대와 그대의 빗자루 안녕."
"안녕, 이 나쁜 사람,
어디에 처박혀 있었니?"

"자기야, 내가 어디 있었는지
기꺼이 말해줄 수 있어.
외국에 가서
많은 경험을 했지.

세상의 끝에서 보았지,
어떻게 엮여 있고
옛 달들이 모두 아직도
상자 안에서 밝게 빛나는 걸.

---

* 이 민요는 아르님과 브렌타노가 공동으로 펴낸 독일 민요집 『소년의 마술피리』에 수록된 것을 약간 수정했다.

저질 생선 보자기같이 보였지.
해가 걸어와
내가 살짝 건드렸는데
부집게를 잡은 듯 데고 말았어.

내가 한 발짝 더 떼어놓았더라도
더는 아무것도 발견하지 못했으리.
이제, 사랑하는 사람아, 말해다오,
어떻게 지냈는지."

"차가운 겨울밤에
넌 날 바람맞혔어.
아, 내 흑갈색 눈이
눈물을 흘려야 했어.

그러니 여름밤에나
온 세상의 끝으로 가라.
너무 재미를 보는 자
종말이 좋지 않으리."

이런 작별의 인사와 함께 그녀는 그를 세워두었다. 그는 태연히 떠나가는 여자의 등 뒤를 바라보면서 노래를 끝까지 연주한 다음 모자를 왼쪽 귀까지 내려쓰고 떠나갔다.

그 밖에 소시지 요괴 다섯 명이 나타났다. 오래전부터 슈투트가르트의 사육제 때 등장하는 다섯 소시지 직공이었다. 그들은 온몸에 소시지를 주렁주렁 매달아 몸의 다른 부분은 보이지 않았다. 그들은 모두 눈 부위만 찢은 커다란 소 방광을 얼굴에 뒤집어쓰고 머리에는 둥근 순대를 매달았다. 나중에 식사 때가 되면 식탁에 앉을 자리가 없는 도시의 아이들이 와서 소시지를 떼어 먹을 수 있었다. 요괴는 가만히 서 있다가 필요하면 허리를 구부려주었다. 게다가 기다란 빵도 넉넉하게 나눠주었다.

이것 말고도 기상천외하고 멋지게 가장한 것들이 많았는데 아쉽지만 그냥 넘어가겠다.

가장행렬 전체가 광장 삼면을 천천히 돌아 시청 왼쪽 사슴식당 방향으로 빠져나가자 곡예사와 무희 들이 밧줄 위로 올라갔다.

제페는 줄곧 꼼짝하지 않고 자기 자리를 지켰다. 그는 자기 몸을 사람들에게 보이지 않게 하다가 마침내 보이게 했다. 남몰래 몸을 땅바닥으로 구부렸다가 몸을 보이게 해서 일어서는 교묘한 방식이었다. 그렇게 함으로써 예컨대 바로 옆에 서 있던 사람들이 보기에는 그가 마치 울타리 밑으로 기어 나온 것 같았다. 그의 고귀한 복장으로 인해 경비원들도 그를 쫓아내지 않았다. 그들은 아무도 그가 누구인지 몰랐다. 그의 옛 친구들만이 여기저기서 놀랍다는 시늉과 함께 인사를 건넸다.

제페는 그때까지 눈과 귀를 돌리지 않은 채 편안하게 가장행렬이 하나하나 지나가는 것을 지켜보았다. 그런데 이제 하나같이 잘생긴 남녀와 아이 들이 가벼운 복장으로 멋들어진 재주를 선보이고 춤, 밧줄 타기, 공중제비, 밧줄에서 내려오기, 무릎

곪기 등 곡예 하나하나를 마치 입김을 불듯 전혀 어렵지 않게 해내자 그는 갑자기 몹시 초조해지고 그들과 똑같이 해보고 싶은 욕구가 솟구쳤다. 그는 곧 그런 욕구가 발에서 나온다는 것을 알아차렸다. 두 발이 이제 처음으로 한뜻이 되어 그를 부드럽게 한 지점으로 끌고 밀어 당겼다. 밧줄이 땅바닥의 굵은 말뚝에 단단히 묶여 있는 지점이었다. 밧줄은 거기에서 비스듬히 위로 올라가 앞쪽의 갈라진 곳으로 이어졌다. 제페는 이것이 또다시 칼갈이 기계 돌리기나 다름없는 충동이라고 생각했다. 동시에 오늘 복신 두 짝을 다 신어야 한다고 지시한 도깨비 나리가 웃음을 참지 못하리라는 생각도 들었다. 그는 발가락으로 세차게 포석을 찼다. 마음속으로 그런 어리석고 방자한 유혹을 자책하며 이 수많은 사람의 수모, 조롱과 웃음뿐만 아니라 현기증, 곤두박질과 죽음이 끊임없이 눈앞에 그려져 식은땀이 났다. 눈을 돌리지 않을 수 없을 때까지 그랬다.

이제 곡예의 마지막 순서로 광부 복장에 반쪽 가면을 쓴 새 줄타기 곡예사가 나타났다. 몸이 통통한 난쟁이였다. 그가 무희들의 우두머리에게 다가가 시험 삼아 좀 해봐도 되느냐고 공손하게 물었다. 비웃는 표정이었지만 허락했다. 그는 즉시 막대기 없이 밧줄에 올라갔다. 등에 자그마한 아마포 자루를 메고 있었는데 그것을 열십자 받침대 하나에 걸었다. 그런 다음 한 발로 밧줄의 탄력을 시험해보더니 가운데까지 나아가 더 경이롭고 압도적인 재주를 부렸다. 그 이전에 선보였던 것은 어린애 장난으로밖에 보이지 않았다. 짤막한 몽둥이 같은 그가 갑자기 밧줄에 거꾸로 매달려서 아주 빠르게 앞으로 나아갔다가 다시 뒤로 돌아와서 몸을 흔들어 세우더니 똑바로 섰다. 그가 엉덩이로 주저앉으니 밧줄이 그의 몸뚱이를 힘차게 튕겨 올려서 시청의 합각머리에 조금 못 미칠 정도였다. 그런데도 그는 매번 어김없이 같은 지점에 다시 서거나 앉은 자세로 돌아오곤 했다. 마지막으로 재주를 넘으며 밧줄의 한쪽 끝에서 다른 쪽 끝으로 갔다. 어디가 손이고 어디가 발인지 분간할 수 없을 정도였다. 비록 세 시간 전부터 박수갈채와 탄성이 터져 나오긴 했으나 탁월한 광부 차림의 사내를 향한 우레와 같은 환호성과 열광은 지금껏 없었다. 곡예사들은 어안이 벙벙한 채 바라보다가 서로서로 저 악마같은 자가 누구냐고 물으며 의견을 교환했다. 다른 구경꾼들은 이것 역시 놀이일 뿐이고 그 자그마한 사람도 곡예사라고 생각했다. 특히 어릿광대는 얼이 빠져버린 가련한 멍청이처럼 모자를 쓰고 서 있기만 했다. 그의 우스갯짓은 그런 대가에 비하면 모두 바보짓에 불과했다. 비록 대가가 연희 중에 입을 사용하지는 않았지만 말이다.

이렇게 끝내고 사방을 향해 여러 방식으로 한 발을 뒤로 빼며 인사한 뒤 광부가 포석 위로 풀쩍 뛰어내렸다. 그의 손짓에 따라 어릿광대는 장난꾸러기의 외경심을 가지고 그에게 뛰어가 뾰족한 모자에 은화 한 닢을 받았다. 동시에 몸을 구부려 난쟁이의 입에 귀를 갖다 대고 지시를 받았다. 그는 즉시 그 지시를 수행해 목소리를 높여 사방으로 외쳤다. "친애하는 관중 여러분, 여러분 가운데 삼으로 꼰 밧줄을 타보고 싶은 사람 또 있습니까? 망신을 주려는 것도 아니고 악의도 없습니다. 신분과 성별에 상관없이 누구나 환영합니다. 저기 받침대에 걸려 있는 자루를 가져오면 그걸 선물로 드리겠습니다. 건과일 빵 세 덩어리가 들어 있습니다. 충고 삼아 하는 말이지만 시도해볼 사람은 빨리 유언장을 쓰세요. 단지 자루 때문에 하는 말입니다. 재주가 비상한 자도 종종 맨 처음엔 목이 부러지기도 한답니다. 저도 직접 당해본 적 있다고요, 밤베르크 성당 앞 광장에서요. 네, 그냥 웃자고 한 말입니다."

친애하는 독자들이여, 한번, 상상해보시라. 군중이 얼마나 웅성거리고 놀라고 경악했는지를. 제페가 그 모험을 감행해보겠다고 울타리 옆으로 나섰을 때 말이다. 열 명 이상이 열렬히 목소리를 높여 하지 말라고 경고했다. 진지한 남자들, 여러 친구, 몇몇 부인들도 말렸다. 그러나 눈에서 용기와 호기심을 불길처럼 내뿜는 그 젊은이는 거의 화가 난 듯 바라보며 전혀 아랑곳하지 않았다. 어릿광대가 재미있다는 듯 백묵을 가지고 달려와 그의 구두 바닥에 잔뜩 칠하고 납봉을 건네주려고 했으나 기능공은 머리를 흔들어 거절했다. 그런데 벌써 밧줄의 다른 쪽 끝에서도 어릿광대가 할 일이 생겨났다. 그곳에서도 한 사람이 열에서 앞으로 나서 관중들이 놀랐다. 청년인지 아가씨인지 알아볼 수 없었다. 흰색의 갈라진 틈새가 있는 붉은 장밋빛 비단 상의와 밝은 초록색 비단 바지, 깃털 달린 모자 차림에 멋들어진 가면을 쓰고 있었다.

악사들, 관악기와 타악기 연주자들이 넋 놓고 바라보느라고 손을 놓고 앉아 있다가 다시 악기를 잡고 행진곡을 연주했다. 너무 느리지도 너무 빠르지도 않은 적당한 박자였다. 두 사람이 동시에 밧줄에 올라갔다. 밧줄은 너무 가파르지 않았다. 그들은 안정되고 우아하게, 조심스러우나 겁먹지 않고 한 발 한 발 떼어놓았고, 몸의 균형을 잡기 위해 두 팔을 쫙 벌렸다가 잽싸게 다시 오므리곤 했다.

수천 명의 관중이 숨소리조차 내지 않았다. 누구나 자기 목숨이 달린 듯 겁에 질려 있었다. 그 두 사람이 지금 처음으로 그런 길에 나선 것을 누구나 아는 듯했다.

백작의 젊은 딸은 겁이 났는지 손으로 얼굴을 가렸다. 그녀의 아버지이자 강철같이 단단한 사내인 백작도 더는 자리에 앉아 있지 못하고 살그머니 일어서고 말았다. 음악도 깨금발로 걷는 듯 한결 잔잔하게 이어졌다. 주의를 기울인 사람이 있었다면 시청 분수에 있는 여덟 개 관에서 쏴쏴 소리를 내며 뿜어내던 물줄기가 중단된 것을 알았을 터이다. 기사 석상이 눈에 띄게 몸을 구부리는 모습도 보았을 것이다. 제발 침착하게! 소리 내지 마! 세 걸음만 더. '야호!' 소리가 천지를 진동하듯 터져 나왔다. 첫번째 목적지에 도달했다! 두 사람 다 각자 자기 자리에서 기둥을 잡고 받침대에 기댄 채 숨을 돌렸다.

미지의 청년이 가면 쓴 것을 잊고 손으로 이마의 땀을 닦으려고 했다. 그러자 가면이 모자와 함께 벗겨져 떨어졌다. 어머나! 친구, 친척, 아주머니, 동무, 남자아이건 여자아이건 아는 사람들 모두가 전율했다. "브로네잖아! 이곳 과부의 딸 브로네키더렌이야!" 이런 말이 입에서 입으로 이어졌다. 솔 만드는 사람의 아내가 외쳤다. "저게 사람이 할 수 있는 일인가? 브로네, 바로 우리 이웃집 아이가? 천만다행이지, 그녀의 어머니가 반 시간 전에 집으로 돌아갔기 망정이지. 이전의 곡예를 보고 벌써 속이 울렁거렸다는데 이제 자기 아이가 그러고 있으니, 이걸 보았더라면 충격받고 쓰러지고 말았을 거야." 둘러선 사람들 사이에서 또다시 목소리가 터져 나왔다. 앞서 제페가 나타났을 때보다 더 크게 소리쳤다. 여자한테 더 가지 말라고 경고하고 부탁하고 간청하는 소리였다. 그녀는 몹시 당황하고 부끄러워 불꽃처럼 빨개진 얼굴로 자기에게 무슨 일이 벌어지고, 어떻게 그런 일을 해냈는지 모른 채 공개적으로 비난받는 자리에 선 사람처럼 서 있었다. 눈에는 눈물이 그렁그렁했고 무릎이 덜덜 떨렸다. 한 남자가 사다리를 가져오려고 달려갔다.

그사이 날렵한 광부가 다른 쪽 밧줄 위의 제페에게 올라가 귓속말로 무언가 속삭였다. 그러자 제페가 지체 없이 왼쪽 구두를 벗어 들고 대담하게 여자 쪽에게 외쳤다. "자, 브로네, 두려워할 것 없어. 내 말을 믿어. 용기를 내서 내가 지금 막 내 왼쪽 구두를 벗은 것처럼 네 오른쪽 구두를 벗어 과감하게 나한테 던져."

그녀는 웃다가 울고 울다가 웃으면서 그 말에 따라 구두를 던졌다. 그러자 구두에 눈이 달린 듯 그의 쭉 뻗은 발에 날아와 신겼다. 이제 그도 똑같은 행동을 취했고 그녀에게도 같은 일이 일어났다.

"브로네. 이제 나한테 와. 내가 네 새끼손가락을 잡을 때까지만 오면 돼. 네가 자그마한 손으로 잡기만 하면 나와 너에게 좋은 일이 일어날 거야. 씩씩하게 시작해봐. 그리고 당신네 악사들, 우리에게 음악을 연주해주세요, 명랑한 곡으로."

틀림이 없었다. 네 발이 박자에 따라 움직이기 시작했다. 이전처럼 조심스럽게 한 발짝씩이 아니라 마치 어려서부터 밧줄에 익숙하다는 양 제대로 춤을 추는 듯했다. 그리고 그들의 행동 전체가 음악에 맞춰 이루어지는 멋진 합동 공연처럼 보였다. 이제부터 모든 사람의 시선이 걱정 대신 호감을 담아 그 예쁜 한 쌍에게 모아졌고, 끊임없이 두 사람 사이를 오락가락했다. 분수대 위의 남자가 진즉 다시 숨을 돌렸고, 여덟 개의 관에서 물이 다시 평상시보다 두 배나 더 힘차게 솟구쳤다. 아래쪽 광장과 창문에 있는 모든 처녀의 얼굴에는 눈앞에 보이는 멋진 재주에 매료된 기색이 역력했다. 병사가 제아무리 사납더라도 그리고 의자에 앉아 있는 흰 수염의 시의원이 제아무리 진중하고 엄격하더라도 그 광경을 보고 마음속으로 웃지 않을 사람은 없었다. 그리고 그 도시의 수공업 기능공들은 자기들 가운데 하나가 그 많은 외지 손님들 앞에서 그렇게 찬란한 명예를 얻었다는 사실에 자부심을 느꼈다.

제페는 춤추면서 더 이상 디뎌야 하는 가느다란 밧줄도, 주위의 많은 사람도 보지 않고 오로지 여자만 바라보았다. 그녀는 처음부터 가식 없이 얌전하게 올려다보았다.

이제 그 두 사람이 밧줄 가운데서 만나자 남자가 여자의 손을 잡았다. 그들은 멈춰서서 서로 다정하게 얼굴을 마주 보았다. 그가 그녀에게 은밀히 속삭이는 듯 보였다. 그런 다음 그가 갑자기 깡충 뛰어 그녀 뒤로 갔고 그 둘은 서로 등지고 춤추면서 멀어져 갔다. 그가 십자 기둥에 멈춰 서서 모자를 흔들며 한껏 호기롭게 외쳤다. "영주님 가족 만세!" 그러자 온 광장이 함께 영주 가족 전체와 개개인을 위해 만세 삼창을 했다. 이런 외침과 소란 속에 칭크,* 북, 나팔 소리가 울려 퍼지고, 제페가 다른 세 갈래 기둥에 서 있는 브로네에게 달려가서 두 팔로 꼭 껴안더니 세상 사람들이 보는 앞에서 입을 맞추었다. 뜻밖에 이루어진 그 상황이 아주 아름답고 진솔해 보여서 많은 사람이 기쁨에 겨워 눈물을 흘렸다. 사랑스러운 백작의 딸은 느닷없이 남편의 팔을 잡고 자기 쪽으로 잡아당기기도 했다. 이제 브로네가 돌아섰다. 사람들의 환호성, 기사와 귀부인 들의 박수 속에 그녀가 발갛게 상기된 얼굴로 얼마나 재빠르게 밧줄을 타고 내려왔던가! 제페는 아마포 자루를 들고 즉각 그녀 뒤를 따랐다.

그들이 단단한 땅바닥에 내려오자마자 한 하인이 그들에게 달려와 발코니로 올라오라고 청했다. 그들은 그렇지 않아도 그럴 셈이었다.

지체 높은 귀족들 모두가 군중이 보는 앞에서 축하와 뜨거운 칭찬으로 그들을 맞이했다. 그들은 정중하게 삼가는 마음에서 아무런 질문도 하지 않았다. 일어난 일에는 반드시 특별한 곡절이 있으리라 의심치 않지만 시간과 장소가 캐묻기에 적당치 않았다. 제페는 곧 기회를 잡아 조금 사람들 뒤로 가서 아마포 자루를 열어 빵 덩어리를 꺼내, 궁정 예절을 모르므로 격식을 차리지 않고 그냥 존경하는 뜻으로 바치는 작은 선물이라고 말하며 백작 부인 앞 난간에 올려놓았다. 그는 이 빵을 평생 먹을 수 있다는 말도 잊지 않았다. 그녀는 기능공의 말을 농담으

* 중세부터 바로크 시대까지 사용되었던 목관악기.

로 받아들였지만 다정하게 선물에 대한 고마움을 표했다. 그녀가 그 선물의 진가를 안 것은 한참이 지나서였다. 다음으로 제페는 영주님께 바칠 선물을 꺼냈다. 그 상자를 열었을 때 영주가 얼마나 놀랐던가! 영주가 그 작은 황금 상자에서 나사를 풀었을 때는 또 얼마나 더 놀랐던가! 그도 그럴 것이 금세 그것이 어떤 이빨인지 알아보았기 때문이다. 그러나 놀라움과 기쁨을 나타내는 표정과 동작은 자제했다. 영주가 기능공에게 고마움을 표하려고 입을 열려는 순간 저편에 있는 아름다운 이르멘가르트에게서 기쁨의 탄성이 터져 나와 모든 사람의 시선이 그녀에게 쏠렸다. 뭔고 하니 브로네가 그녀에게 진주목걸이가 들어 있는 작은 상자를 바쳤던 것이다. (똑똑한 독자라면 누가 이른 새벽에 남몰래 그녀를 찾아갔었는지 짐작할 수 있으리라.) 이르멘가르트가 그 보석을 남편과 다른 사람들에게 차례차례 보여주면서 사랑스럽게 환호하던 모습은 이루 말할 수 없는 정도였다. 보석은 흠집 하나 없이 깨끗했다. 모든 사람이 그렇게 귀하고 커다란 진주는 여태 본 적이 없다고 단언했다. 이제 사람들은 에버하르트 백작이 무엇을 받았는지 알고 싶어 했다. 그가 말했다. "잘들 보시오, 성 유물이오, 나한테는 보석 줄에 달린 값진 패물보다 더 귀하지요. 솔로몬 왕이 매일 사용하던 이쑤시개랍니다. 내 좋은 친구인 히르쉬아우 수도원장이 보내준 선물이오. 이걸로 가끔 잇몸을 좀 긁어주면 마흔 살이 되기 전에 철이 든다고 합니다. 하느님의 뜻에 따라 본인은 이제 더는 그런 게 필요하지 않으므로 이 고귀한 도구를 분명한 요구가 있으면 가까운 사람들에게 빌려줄 생각이오. 그리고 오늘도 몇몇 귀공자 손님이 있으니 식사 후 술잔과 함께 돌릴 생각이오.” 연로한 영웅이 이렇게 농담을 했고, 기뻐하는 그의 모습을 보고 모두가 즐거워했다.

이제 시민들에게 식사하라는 신호가 주어졌다. 식사가 이루어지는 길마다 몇몇 남자들이 배치되었다. 그들이 할 일은 초대받은 사람들을 질서정연하게 제자리에 앉도록 하는 것이었다. 그 일이 진행되는 동안 귀족과 귀부인 들은 기능공, 브로네와 대화를 나누었다. 한 하인이 다리가 달린 잔에 담긴 스페인산 포도주, 와플 과자, 과일이 들어 있는 과자를 들고 돌아다녔다. 그 두 사람도 자기 몫을 먹어야 했다. “너희는 약혼한 사이겠지?”라고 영주 부인이 물었다. “그렇습니다, 마마.” 제페가 대답했다. “여자의 어머니가 반대하지 않는 한 저희는 반 시간 전부터 그렇습니다.” “뭐라고?” 백작이 크게 말했다. “너희가 밧줄 위에서 혼인을 약속했다고? 그래, 모든 성인에게 맹세코, 그 장난 같은 짓이 가장 맘에 드는구나. 그런 일은 우리 슈바벤에서나 일어날 수 있다. 장한 젊은이들아, 행운을 빈다. 어떤 술잔에 이런 글귀가 쓰여 있더라. ‘커다란 위험이 없는 로토게임과 혼례식 날은 없다.’ 그런데 지금 그런 시험을 치른 마당에 너희는 평생 위험에서 벗어났다.” 그런 다음 영주는 부인과 다른 사람들에게 말했다. “이제 길에 나가 우리 씩씩한 슈투트가르트 시민들에게 식사 축원을 해줍시다. 그런 다음 우리도 식사를 합시다. 약혼자들도 자리를 같이 하자꾸나, 알아들었느냐? 성안으로 우리한테 오너라. 한 시간 말미를 주겠다. 그거면 어머니의 축복을 얻어내는 데 충분하리라. 만약 얻지 못한다면 내가 친히 대변자로 나서겠노라."

만약 독자가 이보다 더 자세히, 이를테면 약혼자들이 어떻게 집에 갔는지, 그들이 도중에 친구와 호사가 들에게 깔려 죽거나 갈가리 찢기거나 잡아먹히지 않았는지, 키더렌 부인과 제페의 숙모가 뭐라고 말했는지, 백작의 연회는 어떻게 되었고 그 후 백작이 제페와 특별히 주고받은 이야기가 있는지 등등을 알고 싶다면, 고백하겠다. 이제 밑천이 떨어져 뒤에 나오는 얼마 안 되는 이야기밖에 없다고.

지금 시청 광장의 독수리식당 건너편에 오래된 특이한 집이 있다. 전면에 돌출창이 세 개인데 그중 두 개는 모퉁이에 탑처럼 우뚝 솟아 있다. 꼭대기에 구슬 모양의 장식과 풍향계도 달려 있다. 돌출 부분 아래 양쪽에 석상 두 개가 조각되어 있는데, 작은 구멍이 있는 차양이 덮고 있다. 하나는 성모 마리아와 아기 예수 그리고 사도 요한이고, 다른 하나는 나무줄기를 지팡이 삼아 주먹에 쥐고 소년 예수를 어깨에 멘 채 강을 건너는 거인 성 크리스토프이다. 이 집은—상품창고를 포함해서 토대가 원래대로인 것으로 추측된다—조상 때부터 백작의 소유였는데 바로 그날 백작이 귀중한 선물에 대한 보답으로, 그리고 특별한 은총의 증거로 우리 구두장이에게 하사했다. 백작은 집 안에 있던 가구 일부도 넘겨주면서 익살스럽게도 바퀴 달린 새 숫돌을 추가했다. 브로네는 귀부인들로부터 정교하게 조각된 참나무 장을 혼수로 받았다. 장은 아마포로 가득 채워져 있었다.

혼례를 올리는 날, 두 사람은 감사하는 마음으로 복신을 영원히 기념하기 위해 간직은 하되 더는 신지 않기로 약속했다. 원하는 것은 모두 다, 특히나 서로를 가졌을 뿐만 아니라 기독교인의 근면으로 재산을 늘릴 수 있다는 희망이 있었기 때문이다.

이제 요제프 장인이라고 불리는 제페는 28년 넘게 직업에 충실히 종사했다. 그런 다음 그는 자녀를 둔 유복한 사람으로 또 존경받는 시의원으로 브로네와 평온하게 살았다.

그의 집에 드나드는 친구 중에 아빠라고 불리는 사람이 있었다. 그는 세번째 토요일 저녁마다 그의 집에 와서 맛있는 치즈를 곁들여 포도주를 마셨다. 사랑스러운 부인과 자녀들 (그는 아이들을 좋아했고 아이들도 어렸을 때부터 마치 그가 동무인 양 스스럼없이 놀았다) 말고는 아무도 합석하지 않는다는 것이 조건이었다. 그러면 장인조합의 일이나 지난날의 얘기가 나오고 이 사람 저 사람이 재미난 농담도 즐겨 했다. 그 집안의 친구가 금혼식 때 그 귀한 부부에게 은촛대를 선물로 가져왔다. 금박이고 허리를 구부린 난쟁이 형상인데 머리에 묵직한 장화를 이고 팔에 빵 덩어리를 끼고 있다. 촛대 발 둘레에 이런 시구가 새겨져 있었다.

내 익살스러운 얼굴을 보고 싶은 사람이 있다면
내가 손수 불을 밝혀주리라.
내 마음을 상하게 하는 건 오로지 지금 이 시각까지
나 홀로 마음에 둔 어떤 여자도

내게 입 맞추어주지 않았다는 것이다.
이 도시의 자랑거리와 기치를
50년 전에 내 친구에게
유산으로 남겨야 했다.
그래서 분쟁과 불화를 조정하라고
사람들이 날 아빠로 선택했다.
내가 기나긴 세월 할 일 없이 지냈으니
앞으로도 영원히 그러길 바라노라.

독자들이여, 잘 있으라. 이제 옛날이야기를 충분히 들었으니 한동안은 안 들어도 될 것 같다고 생각한다면 좋겠다. 당분간 옛날이야기를 또다시 듣고 나오지 않겠다고 약속한다. 이 재미난 얘기가 마음에 든다면 나에게도 좋은 일이다.『성경』외전의 마지막에 나오는 구절이 옳다. 항상 술만 마시거나 물만 마시는 것은 재미가 없고 때에 따라 술도 마시고 물도 마시는 것이 재미있다. 그러므로 여러 이야기를 읽는 것이 재미있다. 이제 끝을 맺자꾸나.

옮긴이 해설

모차르트 인물화 및 동화를 읽는 재미

19세기 중요한 독일 문학가, 뫼리케

에두아르트 뫼리케는 1804년 9월 8일 루트비히스부르크에서 의사의 아들로 태어나 1875년 6월 4일 슈투트가르트에서 사망한다. 1817년 부친이 사망한 후 삼촌 밑에서 신학 교육을 받은 뫼르케는 1826년부터 8년간 여러 곳에서 부목사 생활을 하다가 1827년 12월부터 1829년 2월까지 휴가를 얻는다. 질병이 표면적인 이유였지만 성직에 대한 회의도 작용한다. 이 기간에 전업 작가로 변신하려고 시도하나 성공하지 못하고 성직으로 복귀한다. 1834년 마침내 클레버줄츠바흐에서 목사가 되어 모친 그리고 누이동생 클라라와 함께 살았으나, 1843년 건강상의 문제로 목사직에서 은퇴한다. 경제적인 어려움으로 혼인할 생각을 못 하다가 1851년에야 마르가레테 슈페트와 혼인했으나 혼인 후에도 누이동생과 함께 살던 중 시누이와 올케 사이가 벌어진다. 1840년대부터 시인 겸 작가로서 인정을 받아 저명 잡지에 작품을 발표하고, 1856년부터 1866년까지 교사로 임용되어 학교에서 문학을 가르치기도 한다. 그 밖에 튀빙겐 대학교 명예박사 학위(1852), 바이에른의 막시밀리안 훈장(1862), 뷔르템베르크 프리드리히스 교단의 기사십자가(1864)를 받는다. 아내와 누이동생 사이의 불화가 부부에게 전이되고, 큰딸 파니의 약혼을 계기로 다툼 끝에 뫼리케는 이혼하지 않은 채 별거한다. 뫼리케는 1875년 슈투트가르트의 프라하 공동묘지에 묻힌다.

뫼리케의 본령은 시詩로, 생전에 괴테 이후 가장 중요한 독일 시인으로 꼽히기도 했고, 학계에서는 19세기 가장 중요한 시인 가운데 하나로 손꼽는다. 볼프를 위시한 여러 작곡가가 그의 시편에 곡을 붙였다. 문학에 관한 그의 관심은 학창 시절에 시작되었고, 부목사 시절에는 성직을 접고 전업 작가의 길로 나서려는 뜻을 품었으나 실행에 옮기지 못했다. 뫼리케는 시 외에도 산문을 남겼는데, 대표 작품은 두말할 나위 없이 19세기 가장 중요한 예술가소설로 평가되는 『프라하 여행길의 모차르트*Mozart auf der Reise nach Prag*』(1855)이다. 그 밖에 소설 『화가 놀텐*Maler Nolten*』(1832), 『보물*Der Schatz*』(1835), 『루치에 겔메로트*Lucie Gelmeroth*』(1839), 그리고 동화 『농부와 아들*Der Bauer und sein Sohn*』(1839), 『예체르테의 손*Die Hand der Jezerte*』(1852), 『슈투트가르트의 도깨비*Das Stuttgarter Hutzelmännlein*』(1853) 등이 있다. 뫼리케는 고대 그리스, 로마 문학에 정통한 번역가로도 활동했다.

뫼리케는 독일 서남부 뷔르템베르크에서 태어나 평생 그곳을 떠나지 않았다. 그는 향리에 묻혀 살면서 친숙한 고향을 노래한 비더마이어Biedermeier 문학의 대표자로 간주된다. 7편으로 이루어진 서사시 「보덴호반의 전원시」를 위시한 그의 여러 시편, 그리고 동화 『슈투트가르트의 도깨비』 등은 지금까지도 그 지역의 문학적 정체성을 특징짓는 작품으로 꼽힌다. 그렇다고 그의 작품이 모두 향토문학의 범주에 머무르는 것은 결코 아니다. 그의 작품 대부분은 공간적으로나 역사, 문화사적으로 훨씬 넓은 범위를 포괄한다. 뫼리케는 또 시대 상황에 민감하게 반응하고 당대의 미학, 철학, 정치적 담론을 주의 깊게 관찰하고 작품에 반영한다.

뫼리케의 소설과 동화 등 산문 작품은 민간에 전승되는 요소들을 많이 포함하는 한편 새로운 주제와 표현 형식을 통해 특히 예술가의 근대적인 의식 상태와 경험 방식을 암시한다. 그는 시민의 삶과 동떨어진 예술, 그 시대에 만연했던 예술지상주의와 거리를 두고 갈가리 찢긴 인간 존재에 대한 근대적 경험을 다시 한번 미학적 화해라는 문학 프로그램으로 내세운다. 화해는 음악에서도, 특히 하나의 주제로서 그리고 음악적 언어로 작품에 반영한 모차르트의 음악에서도 등장한다. 이렇게 문학사적 관점에서 뫼리케의 문학은 중간적 위치를 차지한다. 뫼리케의 독자성과 독특성은 한창 근대화되는 과정에서 고전적 미학의 요구와 근대의 경험을 중재하려고 했다는 데에 있다.

대립되는 것들의 조정은 인간 뫼리케의 특징이기도 하다. 그의 생애를 살펴보면 그가 아주 민감한 창조성, 우울증 성향과 동시에 뛰어난 유머 감각과 희극성을 가진 사람이라는 것을 알 수 있다. 그의 작품은 일상생활을 시적으로, 미적으로 만듦으로써 품격을 높인다. 유구한 전통을 가진, 특히 고전이나 고전을 모방하는 형식을 사용함으로써 일상적 삶이 인간다운 근원적 경험이라는 자질을 획득한다. 뫼리케에게는 시적인, 형식이 있는 말하기가 일상적인 의사소통 수단이다. 그는 가족이나 친지들과의 일상적인 교류에서도 시인이었다.

"모차르트라는 인간의 작은 인물화"「프라하 여행길의 모차르트」

이 소설은 모차르트의 생애에서 1787년 가을의 어느 하루를 그린다. 모차르트는 아내와 함께 자신의 신작 오페라「돈 조반니」의 초연이 열리는 프라하로 가는 길이다. 쉰츠베르크 백작의 성 근처에서 휴식을 취하던 중 모차르트는 성의 정원을 산책하다가 어떤 생각에 정신을 뺏긴 상태에서 오렌지나무 열매를 하나 따는데, 그것을 목격한 정원사와 실랑이가 벌어진다. 결국 모차르트는 백작 부인에게 쪽지를 쓰고, 그의 정체를 알게 된 백작 부부는 조카딸 오이게니의 약혼 축하연이 열리는 성으로 그를 초대한다. 모차르트 부부는 교양 있는 그 집 분위기에 잘 어울린다. 명성이 절정에 달해 있는 작곡가가 거의 다 완성된 신작 오페라의 일부를 연주한다. 그런데 열광적으로 받아들여진 그 음악이 오이게니로 하여금 모차르트의 이른 죽음을 예감케 한다. 이튿날 아침 모차르트는 백작의 선물인 마차를 타고 떠난다.

「프라하 여행길의 모차르트」는 뫼리케의 지인들 사이에서 열광적으로 받아들여졌을 뿐만 아니라 폭넓은 독자들로부터 호응을 얻고 작가로서 명성을 널리 알린 작품이다. 지금까지도 모차르트의 인성과 작품을 동질적으로 그린 작품으로, 독일 문학에서 가장 중요한 예술가소설의 하나로, 그리고 또 뫼리케의 가장 중요한 산문 작품으로 간주된다.

시에서 흔적이 발견되는 뫼리케의 모차르트에 대한 열광은 일찍부터 시작된다. 특히 「돈 조반니」는 그에게 특별한 의미가 있다. 1824년 형제자매들이 함께 이 오페라 공연을 관람하고 며칠 지나지 않아 시인의 동생 아우구스트가 갑작스럽게 죽는다. 뫼리케는 동생의 죽음을 평생 잊지 않았고, 기회 있을 때마다 이 오페라의 공연을 보거나 일부를 연주해달라고 했다.

모차르트를 중심으로 한 작품을 쓰기로 계획한 시점이 언제인지는 분명하지 않지만, 인간 모차르트와 음악가 모차르트를 하나의 통일체로 그리려는 노력의 산물이 이 소설이다. 1855년 5월 6일 이 작품의 출판인 코타에게 보낸 편지에서 뫼리케는 "이 소설에서 내 과제는 [……] 모차르트라는 인간의 작은 인물화"라고 밝히고 있다.

작가는 이 작품을 노벨레Novelle라고 칭한다. 독일문학의 독특한 산문 장르인 노벨레는 편의상 단편소설이라고 번역되기도 하는데 영미권의 개념과는 달리 작품의 분량이 아니라 내용이 문제가 된다. 라틴어 novus(새로운)→이탈리아어 novella(작은 새로운 이야기)에서 유래한 노벨레를 『도이치문학 용어사전』은 "현실적으로 일어날 수 있는 새롭고 신기한 사건을 간결하고도 밀도 있게 형상화한 산문이야기"(307쪽)라고 설명한다. 이 설명에 따르면 「프라하 여행길의 모차르트」는 모차르트라는 특출한 인물이 겪는 특이한 사건을 다룬다.

모차르트가 아내를 동반하고 「돈 조반니」의 초연이 열리기로 예정된 프라하로 가는 도중에 보헤미아 지방의 쉰츠베르크

성에서 보낸 하루를 그린다. 그곳에서는 약혼 축하연이 열리는데, 교양 있고 예술을 애호하는 성주인 백작 부부가 모차르트 부부를 초대한다. 줄거리는 별 의미가 없고, 실제로 긴장감 있게 중심적인 정점이나 전환점을 향해 치닫지도 않는다. 게다가 사건 진행은 끊임없이 소소한 삽화나 회상, 그리고 화자의 주석이나 관찰 등으로 중단된다. 그리하여 한눈에 파악하기 힘들 정도로 수많은 삽화가 나타나서 이 소설에 구심점이 있는가 하는 의심이 들 정도다. 그런 가운데 어느 정도 구심점 역할을 하는 것이 화자이다. 화자는 작가와 시간을 공유하는 듯하고, 따라서 뫼리케가 목표로 삼는 독자와 서술되는 사건에 대한 시간적 거리를 같이하는 듯하다. 화자는 자주 명백하게 중재자로서 서술되는 세계와 수용자 사이의 전면에 나서서 독자에게 직접 말을 걸어 모차르트에 대한 공감을 종용한다. 이와는 달리 화자가 완전히 물러나서 방향 설정의 중심점 역할을 하지 않을 때도 있다. 이 경우 주로 모차르트나 그의 부인이 각각 상당한 분량의 삽화를 이야기함으로써 화자를 대신한다. 그런데 수없이 많은 삽화, 이야기 속의 이야기, 그리고 다양한 목소리가 있다는 것을 유기적 구조의 결함으로 볼 수도 있겠으나 이런 비판은 작가의 의도를 제대로 파악하지 못한 결과다. 그것은 이 소설의 이질적인 부분들을 한데 묶어주는 포괄적인 주제, 즉 "모차르트라는 인간의 작은 인물화"와 관련된다. 삽입된 구절들은 모두 모차르트의 성품, 생활방식, 예술가 기질과 음악의 다양한 면모를 조명하는 데 기여한다.

소설의 중심사건은 에필로그를 제외하면 모차르트 부부의

도착과 출발을 기점과 종점으로 하니까 시간적으로나 공간적으로나 제한되어 있다. 시간은 대략 하루이고, 공간은 백작의 성이다. 원래 사건은 이렇게 제한되어 있으나 뫼리케는 수많은 삽화와 화자의 논평을 통해 시간과 공간을 대폭 확장한다. 시간적으로는 모차르트의 이탈리아 추억에서부터 이른 죽음에 이르기까지 거의 전 생애가 언급되고, 루이 14세 시대로 거슬러 올라갈 뿐만 아니라, 화자의 논평이나 독자에게 말 걸기를 통해 작가의 현재에도 미친다. 공간적으로는 프랑스의 트리아농성, 베를린, 빈, 프라하, 나폴리 등이 거명되고, 영국의 동판화와 그리스 신화 세계도 언급된다. 등장인물들의 대화는 신화, 예술, 역사 등을 수시로 암시하며 주요 유럽 문화국들을 포함한 넓은 지평에서 움직인다. 뫼리케는 '노벨레Novelle'라는 제한된 틀 안에서 위대한 작곡가의 '인물화'를 그리려는 목표를 달성하기 위해 이런 삽화적 구조와 이야기의 다양성을 이용했다.

텍스트의 삽화적 구조와 마찬가지로 이야기 전달 방식의 원리도 다양성이라고 규정할 수 있다. 화자 기능 수행자와 시점 소유자의 잦은 교체를 통한 목소리의 다양성은 주인공을 가능한 한 여러 모습으로 그리려는 작가의 의도에서 나온 기법이다. 모차르트는 교대로 그 자신의 진술을 통해, 베우자와 성 사람들의 시각을 통해 그리고 화자의 평을 통해 특징이 묘사된다. 뫼리케는 이런 방식으로 수용자에게 전지적 입장에서 '모차르트라는 현상'에 대한 특정한 시각의 강요를 피한다. 다多시점적 서술은 '인물화'가 일면적, 일차원적이 되는 것을 막아

준다.

독자는 모차르트의 인간성, 생활방식, 예술가 기질에 관한 수많은 것을 알게 된다. 뫼리케가 사용하는 서술 수단은 화자의 일반적인 논평에서부터 작곡가의 본질적인 특징을 간단명료하게 밝혀주는 작은 일화에 이르기까지 매우 다양하다. 그런데 이 다양성에는 일정한 패턴이 있다. 뫼리케는 그것을 이용해 '인물화'에서 주인공의 존재를 해석하고, 특히 모차르트라는 인간과 예술가의 통일성을 설득력 있게 만들려고 한다. 여기서 중심을 이루는 것은 낭비의 모티프이다. 소설에서 낭비는 모차르트의 생활 원리이자 예술 원리다. 모차르트는 "유흥을 즐길 때나 창작할 때나 똑같이 절제도 [……] 목표도"(17쪽) 모르고, 가진 돈과 마찬가지로 시간과 체력과 정신력을 규모 있게 쓸 줄 모르는 사람이기 때문이다. 이렇게 뫼리케는 위대한 작곡가를 우울증으로 인해 절제하고 사회로부터 어느 정도 거리를 두어야 했던 것과는 반대되는 모습으로 그린다. 마차에서 향수병을 쓰러뜨려 향수를 쏟아버린 작은 실수는 모차르트의 본질적 특징을 상징적으로 보여준다. 그 실수에 대한 모차르트의 반응은 그가 경제 원리를 전혀 모른다는 사실을 보여준다. 그는 절약, 장기적인 계획, 미래에 대한 걱정 따위는 주저 없이 현재의 완전한 향유 뒤에 둔다. 흘러나옴과 흐름의 이미지는 모차르트의 생활방식과 창작방식을 특징짓기 위해 사용된다.

이 작품에서 모차르트라는 이미지의 핵심에 속하는 예술가적 기질과 무절제한 생활방식의 연결이 에필로그에서 뚜렷하게 나타난다. 화자가 상세하게 서술하는 모차르트의 무절제한 생활방식은 한편으로는 예술적 창조의 조건이지만, 다른 한편으로는 "현명한 처신이랄지 의무, 자기 보존이나 가정생활 같은 것은"(17쪽) 전혀 고려하지 않기 때문에 그를 망가뜨린다. 이렇게 그의 건강은 좀먹고 이른 죽음의 예감이 피할 수 없이 현실로 된다.

모차르트가 예술가적 기질과 자신의 이른 죽음이 어쩔 수 없이 연결되어 있다는 것을 안다는 데에서 우울증이 생겨난다. 우울증은 흘러넘치는 삶의 의욕과 같이 그의 모순되는 성격에 속한다.

전래동화에 가까운 「슈투트가르트의 도깨비」

슈투트가르트의 도깨비가 구두장이 제페에게 베어먹은 만큼 다시 불어나는 빵 덩어리와 행운의 구두 두 켤레를 준다. 한 켤레는 자기가 신고, 여자용인 다른 한 켤레는 길가에 놓아두라는 것이다. 그런데 제페는 실수로 한 짝을 여자 것과 바꿔 신는다. 제페의 천생연분인 브로네 키더렌이 두번째 신발을 발견해서 신고 다니는데, 구두의 짝이 바뀌었기 때문에 그녀 역시 여러 가지 어려움을 겪는다. 도깨비가 보이지 않게 이 두 행운아의 운명을 조종하고, 우여곡절 끝에 결국 행복한 한 쌍으로 맺어준다. 제페는 울름에서 과부와 결혼할 뻔했으나 그녀가 두 번이나 남편을 살해했다는 의심을 받고 있다는 사실에 놀라 도망친다. 제페와 브로네는 마침내 제 짝을 찾은 신발이 부린 마법의 힘에 이끌려 에버하르트 백작의 혼인 축하연이 열리는 도중에 현기증 나게 높은 공중 밧줄 위에서 혼인을 약속한다.

이 작품에는 '동화'라는 부제가 달려 있다. 뫼리케는 독일 문학의 위대한 작가들 가운데 진짜 동화 이야기꾼에 속한다. 거기에는 그럴 만한 이유가 있다. 동화는 뫼리케에게 가장 친숙한 장르라 할 수 있다. 그가 볼 때 자연은 신적이고 마법적인 존재, 착하거나 악한 유령, 여러 종류의 요정, 도깨비들로 가득했다. 그는 어려서부터 늙어서까지 자꾸만 새로운 동화의 인물들을 상상했는데 모두 다 작품에 담아내지는 못했다. 그는 누이동생 클라라가 어렸을 때, 그리고 자신의 딸들에게도 지어낸 이야기를 들려주었다. 그리고 동화는 그가 가장 즐겨 읽는 것이었다. 그의 작품에는 신적이고 마법적이며 마술을 아는 인물이 많이 등장한다.

독일 낭만주의는 민중 속에 때 묻지 않은 순수한 시심詩心이 있다고 믿어 그것의 발현인 전래동화를 수집할(예를 들어 『그림 동화집』) 뿐만 아니라 동화의 혁신 차원에서 주목할 만한 창작동화도 많이 만들었다. 뫼리케도 의식적으로 이런 전통을 계승한다. 그러나 그의 동화는 수많은 민속적이고 사실적인 요소, 환상의 세계임에도 불구하고 아주 구체적으로 동화의 무대를 특정하는 사실적 요소가 있다는 점에서 낭만주의자들의 사변적이고 비유적인 창작동화와는 구별된다. 뫼리케의 동화는 또 전래동화와 여러 다른 점이 있음에도 불구하고 어떤 창작동화보다 전래동화에 가깝다.

이 동화의 구조는 아주 복잡하다. 제페 줄거리와 브로네 줄거리가 큰 갈래를 이루는 가운데 삽화가 나오고, 삽화 속에 또 삽화가 나온다. 게다가 갈래들이 두서없이 교차해서 정신을 혼란스럽게 할 정도다. 이야기의 흐름도 착착 앞으로 나아가지 않고 자주 회상이나 길고 짧은 이야기 속의 이야기 형식이 나와 종종 지연되곤 한다. 이런 서술 방식이 긴장을 조성하기 위한 것임은 자명하다. 이런 복잡다단한 과정을 거쳐 결국 제페 줄거리와 브로네 줄거리는 하나로 합쳐진다. 화자가 그 일을 어떻게 해내는가, 이야기를 어떻게 성공적으로 마무리 짓는가를 관찰하고 즐기는 것이 이 동화를 읽는 자세라 하겠다.

슈바벤 지방의 문학적 정체성을 특징짓는 작품의 하나로 꼽히는 「슈투트가르트의 도깨비」에는 슈바벤 사투리가 많이 나와 번역에 애를 먹었으나 다행히 중앙대학교 슈타인 교수의 도움으로 해결할 수 있었다. 많은 도움을 준 슈타인 교수에게 이 자리를 빌려 다시 한번 고마움을 표한다.

작가 연보

1804 9월 8일 루트비히스부르크에서 의사인 아버지의 일곱번째 아이로 출생.

1817 부친 사망 후 슈투트가르트에 거주하는 관리이자 법률가인 삼촌 밑에서 교육을 받음.

1822~26 튀빙겐 대학교에서 신학 공부.

1824 마리아 마이어와의 사랑과 결별, 이 경험에서 「페레그리나」 시의 첫 편이 탄생.

1826~34 부목사로 여러 곳을 전전.

1827~29 휴직, 전업 작가로의 변신을 시도하다가 성직으로 복귀.

1828 『지식 계층을 위한 조간신문』에 최초로 시 발표.

1829 루이제 라우와 약혼, 4년 후 파혼.

1832 장편소설 『화가 놀텐』 발표.

1834 클레버줄츠바흐에서 목사로 취임.

1835 소설 『보물』 발표.

1839 소설 『루치에 겔메로트』, 동화 『농부와 아들』, 오페라 「비의 형제」 발표.

1843 건강상의 이유로 목사직 사퇴.

1846 『보덴호반의 전원시 또는 어부 마르틴』 발표.

1851 1845년에 알게 된 마르가레테 슈페트와 결혼, 슈투트가르트로 이주.

1853 동화 『예체르테의 손』, 『슈투트가르트의 도깨비』, 튀빙겐대학교 명예박사 학위 취득.

1855 큰딸 파니 출생, 소설 『프라하 여행길의 모차르트』 발표.

1856~66 슈투트가르트의 카타리나 학교 문학 교사로 근무.

1857 둘째 딸 마리 출생.

1862 바이에른의 막시밀리안 훈장 수상.

1864 뷔르템베르크 프리드리히스 교단의 기사십자가 수상.

1873 부인과 별거.

1875 6월 4일 슈투트가르트에서 사망.

기획의 말

세계문학과 한국문학 간에 혈맥이 뚫려, 세계-한국문학의 공진화가 개시되기를

21세기 한국에서 '세계문학'을 읽는다는 것은 무엇을 뜻하는가? 자국문학 따로 있고 그 울타리 바깥에 세계문학이 따로 있다는 말인가? 이제 한국문학은 주변문학이 아니며 개별문학만도 아니다. 김윤식·김현의 『한국문학사』(1973)가 두 개의 서문을 통해서 "한국문학은 주변문학을 벗어나야 한다"와 "한국문학은 개별문학이다"라는 두 개의 명제를 내세웠을 때, 한국문학은 아직 주변문학이었다. 한데 그 이후에도 여전히 한국문학은 주변문학이었다. 왜냐하면 "한국문학은 이식문학이다"라는 옛 평론가의 망령이 여전히 우리의 의식을 장악하고 있었기 때문이다. 그렇게 생각하고 그렇게 읽고, 써온 것이었다. 그리고 얼마간 그런 생각에 진실이 포함되어 있는 것도 사실이었다. 그러나 천천히, 그것도 아주 천천히, 경제성장이나 한류보다는 훨씬 느리게, 한국문학은 자신의 '자주성'을 세계에 알리며 그 존재를 세계지도의 표면 위에 부조시키고 있었다. 그런 와중에 반대 방향에서 전혀 다른 기운이 일어나 막 세계의 대양에 돛을 띄운 한국문학에 위협적인 격랑을 밀어붙이고 있었다. 20세기 말부터 본격화된 '세계화'의 바람은 이제 경제적 재화뿐만이 아니라 어떤 나라의 문화물도 국가 단위로만 존재할 수 없게 하였던 것이니, 한국문학 역시 세계문학의 한 단위라는 위상을 요구받게 되었던 것이다.

그러니 21세기 한국에서 세계문학을 읽는다는 것은 진정 무엇을 뜻하는가? 무엇보다도 세계문학이라는 개념을 돌이켜 볼 때가 되었다. 그동안 세계문학은 '보편문학'의 지위를 누려왔다. 즉 세계문학은 따라야 할 모범이고 존중해야 할 권위이며 자국문학이 복종해야 할 상급 문학이었다. 그리고 보편문학으로서의 세계문학의 반열에 올라간 작품들은 18세기 이래 강대국의 지위를 누려온 국가의 범위 안에서 설정되기가 일쑤였다. 이렇게 해서 세계 각국의 저마다의 문학은 몇몇 소수의 힘 있는 문학들의 영향 속에서 후자들을 추종하는 자세로 모가지를 드리워왔던 것이다. 이제 세계문학에게 본래의 이름을 돌려줄 때가 되었다. 즉 세계문학은 보편문학이 아니라 세계인 모두가 향유할 수 있도록 전 세계 방방곡곡에서 씌어져서 지구적 규모의 연락망을 통해 배달되는 지구상의 모든 문학이라고 재정의할 때가 되었다. 이러한 재정의에는 오로지 질적 의미의 삭제와 수량적 중성화만 있는 게 아니다. 모든 현상학적 환원에는 그 안에 진정한 가치를 향해 나아가고자 하는 지향성이 움직이고 있다. 20세기 막바지에 불어닥친 세계화 토네이도가 애초에는 신자유주의적 탐욕 속에서 소수의 대국 기업에 의해 주도되었으나 격심한 우여곡절을 겪으며 국가 간 위계질서를 무너뜨리는 평등한 교류로서의 대안-세계화의 청사진을 세계인의 마음속에 심게 하였듯이, 오늘날 모든 자국문학이 세계문학의 단위로 재편되는 추세가 보편문학의 성채도 덩달아 허물게 되어, 지구상의 모든 문학들이 공평의 체 위에서 토닥거리는 게 마땅하다는 인식이 일상화까지는 아니더라도 최소한 정당화되고 잠재적으로 전망되는 여건을 만들어내게 되었던 것이다.

또한 종래 세계문학의 보편문학적 지위는 공간적 한계만을 야기했던 게 아니다. 그 보편문학이 말 그대로 보편성을 확보했다기보다는 실상 협소한 문학적 기준에 근거한 한정된 작품 집합에 머무르기 일쑤였다. 게다가, 문학의 진정한 교류가 마음의 감동에서 움트는 것일진대, 언어의 상이성은 그런 꿈을 자주 흐려왔으니, 조급한 마음은 그런 어둠 사이에 상업성과 말초적 자극성이라는 아편을 주입하여 교류를 인공적으로 촉진시키곤 하였다. 이제 우리는 그런 편법과 왜곡을 막기 위해서, 활짝 개방된 문학적 관점을 도입하여, 지금까지 외면당하거나 이런저런 이유로 파묻혀 있던 숨은 걸작들을 발굴하여 널리 알리고 저마다의 문학을 저마다의 방식으로 감상할 수 있는 음미의 물관을 제공해야 할 것이다. 실로 그런 취지에서 보자면 우리는 한국에 미만한 수많은 세계문학전집 시리즈들이 과거의 세계문학장을 너무나 큰 어둠으로 가려오고 있었다는 것을 절감한다.

이와 같은 인식하에 '대산세계문학총서'의 방향은 다음으로 모인다. 첫째, '대산세계문학총서'의 기준은 작품의 고전적 가치이다. 그러나 설명이 필요하다. 이 고전은 지금까지 고전으로 인정된 것들에 갇히지 않는다. 우리가 생각하는 고전성은 추상적으로는 '높은 문학성'을 가리킬 터이지만, 이 문학성이란 이미 확정된 규칙들에 근거한 문학성(그런 문학성은 실상 존재하지 않거니와)이 아니라, 오로지 저만의 고유한 구조를 통해 조직되는데 희한하게도 독자들의 저마다의 수용 기관과 연결되는 소통로의 접속 단자가 풍요롭고, 그 전류가 진해서, 세계의 가장 많은 인구의 감성을 열고 지성을 드높일 잠재적 역능이 알차게 채워진 작품의 성질을 가리킨다. 이러한 기준은 결국 작품의 문학성이 작품이나 작가에 의해 혹은 독자에 의해 일방적으로 결정되는 것이 아니라, 세 주체의 협력에 의해 형성되며 동시에 그 형성을 통해서 작품을 개방하고 작가의 다음 운동을 북돋거나 작가를 재인식시키며, 독자의 감수성을 일깨워 그의 내부에 읽기로부터 쓰기로의 순환이 유장하도록 자극하는 운동을 낳는다는 점을 환기시키고 또한 그런 작품에 대한 분별을 요구한다.

이 첫번째 기준으로부터 두 가지 기준이 덧붙여 결정된다.

둘째, '대산세계문학총서'는 발굴하고 발견한다. 모르거나 잊힌 것을 발굴하여 문학의 두께를 두텁게 하고, 당대의 유행을 따라가기보다는 또한 단순히 미래를 예측하기보다는 차라리 인류의 미래를 공진화적으로 개방할 수 있는 작품을 발견하여 문학의 영역을 확장할 것을 목표로 한다. 이는 또한 공동선의 실현과 심미안의 집단적 수준의 진화에 맞추어 작품을 선별한다는 것을 뜻한다.

셋째, '대산세계문학총서'가 지구상의 그리고 고금의 모든 문학작품들에게 열려 있다면, 그리고 이 열림이 지금까지의 기술 그대로 그 고유성을 제대로 활성화시키는 방식으로 진행되는 것이라면, 이는 궁극적으로 '가장 지역적인 문학이 가장 세계적인 문학'이라는 이상적 호환성을 추구한다는 것을 가리킨다. 이는 또한 '대산세계문학총서'의 피드백에도 그대로 적용될 것이다. 즉 '대산세계문학총서'의 개개 작품들은 한국의 독자들에게 가장 고유한 방식으로 향유될 터이고, 그럴 때에 그 작품의 세계성이 가장 활발하게 현상되고 작용할 것이다.

이러한 기준들을 열린 자세와 꼼꼼한 태도로 섬세히 원용함으로써 우리는 '대산세계문학총서'가 그 발굴과 발견을 통해 세계문학의 영역을 두텁고 넓게 하는 과정 그 자체로서 한국 독자들의 문학적 안목과 감수성을 신장시키는 데 기여할 것을 기대하며, 재차 그러한 과정이 한국문학의 체내에 수혈되어 한국문학의 도약이 곧바로 세계문학의 진화로 이어지게끔 하기를 희망한다. 이는 우리가 '대산세계문학총서'를 21세기의 한국사회에서 수행하는 근본적인 소이이다. 독자들의 뜨거운 호응을 바라마지않는다.

'대산세계문학총서' 기획위원회

대산세계문학총서

001-002 소설 트리스트럼 섄디(전 2권) 로렌스 스턴 지음 | 홍경숙 옮김

003 시 노래의 책 하인리히 하이네 지음 | 김재혁 옮김

004-005 소설 페리키요 사르니엔토(전 2권)
호세 호아킨 페르난데스 데 리사르디 지음 | 김현철 옮김

006 시 알코올 기욤 아폴리네르 지음 | 이규현 옮김

007 소설 그들의 눈은 신을 보고 있었다 조라 닐 허스턴 지음 | 이시영 옮김

008 소설 행인 나쓰메 소세키 지음 | 유숙자 옮김

009 희곡 타오르는 어둠 속에서/어느 계단의 이야기
안토니오 부에로 바예호 지음 | 김보영 옮김

010-011 소설 오블로모프(전 2권) I. A. 곤차로프 지음 | 최윤락 옮김

012-013 소설 코린나: 이탈리아 이야기(전 2권) 마담 드 스탈 지음 | 권유현 옮김

014 희곡 탬벌레인 대왕/몰타의 유대인/파우스투스 박사
크리스토퍼 말로 지음 | 강석주 옮김

015 소설 러시아 인형 아돌포 비오이 까사레스 지음 | 안영옥 옮김

016 소설 문장 요코미쓰 리이치 지음 | 이양 옮김

017 소설 안톤 라이저 칼 필립 모리츠 지음 | 장희권 옮김

018 시 악의 꽃 샤를 보들레르 지음 | 윤영애 옮김

019 시 로만체로 하인리히 하이네 지음 | 김재혁 옮김

020 소설 사랑과 교육 미겔 데 우나무노 지음 | 남진희 옮김

021-030 소설 서유기(전 10권) 오승은 지음 | 임홍빈 옮김

031 소설 변경 미셸 뷔토르 지음 | 권은미 옮김

032-033 소설 약혼자들(전 2권) 알레산드로 만초니 지음 | 김효정 옮김

034 소설 보헤미아의 숲/숲 속의 오솔길 아달베르트 슈티프터 지음 | 권영경 옮김

035 소설 가르강튀아/팡타그뤼엘 프랑수아 라블레 지음 | 유석호 옮김

036 소설 사탄의 태양 아래 조르주 베르나노스 지음 | 윤진 옮김

037 시 **시집** 스테판 말라르메 지음 | 황현산 옮김

038 시 **도연명 전집** 도연명 지음 | 이치수 역주

039 소설 **드리나 강의 다리** 이보 안드리치 지음 | 김지향 옮김

040 시 **한밤의 가수** 베이다오 지음 | 배도임 옮김

041 소설 **독사를 죽였어야 했는데** 야샤르 케말 지음 | 오은경 옮김

042 희곡 **볼포네, 또는 여우** 벤 존슨 지음 | 임이연 옮김

043 소설 **백마의 기사** 테오도어 슈토름 지음 | 박경희 옮김

044 소설 **경성지련** 장아이링 지음 | 김순진 옮김

045 소설 **첫번째 향로** 장아이링 지음 | 김순진 옮김

046 소설 **끄르일로프 우화집** 이반 끄르일로프 지음 | 정막래 옮김

047 시 **이백 오칠언절구** 이백 지음 | 황선재 역주

048 소설 **페테르부르크** 안드레이 벨르이 지음 | 이현숙 옮김

049 소설 **발칸의 전설** 요르단 욥코프 지음 | 신윤곤 옮김

050 소설 **블라이드데일 로맨스** 나사니엘 호손 지음 | 김지원·한혜경 옮김

051 희곡 **보헤미아의 빛** 라몬 델 바예-인클란 지음 | 김선욱 옮김

052 시 **서동 시집** 요한 볼프강 폰 괴테 지음 | 안문영 외 옮김

053 소설 **비밀요원** 조지프 콘래드 지음 | 왕은철 옮김

054-055 소설 **헤이케 이야기**(전 2권) 지은이 미상 | 오찬욱 옮김

056 소설 **몽골의 설화** 데. 체렌소드놈 편저 | 이안나 옮김

057 소설 **암초** 이디스 워튼 지음 | 손영미 옮김

058 소설 **수전노** 알 자히드 지음 | 김정아 옮김

059 소설 **거꾸로** 조리스-카를 위스망스 지음 | 유진현 옮김

060 소설 **페피타 히메네스** 후안 발레라 지음 | 박종욱 옮김

061 시 **납** 제오르제 바코비아 지음 | 김정환 옮김

062 시 **끝과 시작** 비스와바 쉼보르스카 지음 | 최성은 옮김

063 소설 **과학의 나무** 피오 바로하 지음 | 조구호 옮김

064 소설 **밀회의 집** 알랭 로브-그리예 지음 | 임혜숙 옮김

065 소설 **붉은 수수밭** 모옌 지음 | 심혜영 옮김

066 소설 **아서의 섬** 엘사 모란테 지음 | 천지은 옮김

067 시 **소동파사선** 소동파 지음 | 조규백 역주

068 소설 **위험한 관계** 쇼데를로 드 라클로 지음 | 윤진 옮김

069 소설 거장과 마르가리타 미하일 불가코프 지음 | 김혜란 옮김
070 소설 우게쓰 이야기 우에다 아키나리 지음 | 이한창 옮김
071 소설 별과 사랑 엘레나 포니아토프스카 지음 | 추인숙 옮김
072-073 소설 불의 산(전 2권) 쓰시마 유코 지음 | 이송희 옮김
074 소설 인생의 첫출발 오노레 드 발자크 지음 | 선영아 옮김
075 소설 몰로이 사뮈엘 베케트 지음 | 김경의 옮김
076 시 미오 시드의 노래 지은이 미상 | 정동섭 옮김
077 희곡 셰익스피어 로맨스 희곡 전집 윌리엄 셰익스피어 지음 | 이상섭 옮김
078 희곡 돈 카를로스 프리드리히 폰 실러 지음 | 장상용 옮김
079-080 소설 파멜라(전 2권) 새뮤얼 리처드슨 지음 | 장은명 옮김
081 시 이십억 광년의 고독 다니카와 슌타로 지음 | 김응교 옮김
082 소설 잔지바르 또는 마지막 이유 알프레트 안더쉬 지음 | 강여규 옮김
083 소설 에피 브리스트 테오도르 폰타네 지음 | 김영주 옮김
084 소설 악에 관한 세 편의 대화 블라디미르 솔로비요프 지음 | 박종소 옮김
085-086 소설 새로운 인생(전 2권) 잉고 슐체 지음 | 노선정 옮김
087 소설 그것이 어떻게 빛나는지 토마스 브루시히 지음 | 문항심 옮김
088-089 산문 한유문집-창려문초(전 2권) 한유 지음 | 이주해 옮김
090 시 서곡 윌리엄 워즈워스 지음 | 김숭희 옮김
091 소설 어떤 여자 아리시마 다케오 지음 | 김옥희 옮김
092 시 가윈 경과 녹색기사 지은이 미상 | 이동일 옮김
093 산문 어린 시절 나탈리 사로트 지음 | 권수경 옮김
094 소설 골로블료프가의 사람들 미하일 살티코프 셰드린 지음 | 김원한 옮김
095 소설 결투 알렉산드르 쿠프린 지음 | 이기주 옮김
096 소설 결혼식 전날 생긴 일 네우송 호드리게스 지음 | 오진영 옮김
097 소설 장벽을 뛰어넘는 사람 페터 슈나이더 지음 | 김연신 옮김
098 소설 에두아르트의 귀향 페터 슈나이더 지음 | 김연신 옮김
099 소설 옛날 옛적에 한 나라가 있었지 두샨 코바체비치 지음 | 김상헌 옮김
100 소설 나는 고故 마티아 파스칼이오 루이지 피란델로 지음 | 이윤희 옮김
101 소설 따니아오 호수 이야기 왕정치 지음 | 박정원 옮김
102 시 송사삼백수 주조모 엮음 | 이동향 역주
103 시 문턱 너머 저편 에이드리언 리치 지음 | 한지희 옮김

104 소설 충효공원 천잉전 지음 | 주재희 옮김

105 희곡 유디트/헤롯과 마리암네 프리드리히 헤벨 지음 | 김영목 옮김

106 시 이스탄불을 듣는다
오르한 웰리 카늑 지음 | 술탄 훼라 아크프나르 여·이현석 옮김

107 소설 화산 아래서 맬컴 라우리 지음 | 권수미 옮김

108-109 소설 경화연(전 2권) 이여진 지음 | 문현선 옮김

110 소설 예피판의 갑문 안드레이 플라토노프 지음 | 김철균 옮김

111 희곡 가장 중요한 것 니콜라이 예브레이노프 지음 | 안지영 옮김

112 소설 파울리나 1880 피에르 장 주브 지음 | 윤 진 옮김

113 소설 위폐범들 앙드레 지드 지음 | 권은미 옮김

114-115 소설 업둥이 톰 존스 이야기(전 2권) 헨리 필딩 지음 | 김일영 옮김

116 소설 초조한 마음 슈테판 츠바이크 지음 | 이유정 옮김

117 소설 악마 같은 여인들 쥘 바르베 도르비이 지음 | 고봉만 옮김

118 소설 경본통속소설 지은이 미상 | 문성재 옮김

119 소설 번역사 레일라 아부렐라 지음 | 이윤재 옮김

120 소설 남과 북 엘리자베스 개스켈 지음 | 이미경 옮김

121 소설 대리석 절벽 위에서 에른스트 윙거 지음 | 노선정 옮김

122 소설 죽은 자들의 백과전서 다닐로 키슈 지음 | 조준래 옮김

123 시 나의 방랑 랭보 시집 아르튀르 랭보 지음 | 한대균 옮김

124 소설 슈톨츠 파울 니종 지음 | 황승환 옮김

125 소설 휴식의 정원 바진 지음 | 차현경 옮김

126 소설 굶주린 길 벤 오크리 지음 | 장재영 옮김

127-128 소설 비스와스 씨를 위한 집(전 2권) V. S. 나이폴 지음 | 손나경 옮김

129 소설 새하얀 마음 하비에르 마리아스 지음 | 김상유 옮김

130 산문 루테치아 하인리히 하이네 지음 | 김수용 옮김

131 소설 열병 르 클레지오 지음 | 임미경 옮김

132 소설 조선소 후안 카를로스 오네티 지음 | 조구호 옮김

133-135 소설 저항의 미학(전 3권) 페터 바이스 지음 | 탁선미·남덕현·홍승용 옮김

136 소설 신생 시마자키 도손 지음 | 송태욱 옮김

137 소설 캐스터브리지의 시장 토머스 하디 지음 | 이윤재 옮김

138 소설 죄수 마차를 탄 기사 크레티앵 드 트루아 지음 | 유희수 옮김

139 자서전 2번가에서 에스키아 음파렐레 지음 | 배미영 옮김

140 소설 묵동기담/스미다 강 나가이 가후 지음 | 강윤화 옮김

141 소설 개척자들 제임스 페니모어 쿠퍼 지음 | 장은명 옮김

142 소설 반짝이끼 다케다 다이준 지음 | 박은정 옮김

143 소설 제노의 의식 이탈로 스베보 지음 | 한리나 옮김

144 소설 흥분이란 무엇인가 장웨이 지음 | 임명신 옮김

145 소설 그랜드 호텔 비키 바움 지음 | 박광자 옮김

146 소설 무고한 존재 가브리엘레 단눈치오 지음 | 윤병언 옮김

147 소설 고야, 혹은 인식의 혹독한 길 리온 포이히트방거 지음 | 문광훈 옮김

148 시 두보 오칠언절구 두보 지음 | 강민호 옮김

149 소설 병사 이반 촌킨의 삶과 이상한 모험
블라디미르 보이노비치 지음 | 양장선 옮김

150 시 내가 얼마나 많은 영혼을 가졌는지
페르난두 페소아 지음 | 김한민 옮김

151 소설 파노라마섬 기담/인간 의자 에도가와 란포 지음 | 김단비 옮김

152-153 소설 파우스트 박사(전 2권) 토마스 만 지음 | 김륜옥 옮김

154 시, 희곡 사중주 네 편 T. S. 엘리엇의 장시와 한 편의 희곡
T. S. 엘리엇 지음 | 윤혜준 옮김

155 시 귈뤼스탄의 시 배흐티야르 와합자대 지음 | 오은경 옮김

156 소설 찬란한 길 마거릿 드래블 지음 | 가주연 옮김

157 전집 사랑스러운 푸른 잿빛 밤 볼프강 보르헤르트 지음 | 박규호 옮김

158 소설 포옹가족 고지마 노부오 지음 | 김상은 옮김

159 소설 바보 엔도 슈사쿠 지음 | 김승철 옮김

160 소설 아산 블라디미르 마카닌 지음 | 안지영 옮김

161 소설 신사 배리 린든의 회고록 윌리엄 메이크피스 새커리 지음 | 신윤진 옮김

162 시 천가시 사방득, 왕상 엮음 | 주기평 역해

163 소설 모험적 독일인 짐플리치시무스 그리멜스하우젠 지음 | 김홍진 옮김

164 소설 맹인 악사 블라디미르 코롤렌코 지음 | 오원교 옮김

165-166 소설 전차를 모는 기수들(전 2권) 패트릭 화이트 지음 | 송기철 옮김

167 소설 스너프 빅토르 펠레빈 지음 | 윤서현 옮김

168 소설 순응주의자 알베르토 모라비아 지음 | 정란기 옮김

169 소설 오렌지주를 증류하는 사람들 오라시오 키로가 지음 | 임도울 옮김

170 소설 프라하 여행길의 모차르트 / 슈투트가르트의 도깨비

에두아르트 뫼리케 지음 | 윤도중 옮김